ALYSON NOËL

Desafío

Alyson Noël es la autora de varios bestsellers número uno de *The New York Times* y *USA Today*. Sus libros han ganado el National Reader's Choice Award, entre otros premios y honores. Ha escrito varias novelas juveniles, entre las cuales se encuentran *Eternidad*, *Luna Azul*, *Tinieblas* y *Llama oscura*, también parte de la exitosa serie *Los inmortales*. Actualmente vive in California.

Desafío

Desafío

ALYSON NOËL

Vintage Español
Una división de Random House, Inc.
Nueva York

PRIMERA EDICIÓN VINTAGE ESPAÑOL, JULIO 2012

Esta novela es una obra de ficción. Los nombres, personajes, lugares e incidentes o son producto de la imaginación de la autora o se usan de forma ficticia. Cualquier parecido con personas, vivas o muertas, eventos o escenarios es puramente casual.

Información de catalogación de publicaciones disponible en la Biblioteca del Congreso de los Estados Unidos.

Vintage ISBN: 978-0-307-95147-2

Traducción de Concepción Rodríguez González

www.vintageespanol.com

Impreso en los Estados Unidos de América
10 9 8 7 6 5 4 3 2 1

Para Bill Contardi

El mejor. Agente. Siempre.

Cuando está más oscuro
es cuando se pueden ver las estrellas.

Ralph Waldo Emerson

Capítulo uno

—Jamás me vencerás. Nunca ganarás esta pelea, Ever. Es imposible. No puedes hacerlo, así que ¿para qué desperdiciar el tiempo?

Entorno los ojos y observo su rostro: me fijo en sus facciones menudas y pálidas, en la nube oscura de su cabello, en la ausencia de luz de su mirada llena de odio.

Aprieto las mandíbulas con fuerza.

—No estés tan segura —le digo en voz baja y comedida—. Corres el grave peligro de sobrestimarte. De hecho, es lo que estás haciendo. Estoy completamente segura.

Suelta un bufido. Alto y desdeñoso, el sonido resuena por la enorme habitación vacía, reverbera en las láminas de madera del suelo y en las paredes blancas. Es un ruido que tiene como objetivo asustar, o al menos intimidarme y distraerme.

Pero no funcionará.

No puede funcionar.

Estoy demasiado concentrada.

He focalizado mi energía en un solo punto y todo lo demás ha desaparecido. Solo quedamos yo, mi puño preparado y el tercer chakra de Haven, también conocido como el chakra del plexo solar: el núcleo de la furia, el miedo, el odio y la tendencia a darle demasiada importancia al poder, al reconocimiento y a la venganza.

Como si se tratara del centro de una diana, clavo la vista en esa localización, que se encuentra en la parte media de su torso enfundado en cuero.

Soy consciente de que un golpe rápido y preciso es lo único que necesito para dejarla reducida a un simple y triste pedazo de historia.

Para convertirla en una moraleja que advierte sobre los peligros del poder.

Para hacerla desaparecer.

En un instante.

Los únicos recuerdos de su presencia en el mundo serían un par de botas de tacón de aguja y un pequeño montón de polvo.

Nunca quise llegar a este punto. Intenté evitarlo y razonar con ella a fin de convencerla de que debíamos llegar a algún tipo de acuerdo, hacer una especie de trato, pero Haven se negó a ceder.

Se negó a rendirse.

Se negó a abandonar su equivocada búsqueda de venganza.

Y eso no me deja otra opción que matar o morir.

Sé, sin el menor género de duda, cómo acabará esto.

—Eres demasiado débil. —Se mueve en círculos muy despacio, con cautela, sin apartar los ojos de mí ni un momento. Los tacones de aguja de sus botas repiquetean en el suelo mientras habla—. No eres rival para mí. Nunca lo has sido y nunca lo serás.

Se detiene, pone los brazos en jarras y ladea la cabeza, con lo que una cascada de ondas oscuras y brillantes cae sobre sus hombros hasta más abajo de la cintura.

—Podrías haberme dejado morir hace meses. Tuviste tu oportunidad. Y, sin embargo, decidiste darme el elixir. ¿Y ahora te arrepientes? ¿Porque no te gusta en qué me he convertido? —Hace una pausa para poner los ojos en blanco—. Pues es una lástima, pero solo puedes culparte a ti misma. Fuiste tú quien me hizo así. ¿Qué clase de creador mata a su propia creación?

—Puede que yo te haya convertido en inmortal, pero lo que has hecho después es cosa tuya —le aseguro con los dientes apretados.

Mis palabras son firmes, deliberadas, aunque Damen me aconsejó que permaneciera callada, que me mantuviera concentrada y acabara con todo de una manera limpia y rápida, sin enredarme con ella en ningún sentido.

«Guárdate los remordimientos para después», me dijo.

No obstante, el hecho de que estemos aquí significa que para Haven no habrá un después. Y a pesar de lo que va a ocurrir, estoy decidida a intentar llegar hasta ella antes de que sea demasiado tarde.

—No tenemos por qué hacer esto. —La miro a los ojos con la esperanza de poder disuadirla—. Podemos parar ahora mismo. La cosa no tiene por qué llegar más lejos.

—¡Ja, ya te gustaría! —canturrea con tono burlón—. No puedes hacerlo, lo veo en tus ojos. Da igual que creas que lo merezco; da igual cuánto te esfuerces por convencerte de eso. Eres demasiado blanda. ¿Qué te hace pensar que esta vez será diferente?

«El hecho de que ahora eres peligrosa... y no solo para ti misma, sino también para todos los demás. Esta vez es diferente. Completamente diferente. Y estás a punto de comprobarlo», pienso.

Aprieto los puños con tanta fuerza que se me ponen los nudillos blancos al instante. Me tomo un momento para centrarme, para buscar el equilibrio y recargar mi luz, tal como Ava me enseñó a hacer. Mantengo la mano baja y firme, la mirada fija en ella, mi mente libre de pensamientos irrelevantes y mi rostro vacío de emociones, como Damen me recomendó hace poco.

«La clave es no revelar nada, moverse con rapidez y con un objetivo claro —me aseguró—. Tienes que encajar el golpe antes de que ella tenga oportunidad de verlo venir; debes conseguir que no se dé cuenta de que la has golpeado hasta que ya sea demasiado tarde, cuando su cuerpo se haya desintegrado y su alma se encuentre en ese lugar desierto y tenebroso.»

«No le des ni la más mínima oportunidad de moverse o luchar.»

Una lección que él aprendió en un antiguo campo de batalla. Una lección que jamás imaginé que yo tendría que poner en práctica en mi vida.

De cualquier forma, aunque Damen me advirtió que no lo hiciera, no puedo evitar disculparme. No puedo impedir que la palabra «perdóname» flote desde mi mente hasta la suya.

Su reacción es un destello de compasión que suaviza su mirada un instante y que desaparece de inmediato bajo la mezcla habitual de odio y desdén.

Levanta el puño hacia mí, pero es demasiado tarde. El mío ya está en movimiento, avanzando. La golpeo justo en el plexo solar y la envío en un vuelo picado vertiginoso y destructivo hacia el abismo infinito.

Shadowland.

El hogar eterno de las almas perdidas.

Soy consciente de que he tomado una brusca bocanada de aire mientras observo su rápida desintegración. Al contemplar la facilidad con la que se fragmenta, resulta difícil imaginar que alguna vez tuviera una forma sólida.

Siento un nudo en el estómago, una opresión en el pecho, y tengo la boca tan seca que no puedo ni hablar. Mi cuerpo reacciona como si lo que acaba de ocurrir ante mis ojos, el acto que he llevado a cabo, no fuera un juego imaginario, sino la horrible realidad.

—Lo has hecho bien. Te concentraste en el objetivo y acertaste en el blanco —dice Damen, que atraviesa la estancia en un segundo y me rodea con sus brazos cálidos para estrecharme contra su pecho. Su voz ronronea suavemente en mi oído cuando añade—: Aunque tienes que dejar la parte del «Perdóname» para cuando ella haya desaparecido. Créeme, Ever, sé que te sientes mal y no puedo culparte, pero ya lo hemos hablado: en un caso como este, se trata de ella o de ti. Solo una puede sobrevivir. Y, si no te importa, preferiría que fueras tú. —Desliza la yema del dedo por mi mejilla y luego me coloca un largo mechón rubio por detrás de la oreja—. No debes darle ningún indicio de lo que le espera. De modo que, por favor, guárdate las disculpas para después, ¿de acuerdo?

Asiento y me alejo de él, todavía con la respiración acelerada. Echo un vistazo por encima del hombro para contemplar el montón de cuero y encaje negro que hay en el suelo. Con un parpadeo, borro todo rastro de lo único que queda de la Haven que he manifestado.

Estiro el cuello hacia los lados y sacudo los brazos y las piernas en un movimiento que serviría tanto para aflojar tensiones como para prepararse para un nuevo asalto. Damen decide tomárselo como lo último.

—¿Otra ronda, entonces? —pregunta con una sonrisa.

Lo miro y niego con la cabeza. Hoy ya no puedo más. No puedo seguir matando al fantasma sin alma de mi antigua mejor amiga.

Estamos en el último día de verano, nuestro último día de libertad, y hay formas mucho mejores de pasar el tiempo.

Me fijo en su oscuro cabello ondulado, que se le derrama sobre la frente y cae sobre sus extraordinarios ojos castaños. Luego bajo la vista hasta el puente de su nariz, hasta los marcados pómulos y los labios carnosos, ahí mis ojos se demoran lo suficiente para recordar lo maravilloso que era sentirlos sobre los míos.

—Vamos al pabellón —le digo, mientras mi mirada ansiosa busca la suya antes de continuar hacia su sencilla camiseta negra y el cordón de seda que sujeta el grupo de cristales que lleva por debajo, y sigue hasta los vaqueros desgastados y las chancletas marrones de goma—. Vamos a divertirnos —repito al tiempo que cierro los ojos para crear nueva ropa para mí.

Hago desaparecer la camiseta, los pantalones cortos y las zapatillas deportivas que utilizo para entrenar y los sustituyo por la réplica de uno de los más hermosos vestidos encorsetados de gran escote que solía llevar en mi vida parisina.

No tengo más que echar un vistazo a sus ojos obnubilados para saber que es cosa hecha. El encanto del pabellón es casi imposible de resistir.

Es el único lugar donde de verdad podemos tocarnos sin las interferencias del escudo de energía, donde nuestra piel puede encontrarse, nuestro ADN fundirse, sin nigún peligro inminente para el alma de Damen.

Es el único lugar en el que podemos perdernos en un mundo en el que no existen los peligros de este.

Ya no albergo resentimientos por las limitaciones de nuestra vida aquí, porque ahora sé que son el resultado de tomar la decisión correcta, la única decisión posible. Tengo la certeza de que darle a Damen el elixir de Roman fue lo que hizo que hoy en día siga a mi lado, lo único que lo salvó de pasar la eternidad en Shadowland, así que me conformo con disfrutar de su contacto, venga en la forma que venga.

Con todo, ahora que sé que existe un lugar donde las cosas son mucho más fáciles que aquí, estoy decidida a pasar allí el mayor tiempo posible. Y este es un buen momento.

—Pero ¿qué pasa con las prácticas? Las clases empiezan mañana y no quiero que te pille desprevenida —dice. Es obvio que se esfuerza por hacer lo más noble y correcto, aun cuando está claro que el viajecito al pabellón es cosa hecha—. No tenemos ni la menor idea de lo que ella ha programado, así que deberíamos prepararnos para lo peor. Además, todavía no hemos comenzado con el tai chi, y creo que es necesario. Te sorprendería saber lo mucho que eso ayuda a equilibrar tu energía; te recarga de una manera que…

—¿Sabes qué otra cosa sirve para recargar mi energía? —Sonrío y, antes de que tenga tiempo para responder, aprieto mis labios contra los suyos, impaciente por oírle decir la palabra que nos llevará a ese lugar donde podré besarlo de verdad.

La ternura de su mirada me provoca una oleada de hormigueo y calidez, una sensación que solo él puede provocarme.

—Está bien, tú ganas —me dice al tiempo que se aparta un poco—. Pero siempre ganas, ¿no es así? —Sonríe y me mira a los ojos, feliz.

Toma mi mano y cierra los ojos mientras atravesamos el trémulo velo de suave luz dorada.

Capítulo dos

Aterrizamos en medio de un prado de tulipanes, rodeados por centenares de miles de maravillosos capullos rojos. Los suaves pétalos encarnados brillan bajo la omnipresente neblina resplandeciente, y los largos tallos verdes se mecen al compás de la brisa que Damen acaba de manifestar.

Estamos tumbados, mirando el cielo. Con solo imaginarlo, creamos un grupo de nubes y les damos forma de animales o de objetos; después los hacemos desaparecer y nos encaminamos hacia el interior. Nos dejamos caer al unísono sobre el enorme sofá blanco que parece un malvavisco gigante. Mi cuerpo se hunde entre los cojines mientras Damen coge el mando a distancia y se acurruca a mi lado.

—Bueno, ¿por dónde empezamos? —pregunta con una ceja enarcada que indica que está tan impaciente por comenzar como yo.

Encojo los pies por debajo del trasero y apoyo la cabeza en la palma de la mano.

—Hummm... Una pregunta difícil —le digo mirándolo con coquetería—. Dime, ¿qué posibilidades tengo? —Mis dedos trepan bajo el dobladillo de su camiseta, conscientes de que podré tocarlo de verdad muy pronto.

—Bueno, está tu vida parisina, para la que, según parece, ya estás adecuadamente vestida. —Hace un gesto afirmativo y sus ojos se clavan por un instante en las profundidades de mi escote—. También podemos visitar tu vida de puritana, aunque, si te soy sincero, no era una de mis favoritas…

—¿Y eso tiene algo que ver con la vestimenta? ¿Con todas esas ropas oscuras y anodinas de cuello alto? —le pregunto recordando los horribles vestidos que llevaba en aquella época, lo incómodos que eran y lo mucho que aquellos tejidos me irritaban la piel. Tampoco es una de mis épocas favoritas, desde luego—. Porque, si ese es el caso, seguro que te gustaba mi vida en Londres, cuando era la hija consentida de un barón adinerado y tenía un extraordinario guardarropa lleno de vestidos escotados resplandecientes y montones de zapatos increíbles. —Esa es sin duda una de mis preferidas, aunque solo sea por la simplicidad de la rutina de mi vida diaria, que en su mayor parte consistía en afrontar los dramas que yo misma había instigado.

Damen contempla mi rostro mientras me acaricia la mejilla. El persistente velo de energía vibra entre nosotros, pero solo hasta que elijamos un escenario.

—Bueno, si quieres saberlo, te diré que siento cierta predilección por Amsterdam. Por aquel entonces era un artista y tú eras mi musa, y…

—Y me pasaba la mayor parte del tiempo desnuda, cubierta solo por mi larguísimo cabello pelirrojo y un pequeño trozo de seda. —Niego con la cabeza y suelto una carcajada. No me sorprende en absoluto su elección—. Pero estoy segura de que esa no es la verdadera razón, ¿verdad? Seguro que no es más que una coincidencia,

¿a que sí? Seguro que lo que de verdad te interesaba eran los aspectos artísticos del asunto, y no...

Me inclino hacia él, lo distraigo con un beso en la mejilla y le arrebato el mando a distancia. Su expresión adquiere un fingido matiz indignado mientras me divierto con un improvisado juego de «no te acerques».

—¿Qué estás haciendo? —pregunta con cierta preocupación. De pronto, se toma con más seriedad lo de recuperar el mando.

Pero no me rindo. No pienso rendirme. Siempre que venimos aquí es él quien controla este cacharro y, por una vez, me gustaría ser yo quien lo sorprenda.

Lo sostengo por encima de mi cabeza y me lo paso de una mano a otra, decidida a mantenerlo fuera de su alcance.

—Bueno, como es evidente que nos resulta imposible ponernos de acuerdo con nuestras épocas favoritas, supongo que puedo apretar un botón al azar y ver dónde aterrizamos...

Me mira, y de repente su rostro palidece y su mirada se vuelve seria. Toda su expresión... No, qué demonios, todo su comportamiento se ha transformado de un modo tan impactante, tan solemne y tan desproporcionado, que estoy a punto de entregarle el control remoto, pero me lo pienso mejor y aprieto un botón.

Murmuro algo sobre la típica necesidad masculina de apoderarse del mando a distancia mientras la pantalla cobra vida y aparece una imagen de...

Bueno, de algo que nunca había visto antes.

—¡Ever! —exclama Damen. Su voz es firme y calmada, pero no logra ocultar su apremio—. Ever, por favor, devuélveme el mando. Yo...

Intenta arrebatármelo de nuevo, pero ya es demasiado tarde. Lo he escondido debajo del cojín.

Ya lo he puesto a salvo.

Ya he visto las imágenes que aparecen ante nosotros.

Es... es un lugar del sur, antes de la guerra. Y, aunque no estoy muy segura de por qué, sé que se trata del sur profundo. Supongo que es por las casas, construidas de una manera que creo que se llama «estilo plantación», y por la forma en que cambia la atmósfera; el cielo parece cálido, brillante y bochornoso, muy distinto a cualquier otro que haya visto o sentido en mis otras vidas. Es como una de esas «tomas panorámicas» de las películas, una imagen que te ayuda a entender en qué parte de la historia te encuentras.

Luego, con la misma rapidez, estamos dentro de la casa. Aparece un plano corto de una chica situada frente a una ventana que se supone que debe limpiar... pero en vez de eso, contempla el exterior con expresión dulce y soñadora.

Es alta para su edad, delgada y de hombros estrechos. Tiene la piel brillante y oscura, y unas piernas kilométricas rematadas por un par de tobillos escuálidos que asoman bajo el sencillo vestido de algodón. La prenda está muy gastada, y resulta obvio que ha sido remendada una y otra vez. Sin embargo, está planchada y limpia, como el resto de su persona. Solo le veo el perfil, ya que está de lado, pero puedo atisbar que su largo cabello oscuro desciende en espiral desde la parte posterior de su cabeza en una complicada mezcla de nudos y trenzas.

Es cuando se da la vuelta y puedo ver su rostro con claridad, que me fijo en sus oscuros ojos castaños y me doy cuenta de que...

¡Me estoy viendo a mí misma!

Ahogo una exclamación que resuena en las paredes de mármol blanco mientras contemplo ese rostro. Es un rostro joven y hermoso, aunque desfigurado por una expresión triste que no está en consonancia con su/mi juventud. Y un momento después, cuando aparece un hombre blanco mucho mayor, el significado de esa expresión se aclara de inmediato.

Él es el amo. Yo soy su esclava. Y no tengo tiempo para soñar despierta.

—Ever, por favor… —me suplica Damen—. Dame el mando ahora, antes de que veas algo de lo que te arrepentirás… algo que nunca podrás borrar de tu memoria.

No se lo doy.

Todavía no puedo dárselo.

Tengo que ver a ese hombre extraño al que no he conocido en ninguna de mis otras vidas; un hombre al que le encanta golpearla (golpearme) por el mero hecho de soñar con una vida mejor.

No tengo derecho a albergar esperanzas, ni a soñar, ni a nada que se le parezca. No tengo derecho a imaginar lugares lejanos o un amor que me salvará.

Nadie me salvará.

No hay lugares mejores.

No aparecerá ningún amor.

Esta es mi vida… Y así moriré.

La libertad no es para los míos.

Y cuanto antes me haga a la idea, mejor para mí, me dice… y lo repite con cada latigazo.

—¿Cómo es posible que nunca me lo hayas contado? —susurro con un hilo de voz.

Contemplo horrorizada las imágenes que me muestran una paliza que hasta ahora ni siquiera había creído posible. Asimilo cada golpe con un leve estremecimiento, con un juramento de silencio y dignidad que estoy decidida a cumplir.

—Como puedes apreciar, esta no es una de tus vidas románticas —dice Damen con una voz ronca por el pesar—. Hay ciertas partes, como la que estás contemplando ahora, que son de lo más desagradables, y no he tenido tiempo para modificarlas. Por eso lo he mantenido alejado de ti. Pero dejaré que lo veas tan pronto como lo haga, te lo prometo. Lo creas o no, hubo momentos felices. No fue siempre así. Pero, te lo ruego, Ever, hazte un favor y apágalo antes de que la cosa se ponga peor.

—¿Se pone peor?

Mis ojos se llenan de lágrimas por la chica indefensa que tengo ante mí. La chica que era antes.

Damen se limita a asentir antes de sacar el mando de debajo del cojín y apagar la pantalla. Nos quedamos en silencio, estremecidos por los horrores que acabamos de contemplar.

—Y el resto de mis vidas, todas esas escenas que nos encanta revivir, ¿también están modificadas? —pregunto, decidida a romper el silencio.

Damen me mira con el ceño fruncido, preocupado.

—Sí. Creí que te lo había dejado claro la primera vez que vinimos aquí. Nunca quise que vieras imágenes tan perturbadoras como esta. No sirve de nada revivir el aspecto más traumático de ciertas cosas que no podemos cambiar.

Niego con la cabeza y cierro los ojos, pero eso no sirve para aplacar la brutalidad de las imágenes que siguen apareciendo en mi mente.

—Supongo que no me di cuenta de que eras tú quien las modificaba. Supuse que era el lugar en sí quien lo hacía, como si Summerland no pudiese permitir que ocurriera nada malo en su interior, como si…

Pierdo el hilo, así que decido dejar la frase a medias. Recuerdo esa parte oscura, lluviosa y siniestra que descubrí una vez y sé que, al igual que el yin y el yang, toda oscuridad tiene su luz. Y eso, según parece, también incluye a Summerland.

—Yo construí este lugar, Ever. Lo creé especialmente para ti… para nosotros. Y eso significa que soy yo quien edita las imágenes.

Pulsa un botón del mando, aunque esta vez se cuida de elegir una escena más agradable, una escena en la que aparecemos escabulléndonos de un baile. Es uno de los momentos felices de la frívola vida londinense que tanto me gusta, un obvio intento por aligerar el ambiente, por desterrar la oscuridad que acabamos de revivir. Pero no funciona. No es fácil borrar imágenes tan horribles una vez vistas.

—Hay muchas razones por las que no recordamos nuestras vidas anteriores después de reencarnarnos, y la que acabas de presenciar es sin duda una de ellas. A veces son demasiado dolorosas para soportarlas, demasiado duras. Los recuerdos son una fuente de obsesiones. Yo lo sé mejor que nadie, ya que hay muchos que me atormentan desde hace más de seiscientos años.

A pesar de que me señala la pantalla para que vea una versión mucho más feliz de mí misma, no sirve de nada. No existe una cura inmediata para lo que siento en estos momentos.

Hasta hace un instante estaba segura de que mi vida como sirvienta parisina era la peor. Pero ¿una esclava? Niego con la cabeza.

Jamás me habría imaginado algo así. Nunca. Y, sinceramente, debo admitir que tanta brutalidad me ha dejado sin aliento.

—El objetivo de la reencarnación es experimentar el mayor número posible de vidas —dice Damen, que ha sintonizado mis pensamientos—. Así es como aprendemos las lecciones más importantes sobre el amor y la compasión, poniéndonos literalmente en el lugar de otro..., otro en quien acabamos convirtiéndonos al final.

—Creí que me habías dicho que el objetivo era equilibrar el karma. —Frunzo el ceño mientras me esfuerzo por encontrarle algo de lógica a todo esto.

Damen asiente con una expresión paciente y amable.

—Nuestro karma se desarrolla según las decisiones que tomamos, según la rapidez (o la lentitud) con la que aprendemos lo que de verdad es importante. Según el tiempo que tardemos en aceptar la auténtica razón por la que estamos aquí.

—¿Y cuál es esa razón? —pregunto. Mi mente todavía está algo embotada—. ¿Cuál es la auténtica razón?

—Amarnos los unos a los otros. —Encoge los hombros—. Ni más ni menos. Parece muy sencillo, algo muy fácil de hacer. Pero basta echar un vistazo a nuestra historia, incluyendo la parte que acabamos de ver, para tener claro que es una lección muy difícil para muchos.

—Así que intentabas protegerme de eso, ¿no?

Empiezo a sentir el aguijón de la curiosidad. Una parte de mí quiere ver más; quiere saber cómo ella (yo) sale adelante. Sin embargo, otra parte de mí tiene la certeza de que alguien que ha aprendido a sobrellevar una paliza como esa con tanta dignidad ya ha vivido antes muchas otras.

—A pesar de lo que has visto, quiero que sepas que hay momentos alegres. Eras muy hermosa, radiante, y una vez que conseguí alejarte de todo eso…

—Espera un momento… ¿Me rescataste? —Lo miro con los ojos como platos, como si estuviera contemplando a mi propio príncipe azul—. ¿Me liberaste?

—En cierto sentido… —Asiente, pero aparta la mirada. Su voz ha sonado tensa y es evidente que haría cualquier cosa por dejar todo este asunto atrás.

—¿Y fuimos… felices? —le pregunto. Necesito oírselo decir—. ¿Fuimos felices de verdad?

Hace un gesto afirmativo. Mueve la cabeza arriba y abajo con rapidez, pero no me dice nada más.

—Hasta que Drina me mata —añado para rellenar las partes que él no desea compartir conmigo.

Ella siempre se encargó de ponerle un final prematuro a mi vida, así que, ¿por qué iba a ser diferente esta vez? Noto que el rostro de Damen se ha tensado y que sus manos se mueven con crispación, pero decido presionarlo un poco más.

—Bueno, cuéntame, ¿cómo lo hizo esta vez? ¿Me empujó delante de un carruaje en marcha? ¿Me tiró desde un acantilado? ¿Me ahogó en un lago? ¿O probó con algo nuevo?

Damen me mira a los ojos. Es obvio que preferiría no responder, pero tiene claro que no me rendiré hasta que me lo cuente.

—Lo único que debes saber es que nunca repitió la misma técnica. —Suspira con expresión seria, solemne—. Quizá porque disfrutaba demasiado. Le encantaba idear nuevas formas. —Da un respingo—. Y supongo que no quería que yo empezara a sospechar. Pero escúchame, Ever, aunque lo que has presenciado es algo trágico, yo te amaba y tú me amabas, y fue algo glorioso mientras duró.

Aparto la mirada, decidida a asimilarlo, a aceptarlo todo. Pero es muy fuerte. Demasiado para mí en estos momentos, eso seguro.

—¿Me lo mostrarás algún día? —le pregunto después de volverme de nuevo hacia él.

Veo una promesa firme en sus ojos.

—Sí, pero concédeme un poco de tiempo para editar las imágenes, ¿de acuerdo? —me dice.

Asiento con la cabeza y veo que sus hombros se hunden, que su mandíbula se relaja. Sus gestos me dicen que esto ha sido tan duro para él como para mí.

—Pero se acabaron las sorpresas por hoy, ¿te parece bien? ¿Por qué no vamos a un lugar más feliz y más divertido?

Permanezco callada un rato. Estoy tan absorta en mis pensamientos que ni siquiera recuerdo que él está a mi lado.

El sonido de su voz en mi oído me anima en un instante.

—Oye, mira, está llegando la parte buena. ¿Qué te parece si nos convertimos en ellos?

Clavo la vista en la pantalla, donde una versión muy diferente de mí misma esboza una sonrisa radiante. Mi cabello, oscuro y brillante, centellea gracias al montón de horquillas y joyas que han sido creadas específicamente para que hagan juego con mi hermoso vestido verde esmeralda confeccionado a mano. Me comporto con una total seguridad en mí misma: estoy segura de mi belleza, de mis privilegios, de mi derecho a soñar con lo que me venga en gana, a conseguir lo que quiera y a reclamar a quien quiera… incluyendo al apuesto desconocido moreno que acabo de conocer.

El desconocido que hace que el resto de mis muchos pretendientes parezcan insulsos en comparación.

Es una versión de mí tan opuesta a la que he visto un momento antes que casi resulta imposible de creer. Estoy decidida a volver a visitar esa otra vida dentro de poco, pero ahora puede esperar.

Hemos venido aquí para disfrutar un poco del verano, y pienso asegurarme de que así sea.

Nos levantamos del sofá y nos acercamos a la pantalla cogidos de la mano. No nos detenemos hasta que nos fundimos con la escena.

Mi vestido parisino es sustituido de inmediato por ese atuendo verde esmeralda creado especialmente para mí. Coqueta, mordisqueo la mandíbula fuerte de Damen antes de provocarlo con la punta de la lengua y luego me doy la vuelta a toda prisa, me recojo un poco las faldas y lo guío hacia la parte más distante y oscura del jardín. Hacia un lugar donde nadie podrá encontrarnos: ni mi padre, ni los criados, ni mis pretendientes, ni mis amigos.

Mi único deseo es besar a este desconocido moreno y guapo que aparece siempre de la nada, que siempre sabe lo que estoy pensando. Que me provoca un hormigueo cálido desde la primera vez que lo vi.

Desde la primera vez que se coló en mi alma.

Capítulo tres

—¿No deberías pensar en marcharte a clase ya?

Giro el tapón de mi botella de elixir y echo un vistazo a la mesa de la cocina, donde está sentada Sabine. Me fijo en que se ha recogido el cabello rubio, que ya le llega hasta los hombros, por detrás de las orejas; en la combinación y aplicación perfecta de su maquillaje; en su traje planchado, limpio e inmaculado, sin una arruga a la vista... Y no puedo evitar preguntarme qué se siente al ser como ella. Cómo es vivir en un mundo en el que todo es ordenado, obediente, metódico y dispuesto a la perfección.

En el que todos los problemas tienen una solución lógica, todas las preguntas poseen una explicación académica y todos los dilemas pueden solucionarse con el veredicto de «inocente» o «culpable».

Un mundo en el que todo es blanco o negro, en el que todos los matices grises se descartan de inmediato.

Yo misma viví en ese mundo hace mucho tiempo, pero ahora, después de todo lo que he visto, me resulta imposible regresar a él.

Mi tía me mira, con expresión seria y los labios apretados. Está a punto de repetir la pregunta, pero se lo impido y empiezo a hablar.

—Hoy me lleva Damen. Llegará enseguida.

Todo su cuerpo se pone rígido cuando menciono el nombre de Damen. Sabine insiste en culparlo de mi reciente caída en desgracia, a pesar de que él estaba muy lejos de la tienda aquel día.

Asiente con la cabeza mientras me recorre muy despacio con la mirada. Me estudia con detenimiento desde la cabeza hasta los pies y toma nota de todos los detalles antes de realizar un nuevo barrido. Busca malos augurios, luces parpadeantes, símbolos de peligro, cualquier posible señal de amenaza. Anda a la caza de la clase de síntomas que aparecen en sus libros sobre educación, pero solo consigue la imagen de una chica rubia de ojos azules, algo bronceada, que lleva puesto un vestido veraniego y está descalza.

—Espero que este año no tengamos problemas. —Se lleva la taza a los labios y me observa por encima del borde.

—¿Y a qué clase de problemas te refieres? —le pregunto. Detesto el sarcasmo que se cuela en mi voz, pero estoy un poco harta de que siempre me haga ponerme a la defensiva.

—Me parece que ya lo sabes. —Sus palabras son secas, su frente se llena de arrugas.

Respiro hondo e intento que no vea que pongo los ojos en blanco.

Me siento dividida entre la horrible tristeza que me provoca que las cosas hayan llegado a este punto (la larga lista de recriminaciones diarias que nunca podrán borrarse) y la furia ciega que me causa su negativa a creerme, a aceptar que lo que le digo es cierto, que soy así de verdad, para bien o para mal.

Sin embargo, me limito a encogerme de hombros.

—Bueno, entonces te alegrará saber que ya no bebo —le digo—. Lo dejé poco después de que me expulsaran. Sobre todo porque al final no me servía de gran cosa y, aunque es probable que no quieras oír esto, y probablemente no vas a creerme, embotaba mi don de la peor manera posible.

Se encrespa. Se encrespa físicamente al escuchar la palabra «don». Ya me ha catalogado como una farsante patética ansiosa por llamar la atención, y detesta que utilice esa palabra más que ninguna otra cosa. Odia que me niegue a desdecirme, a darle la razón.

—Además —añado mientras doy unos golpecitos en la encimera con la botella y la miro con los ojos entrecerrados—, no me cabe ninguna duda de que ya has convencido al señor Muñoz para que me espíe y te envíe un informe todos los días.

Me arrepiento de esas palabras en cuanto salen de mis labios, porque aunque puede que no me haya equivocado con Sabine, lo cierto es que no he sido justa con Muñoz. El hombre se ha mostrado siempre amable y comprensivo conmigo, y ni una sola vez ha hecho que me sienta mal por ser como soy. Más bien todo lo contrario: parece intrigado, fascinado y sorprendentemente bien informado. Es una lástima que no pueda convencer a su novia.

De todas formas, Sabine no está dispuesta a aceptarme como soy, así que ¿por qué tendría yo que aceptar el hecho de que esté enamorada de mi viejo profesor de historia?

Aunque lo cierto es que debería hacerlo.

Y no solo porque dos negaciones casi nunca den como resultado una afirmación, sino porque, a pesar de lo que ella pueda pensar o lo que yo pueda decir, lo cierto es que quiero que mi tía sea feliz.

Y también que deje atrás todo este asunto para que podamos volver a la vida que llevábamos antes.

—Oye —le digo antes de que le dé tiempo a reaccionar, consciente de que es necesario calmar las cosas antes de que se pongan peor de lo que ya están; antes de que el asunto vaya a más y se convierta en una de las peleas que hemos tenido desde que descubrió que le había leído el futuro a su amiga bajo el pseudónimo de Avalon—. No quería decir eso. De verdad. Lo siento. —Hago un gesto afirmativo con la cabeza—. Venga, ¿hacemos una tregua, por favor? Una en la que tú me aceptes, yo te acepte y vivamos felices para siempre en paz y armonía, y todo ese rollo.

Casi le estoy suplicando con la mirada que ceda un poco, pero ella niega con la cabeza y murmura entre dientes. Masculla algo sobre que ahora tengo que regresar a casa en cuanto termine las clases, hasta que ella decida lo contrario.

La quiero mucho, y le estoy muy agradecida por todo lo que ha hecho, pero no habrá restricciones, ni castigos ni nada de eso. Porque el hecho es que no necesito vivir aquí. No necesito aguantar este rollo. Tengo otras opciones; montones y montones de opciones. Y ella no se hace ni la más mínima idea de lo mucho que me cuesta fingir lo contrario.

Fingir que me alimento cuando ya no necesito hacerlo; fingir que estudio cuando ya no es preciso; fingir que soy como cualquier otra chica de diecisiete años, una chica que depende de los adultos presentes en su vida para asegurarse la comida, el cobijo, el dinero y casi todo lo demás. Fingir todo eso cuando nada es cierto. Estoy a miles de kilómetros de ser esa chica. Mi trabajo es asegurarme de que ella nunca descubra más de lo que ya sabe.

—A ver qué te parece esto —le digo mientras hago girar la botella de elixir y contemplo los destellos del líquido rojo que se desliza por el cristal—. Yo me esforzaré por mantenerme alejada de los problemas y de tu camino… si tú haces lo mismo. ¿Trato hecho?

Sabine me mira con el ceño fruncido. Es evidente que intenta averiguar si soy sincera o si lo que he dicho es una especie de amenaza. Frunce los labios un instante, el tiempo justo para pensar su respuesta.

—Ever... Estoy tan preocupada por ti... —Hace un gesto negativo con la cabeza y recorre el borde de la taza con el dedo—. Tienes problemas muy serios, tanto si quieres admitirlo como si no, y me estoy estrujando el cerebro en busca de una forma de controlarte, de llegar hasta ti, de ayudarte a...

Mi último vestigio de buena voluntad se desvanece, así que vuelvo a ponerle el tapón a la botella y miro a mi tía con los ojos entrecerrados.

—Ya, bueno, pues quizá lo que voy a decirte te sirva para algo. Primero: si de verdad quieres ayudarme tanto como dices, podrías empezar por no decir que estoy chiflada. —Niego con la cabeza y me pongo las sandalias, ya que he percibido que Damen está a punto de llegar—. Y segundo —Me cuelgo la mochila al hombro y afronto su mirada furiosa con una de cosecha propia—: puedes dejar de referirte a mí como alguien «hambriento de atención», «profundamente perturbado» o «una farsante necesitada» o cualquier otra variación posible. —Me reafirmo con un gesto de asentimiento—. Esas dos cosas por sí solas serían un buen comienzo a la hora de «ayudarme», Sabine.

Salgo de la cocina y de la casa como una exhalación, sin darle tiempo a responder, y cierro la puerta con mucha más fuerza de la que pretendía. Aún no se me ha pasado el enfado cuando me encamino hacia el coche de Damen.

Me acomodo en el suave asiento de cuero.

—Vaya, de modo que así están las cosas —me dice.

Lo miro con los párpados entornados y sigo la dirección que indica su dedo hasta la ventana donde se encuentra Sabine. Mi tía no se ha molestado en espiar entre las rendijas de la persiana o en asomarse con disimulo a través de las cortinas. No se ha molestado en ocultar el hecho de que me está vigilando. De que nos vigila a los dos. Permanece donde está, con los labios apretados, la expresión seria y los brazos en jarras, mientras nos observa.

Suspiro y aparto la mirada a propósito para concentrarme en Damen.

—Conténtate con haberte librado del interrogatorio que habrías sufrido si llegas a entrar. —Hago un gesto de exasperación con la cabeza—. Créeme, te dije que me esperaras aquí fuera por una buena razón —le aseguro mientras me lo como con los ojos.

—¿Sigue igual?

Asiento con expresión desesperada.

—¿Seguro que no quieres que hable con ella? Tal vez mejoraría un poco las cosas.

—Olvídalo. —Desearía que ya hubiese metido la marcha atrás para sacarme de este lugar—. Es imposible razonar con ella, porque se muestra del todo irrazonable. Y, créeme, que hablaras con ella solo empeoraría las cosas.

—¿Empeoraría la mirada diabólica que me acaba de dirigir desde la ventana? —Echa un vistazo al espejo retrovisor mientras retrocede por el camino de entrada y esboza una sonrisa más juguetona de lo que a mí me gustaría.

Porque esto es serio.

Yo hablo muy en serio.

Aunque tal vez a él no se lo parezca, para mí todo esto es bastante grave.

Sin embargo, cuando lo miro de nuevo decido pasar de todo y dejarlo en paz. Tengo que acordarme que después de lo mucho que ha vivido en sus seis siglos de existencia, Damen tiende a dar poca importancia a los dramas diarios que parecen ocupar gran parte de mi tiempo.

Tal y como él lo ve, prácticamente todo lo que no soy yo entra en la categoría de «Cosas por las que no merece la pena molestarse». Hasta tal punto que, de un tiempo a esta parte, lo único que parece preocuparle, lo único en lo que se concentra (más incluso que en encontrar el antídoto que nos permita estar juntos después de cientos de años de espera) es en proteger mi alma de Shadowland. En lo que a él se refiere, todo lo demás carece de importancia.

Entiendo lo beneficioso que puede resultar tener una perspectiva tan panorámica, pero no puedo evitar preocuparme también por los asuntos «insignificantes».

Y, por desgracia para Damen, lo que más me ayuda a aclarar las ideas es hablar de ello una y otra vez.

—Créeme, te has librado de una buena. Y si hubieras insistido en entrar, las cosas se habrían puesto peor.

Las palabras flotan de mi mente a la suya mientras contemplo el paisaje que se extiende al otro lado del parabrisas. Me asombra lo luminoso, cálido y soleado que es el día, a pesar de que apenas pasan unos minutos de las ocho de la mañana. Y no puedo evitar preguntarme si llegaré a acostumbrarme alguna vez; si dejaré de comparar mi nueva vida en Laguna Beach, California, con la que dejé atrás en Eugene, Oregón.

Si alguna vez conseguiré dejar de mirar atrás.

Mis pensamientos regresan al tema cuando Damen me aprieta la rodilla.

—No te preocupes. Se le pasará —me dice.

Pero aunque su voz suena segura, su expresión cuenta una historia muy diferente. Sus palabras se basan más en la esperanza que en la certeza, ya que su deseo de tranquilizarme supera con creces su deseo de averiguar la verdad. Lo cierto es que si a Sabine no se le ha pasado ya, es muy poco probable que se le pase alguna vez. Y mucho menos pronto.

—¿Sabes qué es lo que más me molesta? —le pregunto, aunque sé que lo sabe porque ya se lo he dicho otras veces. Aun así, continúo—: Lo que más me molesta es que no me cree, a pesar de todo lo que le he dicho. A pesar de que le he leído la mente y le he contado un montón de cosas sobre su pasado, su presente y su futuro, que no podría haber sabido si no tuviera poderes psíquicos, sigue sin aceptar la verdad. De hecho, me cree aún menos. Todo eso solo sirve para que se aferre más a sus ideas y se niegue en redondo a considerar mis argumentos o cualquier otra cosa que tenga que decir al respecto. Se niega a abrir su mente ni lo más mínimo. No hace más que dirigirme esa miradita crítica suya, porque está convencida de que estoy fingiendo, de que me lo he inventado todo en un patético intento por llamar la atención. De que estoy loca de remate.

Sacudo la cabeza y me retiro el pelo rubio detrás de las orejas. Siento las mejillas calientes y ruborizadas. Esta es la parte que me pone de los nervios, que me deja la cara roja y hecha una furia.

—Le pedí que se preguntara por qué demonios habría malgastado tanto tiempo y esfuerzo en ocultarle mis habilidades si solo me interesara llamar la atención; le supliqué que se concentrara en su estúpido argumento y que se diera cuenta de que no tenía ningún sentido... Pero se negó a ceder. En serio, ¡hasta me acusó de ser una farsante! —Cierro los ojos y frunzo el entrecejo mientras recuerdo ese momento con tanta claridad como si estuviera sucediendo ante mis ojos.

Sabine irrumpe en mi habitación la mañana después de la muerte de Roman, la mañana después de que todas mis esperanzas de estar con Damen o de conseguir el antídoto se esfumaran. No me concede tiempo para despertarme del todo, para lavarme la cara, para cepillarme los dientes y adecentarme un poco.

Presa de una furia justiciera, entrecierra sus ojos azules para observarme con detenimiento.

—¿No crees que me debes una explicación por lo de anoche, Ever?

Sacudo la cabeza y expulso la imagen de mi mente. Mi mirada se encuentra con la de Damen.

—Porque, según ella —le explico—, no existen «los poderes psíquicos, la percepción extrasensorial ni nada de eso». Según ella, nadie puede ver el futuro. Todo ese rollo no es más que una patraña que solo mantienen los sacacuartos sin escrúpulos, los charlatanes farsantes... ¡como yo! A su modo de ver, cometí un acto fraudulento desde el momento en que acepté dinero por leer el futuro. Y, por si no lo sabes, existen repercusiones legales para ese tipo de cosas que a ella le hizo muy feliz enumerarme. —Miro a Damen tan indignada y enojada como la primera vez que le conté la historia—. Así que anoche, cuando tuvo la desfachatez de volver a sacar el tema, le pregunté si podría recomendarme a algún abogado bueno, en vista de que iba a tener tantos problemas y todo eso. —Pongo los ojos en blanco al recordar lo mal que acabó la cosa.

Tironeo con nerviosismo del bajo de mi camiseta blanca de algodón mientras me coloco la botella abierta de elixir encima de la rodilla. Me digo que debo calmarme y dejarlo estar, que ya hemos hablado de esto un montón de veces y que solo consigo sentirme más herida cada vez.

Echo un vistazo por la ventanilla cuando Damen detiene el coche para permitir que una anciana, que lleva una tabla de surf en una mano y la correa de un labrador dorado en la otra, atraviese la carretera. El perro, con el gracioso meneo de la cola, el brillante pelaje dorado, los alegres ojos castaños y la bonita nariz rosada, se parece tanto a mi antiguo perro, Buttercup, que siento un vuelco en el corazón. Vuelvo a notar el acostumbrado aguijonazo en las entrañas que me recuerda todo lo que he perdido.

—¿Le recordaste que fue ella quien te presentó a Ava y que fue Ava quien te condujo sin quererlo al trabajo en Mystics & Moonbeams? —me pregunta Damen, que consigue traerme de vuelta al presente cuando deja de pisar el freno para apretar el acelerador.

Asiento, a la vez que miro por el retrovisor de mi lado para ver el reflejo del perro, que cada vez se vuelve más pequeño.

—Se lo mencioné anoche, ¿y sabes lo que me dijo?

Lo miro y permito que la escena pase de mi mente a la suya.

Sabine está junto a la encimera de la cocina y tiene delante un montón de verdura para lavar y picar; yo, vestida con mi equipo de correr, lo único que quiero es salir de casa sin problemas, para variar. Pero todas nuestras pretensiones se van al traste cuando ella decide iniciar la decimoquinta ronda de su eterno combate contra mí.

—Dijo que era una broma. Una forma de animar la fiesta. Algo que solo tenía el propósito de entretener y que no había que tomarse en serio. —Elevo la vista hacia el techo del vehículo en un gesto exasperado.

Estoy a punto de decir más, ya que todavía no he terminado ni de lejos, pero Damen me mira y me interrumpe.

—Ever, si algo he aprendido en mis seiscientos años de vida es que la gente detesta los cambios casi tanto como el hecho de que alguien desafíe sus creencias. En serio. Mira lo que le ocurrió a mi pobre amigo Galileo. Fue condenado al ostracismo por tener la audacia de apoyar la teoría de Copérnico, que afirmaba que la Tierra no era el centro del universo. Al final lo juzgaron, lo declararon sospechoso de herejía y lo obligaron a retractarse; se pasó el resto de su vida en arresto domiciliario, a pesar de que, como todos sabemos, siempre tuvo razón. Así que, bien pensado, me parece que tú no has salido mal parada. —Se echa a reír y me suplica con la mirada que me anime y me ría también.

Pero todavía no puedo hacerlo. Quizá algún día todo esto me parezca gracioso, pero ese día se encuentra aún en un futuro lejano que no está a la vista.

—No creas —le digo al tiempo que pongo una mano sobre la suya y noto el velo de energía que vibra entre nosotros—. Intentó castigarme sin salir, pero no pienso consentirlo. En serio, me parece de lo más injusto tener que aceptar el mundo blanco y negro en el que ella ha elegido vivir y que no me dé ni la más mínima oportunidad de explicarme. Que se niegue incluso a considerar mi punto de vista. Sabine me ha catalogado sin más como una adolescente lunática e inadaptada que sufre inestabilidad emocional, y solo porque poseo capacidades que no encajan en su mente de miras estrechas. Y a veces eso me cabrea tanto que…

Me calmo un poco y aprieto los labios, sin saber muy bien si debería o no decir algo así en voz alta. Damen me mira, a la espera.

—A-veces-me-muero-de-ganas-de-que-pase-este-año-para-que-podamos-graduarnos-e-irnos-lejos-de-aquí-para-vivir-nuestras-vidas-y-acabar-con-esto. —Suelto la parrafada a tal velocidad que las palabras se mezclan y resulta casi imposible distinguirlas entre sí—. Me siento mal por decir esto, sobre todo después de lo que Sabine ha hecho por mí, pero lo cierto es que mi tía no sabe ni la mitad de lo que puedo hacer. Lo único que sabe es que poseo habilidades psíquicas, ¡eso es todo! ¿Te imaginas cómo reaccionaría si le contara la verdad, si le dijera que soy una inmortal con unos poderes físicos que ni se le podrían pasar por la cabeza? Como, por ejemplo, el poder de la manifestación; ah, sí, y no olvidemos el breve viaje en el tiempo que hice hace poco; por no mencionar que me gusta pasar el tiempo libre en una encantadora dimensión alternativa llamada Summerland, ¡donde mi novio inmortal y yo nos enrollamos disfrazados con los atuendos de nuestras antiguas vidas! ¿Te imaginas qué pasaría si le contara eso?

Damen me mira, y el brillo de sus ojos me provoca al instante un hormigueo cálido.

—Será mejor que no lo averigüemos, ¿eh? —me dice con una sonrisa.

Se detiene frente a un semáforo y me abraza. Sus labios me rozan la frente y la mejilla antes de bajar por el cuello, hasta que al final se unen a los míos.

Se aparta un instante antes de que se encienda la luz verde y me mira de reojo.

—¿Estás segura de que quieres pasar por esto?

Su tierna y oscura mirada se demora en mis ojos algo más de lo necesario. Me da tiempo de sobra para decir que no, que no estoy preparada ni de lejos, para pedirle que cambie de dirección y que me lleve a cualquier otro sitio. A un lugar más agradable, más hospitalario, más cálido. Una playa lejana, o quizá una escapada a Summerland.

Una pequeña parte de él desea que elija eso.

Damen ya ha terminado el instituto. Lo terminó hace siglos. Yo soy la única razón de que esté aquí. La única razón por la que se queda. Y ahora que estamos juntos, que nos hemos reunido por fin después de varios siglos de tormento en los que nos separaron una y otra vez, no le encuentra lógica a todo esto. Lo ve como una charada sin sentido.

En ocasiones yo tampoco le encuentro sentido, ya que resulta muy difícil aprender algo cuando se pueden adquirir todos los conocimientos necesarios leyendo la mente del profesor o colocando la mano sobre la cubierta del libro, pero estoy decidida a aguantar hasta el final.

Sobre todo porque es casi la única parte de mi extraña vida que todavía guarda cierta normalidad. Y sin importar lo mucho que se aburra Damen, sin importar cuántas veces me suplique que lo deje para que podamos empezar nuestra vida juntos, no pienso rendirme. No puedo hacerlo. Por alguna extraña razón, quiero que nos graduemos.

Quiero tener el diploma en la mano y lanzar el birrete al aire.

Y hoy vamos a dar el primer paso hacia ese fin.

Sonrío y asiento con la cabeza para animarlo a continuar. Veo una sombra de intranquilidad en su rostro y le devuelvo la mirada con más fuerza y aplomo. Enderezo los hombros, me recojo el pelo en una coleta baja, me aliso las arrugas del vestido y me preparo para la batalla que tengo por delante.

No sé muy bien qué debo esperar, ya que no puedo ver mi futuro con tanta claridad como veo el de los demás, pero hay algo de lo que estoy muy segura: Haven aún me culpa por la muerte de Roman.

Aún me culpa por todo lo que ha salido mal en su vida.

Y está decidida a cumplir su promesa de acabar conmigo.

—Créeme, estoy más que preparada.

Echo un vistazo por la ventanilla y examino la multitud en busca de mi antigua mejor amiga, consciente de que solo es cuestión de tiempo que haga su primer movimiento. Solo espero tener la oportunidad de esquivarlo antes de que alguna de las dos hagamos algo de lo que sin duda nos arrepentiremos.

Capítulo cuatro

No la veo hasta la hora del almuerzo.

Cuando todo el mundo la ve.

Sería imposible no hacerlo.

Haven es como un inesperado remolino de escarcha azul, como un escabroso carámbano de curvas marcadas, y resulta tan incitante, exótica e impactante como una ráfaga de viento invernal en un día de verano.

Hay un enjambre de alumnos a su alrededor… Los mismos alumnos que antes no le hacían ni caso.

Pero ahora resulta imposible no prestarle atención.

No hay manera de pasar por alto su belleza sobrenatural, su irresistible atractivo.

No es la Haven de antes. Es totalmente diferente. Se ha transformado.

Donde antes palidecía, ahora resplandece.

Antes causaba rechazo, ahora es como un imán.

Y lo que yo solía considerar su look gitanesco rocanrolero de cuero negro y encaje ha sido sustituido por una especie de glamour lánguido, hechizante y un poco morboso. Como si fuera la versión ártica de una oscura y afligida novia, va vestida con un largo y ceñido vestido con escote en V y mangas largas vaporosas. Varias capas de sedoso tejido azul arrastran por el suelo tras ella. Su cuello soporta el peso de numerosas joyas: una combinación de brillantes perlas tahitianas, zafiros bruñidos, enormes trozos de turquesa sin tallar y racimos de aguamarinas pulidas. Su cabello, una masa brillante y negra, cae en ondas gruesas hasta la cintura. El mechón platino que en su día le adornaba el flequillo está teñido ahora del mismo color cobalto oscuro de la laca de uñas, del perfilador de ojos y de la gema que brilla entre sus dos elegantes cejas arqueadas.

La antigua Haven jamás habría conseguido tener ese aspecto; las carcajadas de los demás la habrían hecho salir corriendo del instituto antes de que sonara el timbre.

Masculló entre dientes cuando Damen se acerca a mí. Sus dedos aprietan mi mano en lo que pretende ser un gesto tranquilizador, pero lo cierto es que ambos estamos tan hechizados como todos los presentes. Somos incapaces de apartar la vista del brillo de su piel pálida, que parece resplandecer en medio de un mar azul y negro. El resultado es un aspecto extrañamente frágil y etéreo, como el de un moratón reciente, que oculta por completo la determinación que va por dentro.

—El amuleto —susurra Damen, que me mira a los ojos un instante antes de volver a observar a Haven—. No lo lleva puesto. Ha... desaparecido.

Clavo la vista en su cuello de inmediato para buscar el intrincado colgante de gemas, pero veo que Damen está en lo cierto. El amuleto que le regalé, el que tenía como objetivo mantenerla a salvo de cualquier daño (y también de mí) ya no está. Y sé que no es una casualidad, ni mucho menos. Es un mensaje para mí. Un mensaje que dice alto y claro: «No te necesito. Te he superado. Te he sobrepasado con creces».

Ahora que ha llegado a la cima del poder por cuenta propia, Haven ya no me teme.

Aunque su aura ya no es visible (no lo ha vuelto a ser desde la noche en la que le di a beber el elixir que la convirtió en un ser inmortal como yo), lo cierto es que no me hace falta verla para percibir lo que está pensando.

Para saber lo que siente en estos momentos.

Son el dolor por la muerte de Roman y la rabia que siente hacia mí lo que ha desencadenado todo este asunto. Haven se guía por una abrumadora sensación de furia y de pérdida, y ahora quiere vengarse de todos aquellos que alguna vez le hicieron daño.

Empezando por mí.

Damen deja de andar y me retiene a su lado con la intención de darme una última oportunidad para rendirme y marcharme, pero no voy a hacerlo. No puedo. Estoy decidida a dejar que sea ella quien haga el primer movimiento, pero en el momento en que lo haga, le recordaré quién manda aquí. Para eso he estado entrenando. Y si bien es posible que esté muy segura de sí misma, resulta que sé algo que ella desconoce: se siente fuerte, poderosa e invencible..., pero sus poderes ni siquiera pueden rozarme.

Damen me observa con preocupación, consciente de la penetrante mirada de odio que me dirige Haven. Sin embargo, respondo con un encogimiento de hombros y avanzo a su lado hasta nuestra mesa de siempre, la misma que ahora Haven debe considerar indigna de ella. Sé muy bien que esa mirada de odio no es más que el principio, de modo que será mejor que nos acostumbremos a ella si queremos terminar el año con vida.

—¿Estás bien? —Damen se inclina hacia mí con un brillo inquieto en los ojos y me pone la mano sobre la rodilla.

Asiento con la cabeza sin apartar la vista de Haven, porque sé que si se parece en algo a Roman, alargará todo lo posible este juegecito del gato y el ratón a fin de endulzar la espera antes de intentar matarme.

—Porque sabes que estoy aquí. Siempre estaré aquí. Aunque este año no compartamos ninguna clase, gracias a ti, debo añadir —dice, moviendo la cabeza en un gesto exasperado—, quiero que sepas que no voy a irme a ninguna parte. No me marcharé, no me escabulliré, no haré novillos ni nada por el estilo. Pienso asistir a todas las clases aburridas que aparecen en mi maldito horario. Y eso significa que si me necesitas, solo tienes que llamarme y...

—Estarás a mi lado. —Lo miro a los ojos durante un instante antes de volver a observar a Haven.

Está claro que le encanta ser la nueva reina del grupo de los guays, y presidir una mesa a la que, hasta hace poco, no podía ni acercarse y, mucho menos, sentarse. Solo puedo asumir que Stacia y Honor han decidido ejercer los privilegios de su último año comiendo fuera, ya que si estuvieran por aquí jamás habrían permitido que algo así ocurriera. Me pregunto cómo reaccionarán cuando regresen y se enteren de que Haven ha ocupado su lugar.

—Escucha —le digo mientras le quito el tapón a la botella de elixir para dar un trago—, ya hemos hablado de esto, y estoy bien. Puedo manejar la situación. Puedo manejarla a ella. De verdad. —Me vuelvo hacia él para dejarle claro que hablo muy en serio—.

Tenemos toda una eternidad para estar juntos. Solo tú, yo y el infinito. —Sonrío—. No hace falta que nos sentemos juntos también en la clase de física, ¿vale? —Me da un vuelco el corazón al ver que sus ojos se iluminan cuando sonríe—. No tienes que preocuparte por mí. Entre la meditación con Ava y el entrenamiento contigo, ¡me he convertido en la nueva versión poderosa de Ever! Y puedo controlar a Haven. De eso no tengas ninguna duda.

Nos mira a ambas con expresión recelosa. Es obvio que se debate entre la presión de sus temores y el deseo de creerme. Aunque no dejo de decirle que no debe hacerlo, se preocupa por mi seguridad; se considera culpable de toda esta situación, porque fue él quien la inició al convertirme en inmortal, y eso es lo que le impide quedarse tranquilo.

—Vale, pero una última cosa… —Me alza la barbilla hasta que nuestros ojos se encuentran—. Recuerda que es una criatura furiosa, poderosa y temeraria: una combinación de lo más peligrosa.

Asiento con la cabeza.

—Bueno, puede que eso sea cierto —le digo—, pero no olvides que estoy concentrada, que soy más poderosa y que tengo mucho más control del que ella tendrá jamás. Y eso significa que no puede hacerme daño. Por mucho que lo intente, por mucho que lo desee, no ganará esta guerra. Por no mencionar que yo tengo algo de lo que ella carece…

Damen me mira con los ojos entornados. No había anticipado este cambio en el guión que hemos repasado tantas veces.

—A ti. Te tengo a ti. Para siempre jamás, ¿verdad? O al menos eso es lo que dijiste anoche, cuando intentabas seducirme en la campiña inglesa…

—Vaya, ¿así que era yo quien intentaba seducirte? ¿Estás segura? —me pregunta.

Se echa a reír antes de cerrar los ojos y darme un beso. El beso es suave al principio, pero poco a poco se vuelve insistente. Es uno de esos besos que incendian mi cuerpo y lo llenan del cosquilleo cálido que solo él puede provocarme. Pero Damen lo interrumpe rápidamente, consciente de que no podemos arriesgarnos a perder la concentración.

Estas cosas pueden esperar. Haven, no.

Apenas he tenido la oportunidad de serenarme y recomponerme un poco cuando Miles aparece de repente entre la multitud y se aleja de la mesa de Haven para acercarse a la nuestra. Se detiene a unos pasos de distancia, da una vuelta rápida de trescientos sesenta grados y luego adopta una pose de modelo que completa con una mirada penetrante, los labios fruncidos y una mano apoyada en la cadera.

—¿Notáis alguna diferencia? —Nos mira a ambos—. Porque, perdonad que os lo diga, pero Haven no es la única que ha sufrido una transformación este verano, ¿sabéis? —Deja de posar y se acerca a nosotros—. ¿Notáis… algo… diferente? —Pronuncia las palabras muy despacio, poniendo énfasis en todas ellas.

Y cuando lo miro, cuando lo miro de verdad, el universo entero frena en seco con un agudo chirrido. La respiración, el parpadeo y los latidos del corazón se detienen al instante, sobrecogidos por un abrumador impacto. Damen y yo nos convertimos en dos inmortales pasmados que se preguntan si están viendo a un tercero.

—Venga, vamos… ¿qué os parece? —canturrea Miles. Realiza otro giro rápido y lo finaliza con una nueva pose que está decidido a mantener hasta que alguno de nosotros empiece a hablar—. Holt ni siquiera me reconoció.

¿Que qué pienso? Pienso que la palabra «diferente» no sirve para describir lo que veo. Clavo la vista en Damen antes de volver a observar a Miles. Mierda, ni siquiera «completamente distinto» o «absolutamente transformado» servirían para describirlo. Hago un gesto negativo con la cabeza.

El cabello castaño que siempre llevaba rapado está ahora más largo, más ondulado, casi como el de Damen. Y el rostro de mejillas regordetas que le hacía parecer un par de años más joven ha desaparecido por completo; en su lugar aparecen ahora unos pómulos marcados, una mandíbula cuadrada y una nariz bien definida. Incluso su ropa, que consiste más o menos en los vaqueros, los zapatos y la camisa de siempre, parece muy distinta. Diferente. Totalmente cambiada.

Es como una oruga que hubiera decidido deshacerse de su viejo capullo para mostrar sus maravillosas alas nuevas.

Y justo cuando estoy a punto de pensar en lo peor, convencida de que Haven le ha hecho algo, la veo. La vemos. Miles está rodeado por una brillante aura naranja, y eso es lo único que nos permite relajarnos y volver a respirar con normalidad.

Aun así, tardo un rato en asimilarlo todo. No estoy segura de por dónde empezar, así que me siento aliviada cuando oigo las palabras de Damen.

—Parece que Florencia te ha sentado muy bien. De maravilla, mejor dicho. —Sonríe mientras estrecha la mano de Miles.

Miles se echa a reír, y su rostro se ilumina de una manera que logra suavizar sus nuevos rasgos. Pero la sonrisa desaparece al instante, y su aura se convierte en una masa ondulante cuando se concentra en Damen. Es entonces cuando me acuerdo.

Supongo que he estado tan absorta en mi drama particular con Haven y con Sabine que había olvidado por completo que Miles descubrió unos retratos en los que aparecían Damen y Drina.

Retratos pintados hace siglos.

Retratos para los que no existe una respuesta fácil, ni explicaciones lógicas de ningún tipo.

Aunque juré que no lo haría nunca, a menos que fuera necesario, creo que este es exactamente uno de esos momentos que podrían considerarse una emergencia. Así que mientras Damen entabla una charla sobre Florencia con él, indago en la mente de Miles. Necesito saber lo que piensa, lo que sospecha, y me sorprende descubrir que no le preocupan las cosas que yo me temía. Está concentrado en mí.

—Estoy decepcionado —dice, interrumpiendo a Damen para dirigirse a mí.

Inclino la cabeza hacia un lado; puesto que he salido de su mente hace un par de segundos, no sé a qué se refiere.

—He regresado a casa nuevo y mejorado, como podéis apreciar. —Señala su cuerpo con la mano, como si fuera un modelo mostrando el gran premio de un concurso—. Y estaba casi seguro de que este sería mi mejor año. Pero ahora descubro que mis amigas todavía están peleadas, que siguen sin hablarse y que aún me obligan a elegir entre ellas, a pesar de que dejé bien clarito que debían arreglar las cosas antes de que regresara, porque no estaba dispuesto a seguir con este jueguecito. No pienso representar el papel de Meryl Streep en *La decisión de Sophie*. Ni de coña. De hecho...

—¿Es eso lo que te ha dicho Haven? —lo interrumpo, porque tengo la sensación de que, si se lo permito, seguirá con ese monólogo hasta que suene el timbre—. ¿Te dijo que debías elegir entre nosotras? —le pregunto en voz baja, ya que un grupo de estudiantes pasa a nuestro lado.

—No, pero no le ha hecho falta decirlo. Está bastante claro que si tú no hablas con ella y ella no habla contigo, tendré que elegir. De lo contrario, los almuerzos serán aún más incómodos que los del año pasado. —Niega con la cabeza y sus brillantes rizos castaños se agitan de lado a lado—. Y no pienso tolerarlo. Ni hablar. Así que, en resumen, tenéis hasta mañana para solucionar esto. Si no, me veré obligado a comer en otro sitio. Ah, y en caso de que no me toméis en serio, debéis saber que ahora tengo a mi disposición las llaves del viejo coche de mi madre, así que ya no contáis con la ventaja de traerme a clase. Haven y tú estáis igualadas en lo que a mi afecto se refiere. Y eso significa que tendréis que esforzaros si queréis volver a verme, o…

—¿O qué? —Intento parecer alegre, bromista, porque en realidad no tengo ni idea de cómo decirle que, conociendo a Haven, es evidente que nuestro problema solo irá a peor.

—O me buscaré una mesa nueva y un nuevo grupo de amigos. —Asiente mientras nos mira para asegurarnos que piensa cumplir su promesa.

—Veremos lo que se puede hacer —dice Damen, que solo quiere dejar el tema a un lado.

—No te prometo nada —añado, impaciente por aclarar las cosas y mantener un tono realista. No quiero alentar las falsas esperanzas que pueda albergar.

Dando por hecho que ya estamos libres de sospecha, Damen me agarra de la mano cuando suena el timbre para acompañarme a clase, pero se detiene cuando Miles le da unas palmaditas en el hombro.

—Y tú… —Miles hace una pausa y lo mira de arriba abajo—. Tú y yo hablaremos más tarde. Tienes que explicarme algunas cosas.

Capítulo cinco

Supongo que he estado tan concentrada en Haven que ni siquiera me había acordado de mis otras archienemigas, también conocidas como Stacia Miller y su leal compinche, Honor.

No obstante, en cuanto entro en la clase de física que tengo a sexta hora y la puerta se cierra detrás de mí, justo con el último timbre, las recuerdo de inmediato gracias al sonido apagado de sus risas y sus burlas.

Me dirijo hacia la parte central, y no puedo evitar sonreír para mis adentros al ver la cara de asombro que pone Stacia cuando elijo el sitio que hay más cerca de ellas. ¿Para qué obligarlas a retorcer el cuello para verme bien cuando puedo ocupar una mesa que les proporciona una vista mejor y más clara de su objeto favorito de tortura?

Sin embargo, Stacia no es la única que parece sorprendida por mi elección. Honor está igual. Se endereza un poco en la silla y arquea una ceja mientras me recorre con la mirada. Tiene una expresión tan reservada, tan controvertida, que resulta casi imposible de descifrar.

Casi.

Porque lo cierto es que estoy menos concentrada en su expresión que en los pensamientos que fluyen de su mente y que me envía a propósito, asumiendo correctamente que la estoy escuchando.

—*Sé que puedes oírme. Lo sé todo sobre ti. Y sé que sabes lo que planeo hacerle a Stacia, que pienso hacerle pagar por todas las faenas que me ha hecho a mí y a cualquier otro desgraciado que haya tenido la mala suerte de interponerse en su camino. Lo que no sé es si vas a ayudarme o a detenerme. En caso de que te plantees impedírmelo, será mejor que lo pienses bien. En primer lugar, se ha comportado como una zorra contigo desde el principio, y en segundo... Bueno, no podrías detenerme ni aunque quisieras. Nadie podrá. Ni tú, ni Jude, ni mucho menos Stacia, así que será mejor que no lo intentes...*

Me mira a los ojos, ansiosa por descubrir algún tipo de reacción, algún tipo de señal que indique que he recibido su mensaje alto y claro, pero no pienso darle esa satisfacción. Y no tengo intención de escuchar nada más.

Después de oír este patético discursito sobre venganza, los acostumbrados comentarios internos malintencionados de Stacia y el lamento silencioso del señor Borden, que piensa que volverá a desperdiciar un año de su vida con estudiantes desagradecidos y faltos de interés («una bochornosa colección de malos cortes de pelo y ropa horrorosa que resulta indistinguible de cualquiera de las anteriores»)... Después de todo eso, sumado a las angustias y dramas privados de todos los demás, resulta demasiado insoportable.

Demasiado deprimente.

Y completamente agotador.

Así pues, desconecto para intentar comunicarme vía telepática con Damen, que se encuentra al otro lado del campus.

—Estoy en la clase de física de sexta hora. Por aquí todo bien, ¿y tú? —pienso mientras me preparo para levantar la mano cuando el profesor me nombre al pasar la lista. Puesto que mi apellido es Bloom, suelo ser de las primeras.

—Estoy en dibujo. Una forma genial de terminar el día, ya que siempre tengo ganas de que llegue. Desearía que la clase de dibujo ocupara toda la mañana. Ah, y la señora Machado está encantada con el hecho de volver a tenerme en su clase. Me lo ha dicho ella misma. Según ella, nunca había visto tanto talento natural en alguien tan joven. Quiere incluso charlar conmigo sobre mi futuro y sobre las posibles academias artísticas a las que podría asistir.

—¿Y qué pasa conmigo? ¿No te ha pedido que saludes de su parte a la alumna con menos talento natural que ha visto en su vida? ¿O me ha borrado a propósito de su memoria?

—No seas tan dura contigo misma. Tu réplica de Van Gogh fue sin duda única.

—Si con «única» te refieres a horrorosa, entonces sí, ¡tienes razón! Asegúrate de decirle que no pienso intentar un segundo asalto. Necesito mantener bien alta mi autoestima, tanto a nivel mental como físico, y eso significa que no puedo arriesgarme a torturar mi mente con otro semestre de horribles monigotes pringosos. Bueno, ¿cuál es tu primer proyecto? ¿Otro Picasso? ¿Tu propia copia de Van Gogh?

Damen resopla.

—El impresionismo es cosa del año pasado. Creo que me gustaría embarcarme en un proyecto más ambicioso, así que tal vez haga una especie de mural. Podría recrear la Capilla Sixtina. Ya sabes, cubrir las paredes y el techo para mejorar un poco esta aula. ¿Qué te parece?

—Me parece que sería una forma maravillosa de acabar con ese rollo de «pasar desapercibido» con el que tanto me das la lata. —Me echo a reír, sin darme cuenta de que lo he hecho en voz alta hasta que Stacia Miller me mira y pone los ojos en blanco.

—¡Fra-ca-sa-da! —canturrea por lo bajo.

Corto la comunicación de inmediato. A juzgar por la expresión ceñuda del señor Borden, acabo de añadirme a su lista negra. No han pasado ni cinco minutos de la primera clase del año y ya me ha etiquetado como una de las alumnas más desagradecidas y problemáticas.

—¿Qué es lo que le hace tanta gracia, señorita…? —Agacha la cabeza para repasar la lista de nombres de la clase—. ¿Señorita Bloom? ¿Le importaría compartirlo con el resto de la clase?

Respiro hondo y niego con la cabeza. Paso por alto la mirada venenosa de Stacia, la expresión divertida de Honor y los suspiros aburridos del resto de mis compañeros de clase, que ya están acostumbrados a verme hacer el ridículo.

Abro el libro de texto y rebusco en la mochila para coger papel y un bolígrafo, pero descubro que está llena a rebosar de tulipanes rojos. Son una especie de carta de amor de Damen. Esos pétalos rojos satinados pretenden recordarme que debo aguantar, y son una promesa de que, ocurra lo que ocurra, nuestro amor eterno es lo más importante. Lo único importante.

Deslizo los dedos sobre uno de los tallos y me tomo un momento para enviar a Damen un agradecimiento mental antes de manifestar las cosas que necesito. Cierro la mochila, segura de que nadie lo ha visto, hasta que descubro que Honor me mira fijamente, igual que aquel día en la playa.

Es una mirada llena de perspicacia que me hace preguntarme cuánto sabe sobre mí.

Y estoy a punto de investigarlo, de introducirme en su mente para llegar al fondo de la cuestión, pero ella se vuelve hacia el frente y el señor Borden me pide que empiece a leer, así que me dispongo a representar el papel de una alumna ambiciosa que intenta empezar bien su primer día de clase.

—Oye, Ever, ¡espera!

El sonido procede de algún lugar a mi espalda, pero decido hacer caso del instinto y seguir andando.

Sin embargo, cuando vuelve a llamarme, me detengo y me doy la vuelta. No me sorprende en absoluto ver que Honor apresura el paso para alcanzarme, aunque resulta muy raro verla sin Stacia. Como si de repente hubiese perdido un brazo, una pierna o alguna otra parte fundamental de su anatomía.

—Está en el baño —dice para responder a la pregunta que encuentra en mi mirada cuando sus ojos castaños recorren mi rostro—. Se estará retocando el maquillaje, vomitando el batido de frutas que se tomó en el almuerzo o ideando nuevas formas de chantajear al equipo de animadoras. Quién sabe, quizá las tres cosas. —Se encoge de hombros. Lleva un montón de libros en los brazos, y me recorre muy despacio con la mirada, desde mi cabello rubio hasta las uñas pintadas de rosa de los pies.

—No entiendo por qué te molestas —le digo, y empiezo a imitarla: me fijo en su largo cabello oscuro, que tiene ahora mechas rojas; en sus vaqueros ajustados negros; en sus botas negras hasta la rodilla y en el jersey de punto que se ciñe a la camiseta de tirantes que lleva debajo—. Si tanto la odias, ¿para qué tantos planes y tanto agobio? ¿Por qué no pasas de todo y sigues con tu vida?

—Así que es cierto que puedes leerme la mente. —Sonríe. Baja tanto la voz que parece que estuviera hablando consigo misma, y no conmigo—. Quizá algún día quieras enseñarme a hacer eso.

—Lo dudo. —Suspiro. Me entran ganas de colarme en su cabeza para ver de qué va todo esto, pero me digo que está mal, que debo ser paciente y dejar que las cosas se desarrollen por sí solas.

—En ese caso, quizá Jude quiera hacerlo. —Arquea una ceja y me observa, como si el comentario fuera una especie de prueba... o, quizá, una amenaza velada.

Sin embargo, me limito a apretar los labios y a contemplar mi taquilla, impaciente por dejar los libros que ya he «leído» y reunirme con Damen, que me está esperando en el coche.

—No cuentes con ello —le digo.

Prefiero no tener que acordarme de Jude en absoluto. A excepción de algún escueto mensaje de texto que le he enviado de vez en cuando para asegurarme de que se encuentra bien, de que sigue vivo, y de que Haven no ha ido todavía a por él, no hemos hablado desde la noche que mató a Roman.

Desde esa noche en la que no me quedó más remedio que proteger a la persona con quien estoy tan cabreada... Tengo ganas de matarlo yo misma.

—La última vez que lo vi no tenía ese don —añado, a la vez que me cambio la mochila de hombro y la miro con una expresión que dice a las claras: «No sé muy bien qué pretendes, pero si quieres algo, ¡ve al grano!».

Honor encoge los hombros y aparta la vista. No mira a ningún sitio en particular, se limita a contemplar el pasillo.

—¿No quieres que pague por todo lo que ha hecho? —Se vuelve para observarme con expresión seria—. Te ha hecho pasar un infierno. Lo de la expulsión, el vídeo de YouTube, lo de Damen... —Hace una pausa dramática con la esperanza de conseguir alguna reacción; pero puede quedarse callada todo el tiempo que quiera, porque no pienso decir nada—. Da igual —añade a toda velocidad, como si hubiera leído mi expresión y supiera que estoy a punto de marcharme—. Supongo que me sorprende que no quieras ayudarme. Deberías estar la primera en la fila... Bueno, quizá la segunda, justo detrás de mí.

Respiro hondo. Lo único que quiero es largarme de aquí y disfrutar de la mejor parte del día, pero me tomo un momento para contestar.

—Sí, ya... Te diré una cosa, Honor, si quieres ver las cosas así, quizá tengas que admitir que tú también te has portado fatal conmigo. —Se remueve con incomodidad. Son movimientos casi imperceptibles, pero me animan a continuar—. De hecho, tuviste un papel principal en mi expulsión, como bien sabes, y no olvidemos que también estabas en Victoria's Secret el día que ella grabó el vídeo que acabó en internet. Y aunque no fuera idea tuya, aunque lo único que hicieras fuese mirar, lo cierto es que al final es casi lo mismo. Eso no te hace menos culpable; solo te convierte en cómplice. Salir con una sinvergüenza y no tratar de detenerla te convierte más o menos en cómplice de todo lo que esa sinvergüenza hace en tu presencia. Con todo, yo no os acoso ni me obsesiono con la venganza, ¿verdad? ¿Sabes por qué?

Me quedo callada un instante. Percibo que su interés ha disminuido en lugar de aumentar, pero continúo de todas formas.

—Pues porque no merece la pena. No merece la pena ni el esfuerzo. El karma se encargará de equilibrar las cosas. En serio, deberías replantearte este asunto. Tus planes son una mala idea y una pérdida de tiempo. Porque el hecho es que no eres del todo inocente, y las cosas tienen un efecto rebote que a veces no ves venir. —Hago un gesto afirmativo con la cabeza. No quiero añadir que eso lo sé por experiencia propia. Una experiencia muy reciente y muy personal.

Honor me mira, aunque sus ojos están casi ocultos tras el flequillo, y mueve la cabeza de un lado a otro con expresión incrédula.

—¿El karma? —Suelta una carcajada y pone los ojos en blanco—. Bueno, odio ser yo quien te lo diga, Ever, pero empiezas a hablar como Jude, con todas esas bobadas del «buen rollito» y el «mal rollito». En serio, pregúntate una cosa: ¿cuándo fue la última vez que el karma se fijó en Stacia? —Arquea una ceja—. Porque, en caso de que no te hayas percatado, ella va por la vida haciendo lo que le da la gana a quien le da la gana. Y aunque quizá a ti eso te parezca bien, yo estoy harta. Estoy hasta el gorro de sus jueguecitos. ¿Sabías que intentó salir con Craig solo para hacerme daño? Quería demostrarme quién era la reina y quién la eterna número dos.

La miro sin decir ni una palabra. El pasillo se está quedando vacío a nuestro alrededor, ya que todo el mundo se marcha. Todo el mundo menos nosotras, claro.

Sin embargo, Honor sigue adelante sin fijarse en la hora que es o en el hecho de que también nosotras deberíamos marcharnos.

—Pero no lo consiguió. Una lástima —añade en voz baja—. ¿Qué clase de amiga hace algo así?

—¿Por eso habéis roto? —pregunto, aunque en realidad me da igual. Ya sé la verdad sobre Craig, sus auténticas «preferencias». Lo único que me intriga es si ella lo sabe también.

—No, rompimos porque es gay. —Encoge los hombros—. Así que no tengo ningún futuro con él. Pero no se lo digas a nadie... —Me mira con expresión aterrada, ansiosa por proteger a Craig y guardar su secreto, pero la tranquilizo con un gesto de la mano. No me interesan los chismes—. De cualquier forma, la cosa es que aunque lamento mucho haber sido su «cómplice», o como quieras llamarlo, no pienso volver a serlo. No voy a interponerme en tu camino, Ever. Siempre que tú no te interpongas en el mío, claro.

La observo con los ojos entrecerrados, preguntándome si eso ha sido una amenaza sutil. Estoy a punto de explicarle que tengo peces más gordos que pescar, que su enfrentamiento con Stacia me importa un comino, cuando veo a Haven.

Está al otro lado del pasillo. Me mira a los ojos y todo lo demás desaparece; solo queda el rastro frío de su energía, el aguijonazo de su inmenso odio y ese dedo índice curvado que me invita a acercarme.

Y sin darme cuenta, lo hago.

La voz de Honor queda reducida a un zumbido vago y distante mientras persigo la cola del vestido azul de Haven. El tejido seductor flota detrás de ella cuando desaparece tras la esquina, así que echo a correr para alcanzarla.

Capítulo seis

Me quedo delante de la puerta con los ojos cerrados y me tomo un momento para realizar una de las sencillas minimeditaciones rápidas que Ava me enseñó a fin de fortalecerme. Me imagino una brillante luz blanca que atraviesa mi cuerpo y se introduce en todas mis células mientras busco con los dedos el amuleto que llevo al cuello. La combinación de cristales fue creada para mantenerme a salvo y proteger todos mis chakras, en especial el quinto (el centro de la falta de discernimiento y el uso inadecuado de la información), que es mi punto débil. Si me golpearan en ese chakra, me vería condenada al abismo eterno.

Contacto un instante con Damen para informarle de que es probable que la cosa se haya puesto en marcha, y para recordarle su promesa de no hacer nada a menos que yo le pida ayuda expresamente.

Un instante después, respiro hondo y sigo mi camino a través del horrible suelo de baldosas rosa. Me detengo justo al lado de la hilera de lavabos blancos que hay junto a la pared. Mantengo una postura relajada, con los brazos sueltos a los costados, mientras observo cómo Haven abre a patadas las puertas de todos los aseos para asegurarse de que estamos solas. Luego se vuelve, pone los brazos en jarras, inclina la cabeza hacia un lado y me mira con una expresión crítica que no perjudica en nada la nueva belleza de sus rasgos.

—Y así empieza nuestro último año. —Sonríe con desdén. El zafiro pegado entre sus cejas atrapa la luz de los fluorescentes y empieza a emitir destellos—. ¿Qué te ha parecido hasta ahora? Los profesores, las clases, ¿son como los imaginabas?

Encojo los hombros, sin más. Me niego a entrar en su juego. Esta es la clase de jueguecito que le encantaba a Roman, y si no lo jugué con él, está claro que no lo voy a hacer con ella.

Haven sigue estudiándome. Resulta evidente que mi silencio no le molesta ni lo más mínimo. Si acaso, parece animarla más.

—Bueno, en mi caso las cosas han salido mejor de lo que imaginaba. Estoy segura de que has notado que ahora soy muy popular. De hecho, no sé si intentar unirme al equipo de animadoras, presentarme como delegada de la clase o las dos cosas. ¿Tú que piensas? —Se queda callada el tiempo suficiente para que le responda, pero al ver que no lo hago, alza los hombros y continúa—. Bueno, no quiero parecer engreída, pero la verdad es que ahora puedo hacer lo que me dé la gana. Seguro que has visto cómo me mira la gente, cómo me siguen a todas partes. Es como... —Con los ojos brillantes y las mejillas ruborizadas, Haven se rodea la cintura con los brazos, endiosada—. Como si fuera una estrella del rock o algo así... ¡Nunca tienen bastante!

Suspiro lo suficientemente fuerte para que me oiga. Enfrento su mirada arrogante con un gesto de aburrimiento absoluto.

—Créeme, ya me he dado cuenta —le digo, y le borro al instante la sonrisa de la cara cuando añado—: Es una pena que no sea real. Porque eres consciente de eso, ¿verdad? Eres tú quien hace que eso ocurra. Eres tú quien los atrae deliberadamente, quien les roba la libertad de elegir y la voluntad propia, como solía hacer Roman. Nada de todo eso es real.

Se echa a reír y resta importancia a mis palabras con un gesto de la mano. Camina en círculo muy despacio antes de detenerse justo delante de mí.

—Me parece que alguien se ha tragado un limón. —Frunce los labios en una mueca desdeñosa y niega con la cabeza—. En serio, Ever, ¿qué te pasa? ¿Te sientes celosa porque ahora yo tengo acceso a la mesa guay mientras que tú sigues siendo una imbécil atrapada en el país de los fracasados?

Pongo los ojos en blanco mientras recuerdo mi antigua vida en Eugene, Oregón, cuando era la mismísima encarnación de la popularidad. Antes lo echaba de menos, añoraba esa vida tan sencilla y el conformismo que tan fácil me resultaba aceptar por entonces, pero ahora no volvería atrás por nada del mundo. En la actualidad, esa vida no me tienta en absoluto.

—Ni por asomo. —La miro con suspicacia—. Aunque me sorprende ver cuánto te gusta a ti... considerando lo mucho que te burlabas de todo eso. Pero supongo que solo lo hacías para ocultar el hecho de que, en el fondo, querías ser uno de ellos. Fingías que no te importaba que te despreciaran, pero por lo visto no era así. —Hago un gesto negativo con la cabeza y la miro con lástima. Y, a juzgar por su expresión, eso la enfurece aún más—. Pero dudo mucho que sea por eso por lo que me has hecho venir aquí —añado, impaciente por llegar al meollo de la cuestión—. Así que, ¿por qué no lo sueltas de una vez? ¿Qué es eso que te mueres por decirme? ¿Qué es tan importante como para no poder esperar a hablar en otro lugar que no sea este cuarto de baño asqueroso?

La observo con paciencia, a la espera de que empiece, mientras me repito en silencio las promesas que me hice.

No empezaré la lucha.

No daré el primer golpe, ni lanzaré el primer puñetazo, ni nada por el estilo.

Agotaré todas las demás posibilidades antes de llegar a eso.

No acabaré con su vida a menos que mi vida o la de otra persona estén en peligro.

Dejaré que ella haga el primer movimiento.

Pero cuando lo haga... Bueno, desde ese momento en adelante ya no seré responsable de lo que le suceda.

Haven mira al techo y suelta un suspiro exasperado antes de mirarme con expresión asqueada.

—Vaya, ¿no me digas que te preocupa que te pillen holgazaneando en el baño el primer día de clase? —Chasquea la lengua al tiempo que levanta una mano para admirar los anillos azules y plateados que lleva en todos los dedos—. No logro entender por qué insistes en parecer tan «normal», tan ridículamente ordinaria. En serio, eres la inmortal más patética que he visto en mi vida. Roman tenía razón: Damen y tú sois un absoluto desperdicio de espacio. —Exhala el aire de sus pulmones y provoca una ráfaga de aire que enfría la estancia—. ¿Qué esperas conseguir con eso? ¿Un galardón? ¿Un título enmarcado que certifique que eres la favorita de los profesores?

Saca la lengua y bizquea con los ojos de una forma que me recuerda a la antigua Haven, la que era mi amiga, pero la sensación desaparece de inmediato cuando empieza a hablar otra vez.

—Y lo que es más importante: ¿qué más te da? Por si no lo has notado, las reglas del instituto no sirven de nada con la gente como nosotras. Podemos hacer lo que nos salga de las narices cuando nos salga de las narices, y nadie puede impedírnoslo. Así que deberías relajarte de una puñetera vez, como de costumbre, y darle un mejor uso a tu talento como lameculos. Porque si realmente quieres estar del lado de los buenos, deberías estar de mi lado. —Enarca la ceja y me mira fijamente a los ojos—. Ya has echado a perder a Damen; desde que sale contigo es un plasta. —Se toma un momento para sonreír antes de señalar—: Aun así, estoy sopesando la posibilidad de pasarme a su clase de lengua de quinta hora y sentarme a su lado. ¿Te molestaría?

Encojo los hombros y empiezo a mirarme las uñas, pero como están limpias, suaves y sin pintar, no hay mucho que ver. No pienso dejar que sus comentarios me fastidien, no pienso darle la satisfacción que busca.

Pero lo cierto es que a ella le da igual. Le gusta demasiado el sonido de su propia voz, así que sigue a la carga.

—Está claro que Damen ha perdido ese toque excitante de chico malo que tanto me gustaba, pero me apostaría cualquier cosa a que todavía guarda un poquito de eso en algún lugar de su interior. En algún lugar muy, muy profundo. —Me mira con ojos brillantes—. Porque cuando algo está tan arraigado, cuando se ha forjado durante siglos, es muy difícil hacerlo desaparecer por completo. Ya sabes a lo que me refiero.

La verdad es que no tengo ni la menor idea de a qué se refiere, pero es imposible penetrar en su mente para averiguarlo, ya que ahora es demasiado poderosa. Lo único que puedo hacer es fingir que no me importa. Actuar como si sus palabras no me intrigaran en absoluto, aunque debo admitir que, para mi vergüenza, no es cierto.

Sabe algo. Eso está más que claro. No está fingiendo. Sabe algo sobre Damen, sobre su pasado, y podría decirse que me está suplicando que la obligue a contármelo.

Y por esa razón no debo hacerlo.

—Bueno, como seguro que ya has averiguado, Roman me contó algunas cosas bastante sórdidas. Es probable que ya conozcas algunas de ellas, así que no hace falta repetirlas; pero el otro día estaba recogiendo sus cosas y encontré un montón de diarios.

Se queda callada un momento para darme tiempo a asimilar sus palabras, pero continúa casi de inmediato.

—Deberías haberlo visto... Había montones y montones de diarios. Mogollón de cajas llenas de ellos. Resulta que Roman lo documentaba todo. Guardaba centenares de periódicos, quizá miles; no sé, la verdad es que perdí la cuenta. De cualquier forma, por lo que pude averiguar, algunos eran de hace varios siglos. No solo coleccionaba antigüedades y artilugios; coleccionaba historia. Su historia. La historia de los inmortales. Había fotos, retratos pintados, cartas, tarjetas... de todo. A diferencia de Damen, Roman se mantenía en contacto con los demás. No siguió adelante con su vida y dejó que los huérfanos se las apañaran solos. Cuidó de ellos. Y después de ciento cincuenta años, cuando el elixir comenzó a agotarse, fabricó uno nuevo. Un elixir mejorado. Luego los buscó a todos para que bebieran de nuevo. Y no dejó de hacerlo en todos estos años; no dejó a nadie atrás. Nunca permitió que uno de los suyos se marchitara o muriera, como hizo Damen. Puede que tuviera sus asuntillos con vosotros, pero tenía un buen motivo: erais sus únicos enemigos. Los únicos que lo consideraban un inmortal malvado y horrible que se merecía la muerte que tuvo. Para todos los demás, era un héroe. Se preocupaba por ellos y les ofreció una vida mejor. Una vida eterna. Al contrario que vosotros dos, creía que había que compartir la fortuna con aquellos que lo merecían, y lo hacía sin reparos.

Entorno los párpados aún más. Se me está agotando la paciencia y necesito que ella lo sepa.

—¿Por qué no la compartió contigo, entonces? —La fulmino con la mirada—. ¿Para qué tanto jueguecito? ¿Por qué me obligó a hacerlo a mí?

Haven desdeña mis palabras con un gesto de la mano.

—Ya hemos hablado de eso: solo quería divertirse un poco. Jamás corrí peligro alguno. Me habría devuelto la vida si se hubiera visto obligado. —Levanta los ojos y niega con la cabeza. Está claro que se siente molesta con mi interrupción—. De todas formas —dice, dándole énfasis a todas las palabras—, volvamos al tema de los diarios, las fotos y lo demás. Digamos que hay algunas cosas que te interesarían bastante… —Se queda callada, a la espera de que le ruegue que continúe.

Pero no pienso hacerlo. Aunque sus palabras me recuerdan que tanto Roman como Jude hicieron referencia a un sórdido secreto en el pasado de Damen, aunque no puedo evitar acordarme de que ayer, en el pabellón, Damen parecía desesperado por ocultarme algo, no puedo pedirle que me cuente más. No puedo permitir que sepa que su táctica funciona, que me importa lo que dice, que sus palabras se me han metido bajo la piel. No puedo dejar que gane esta batalla.

Así que, en vez de eso, me limito a encoger los hombros y a suspirar, como si estuviera muerta de aburrimiento y me importara un pimiento que diga algo o no.

Y eso hace que ella frunza el entrecejo.

—Déjalo. No vas a engañarme con tanto suspiro y tanto encogimiento de hombros. Sé que quieres saberlo, y no puedo culparte por ello. Damen tiene secretos. Secretos enormes, oscuros y sucios. —Se vuelve hacia el espejo y se inclina hacia delante para colocarse el pelo y admirar su belleza. Parece hechizada por su propio reflejo—. Me parece perfecto que dejemos esto para otro día. Entiendo tu punto de vista: el pasado, pasado está, y todo eso. Pero solo hasta el día que vuelve para darte una patada en el culo. En fin, da igual. Damen es alto, moreno y guapísimo, ¿qué importan las atrocidades que haya cometido a lo largo de los siglos?

Me mira con una ceja enarcada e inclina la cabeza hacia un lado, con lo que su cabello ondulado, brillante y oscuro, cae sobre la parte delantera del vestido. Avanza hacia mí con pasos lentos y deliberados mientras retuerce un mechón entre los dedos. Es evidente que hace todo lo que puede para ponerme nerviosa.

—Lo único que debería preocuparte ahora es tu futuro. Ya que, como las dos sabemos muy bien, puede que no sea tan largo como pensabas en un principio. No creerás que voy a dejar que andes por aquí toda la eternidad, ¿verdad? Tendrás suerte si permito que llegues al final del semestre. —Se detiene a escasos centímetros de mí con una mirada burlona, ofreciéndome sus palabras como si fueran la manzana de Eva. Rogándome que las saboree.

Sin embargo, me limito a tragar saliva con fuerza para asegurarme de que mi voz sonará tranquila y firme.

—Damen y yo no tenemos secretos. Sé muy bien cómo es el corazón de Damen. Y es bueno. Así que, a menos que tengas alguna otra cosa que decir, me largo de aquí.

Me encamino hacia la puerta con la intención de marcharme, de acabar con esto antes de que la cosa llegue más lejos, pero Haven se sitúa delante de mí antes de que pueda conseguirlo.

Cruza los brazos a la altura del pecho y me mira con los ojos entrecerrados.

—No vas a ninguna parte, Ever. Todavía no he terminado contigo. Ni de lejos.

Capítulo siete

La miro a los ojos, a la cara. Soy consciente de que solo cuento con unos segundos para tomar la decisión de, o bien empujarla para poder salir y darnos la oportunidad de tranquilizarnos…, o bien quedarme donde estoy e intentar razonar con ella. O, al menos, dejarle creer que ha «ganado» este asalto.

Mi silencio le proporciona todo el coraje que necesita para continuar donde lo dejó.

—¿De verdad me estás diciendo que Damen y tú no tenéis secretos? —Su tono encaja a la perfección con la expresión burlona de su rostro—. ¿En serio? ¿Ninguno?

Echa la cabeza hacia atrás y suelta una carcajada, dejando a la vista su cuello de piel blanca cuajado de joyas y el sutil dibujo del tatuaje del uróboros. El dibujo me recuerda al que tenían Roman y Drina, aunque el de Haven es algo más pequeño y se oculta a la perfección tras su larga melena. Es evidente que el aplomo que muestra es desproporcionado, ya que ha dado por sentado que mi silencio se debe al nerviosismo y al miedo.

—Por favor… —Bate las pestañas—. No te engañes; y no trates de engañarme a mí. Seiscientos años son mucho tiempo, Ever. Tanto que a nosotras nos resulta imposible imaginarlo. Pero es tiempo más que suficiente para acumular unos cuantos esqueletos sucios en el metafórico armario, ¿no crees? —pregunta con una sonrisa.

Sus ojos tienen un brillo enajenado, y su energía es tan frenética, tan intensa, tan dañina, que me concentro únicamente en vigilarla. En evitar que empiece algo de lo que sin duda se arrepentirá.

—No es asunto mío —le digo, poniendo mucho cuidado en mantener un tono de voz tranquilo y firme—. Puede que el pasado influya en nuestras vidas, pero no es lo que nos define. Así que, en realidad, no tiene sentido revivirlo más de lo necesario.

Intento no estremecerme cuando ella frunce el ceño y se inclina hacia mí. Su cara está tan cerca de la mía que puedo notar su gélido aliento sobre la mejilla y oír el tintineo de las gemas de sus largos pendientes, que chocan unas contra otras.

—Cierto. —Me recorre con la mirada—. Pero también es verdad que algunas cosas nunca cambian. Algunos… «apetitos» no hacen más que intensificarse, tú ya me entiendes.

Retrocedo hasta los lavabos y apoyo la cadera en uno de ellos mientras dejo escapar un suspiro. Quiero que sepa lo aburrido que me parece todo esto, pero Haven ni se inmuta. Le importa un comino. Este es su escenario y yo soy su público, y está claro que el espectáculo está lejos de terminar todavía.

—¿De verdad no te preocupa? —Avanza unos pasos para acortar la distancia que nos separa—. ¿No te preocupa no poder satisfacerlo jamás del modo que él, o cualquier otro chico, realmente necesita?

Empiezo a apartar la vista… quiero apartar la vista, pero algo me lo impide. Ella. No está dispuesta a permitírmelo. No me va a dejar que lo haga. De algún modo, me obliga a mirarla a los ojos.

—¿No te preocupa que se harte de tanta abstinencia y tanta angustia y se vea obligado a escabullirse para conseguir un poco de... llamémoslo «alivio»?

Me limito a observarla y a respirar. Me concentro en la luz de mi interior y hago lo posible por no dejarme llevar por el pánico que me provoca esta súbita pérdida de control.

—Porque si yo estuviera en tu lugar, estaría preocupada. Muy preocupada. Lo que le pides... Bueno, es antinatural, ¿no crees? —Se frota los brazos con las manos y se estremece como si la mera idea le resultara horrible, impensable. Como si, por alguna extraña razón, eso la afectara a ella más que a mí—. Aun así, te deseo lo mejor. Mientras dure, claro.

Se aparta de mí, pero no deja de observarme. Le hace gracia ver cómo tiemblo, lo mucho que me esfuerzo por disimular la inquietud que me han provocado sus palabras.

Frunce los labios hacia un lado mientras me recorre de nuevo con la mirada.

—¿Qué es lo que pasa, Ever? Pareces un poco... molesta.

Me concentro en respirar hondo mientras me debato entre la posibilidad de salir pitando y la de dejar que Haven lleve esto más allá. Decido quedarme e intentar que recupere algo de sentido común.

—*¿Todo esto va en serio? ¿De verdad me has hecho venir aquí para poder decirme lo mucho que te preocupa mi vida sexual con Damen?* —pienso.

Suspiro y niego con la cabeza, como si me diera pereza la mera idea de decirlo en voz alta.

—*La falta de vida sexual, más bien.* —Se echa a reír, pone los ojos en blanco y añade en voz alta—: Créeme, Ever, mis planes son mucho más ambiciosos, como bien sabes. Y, gracias a ti, ¡ahora ambas contamos con el tiempo y el poder necesarios para verlos cumplidos! —Inclina la cabeza a un lado para mirarme de arriba abajo de nuevo—. ¿Recuerdas lo que dije la última vez que nos vimos? ¿La noche que mataste a Roman?

Empiezo a protestar, pero me detengo de inmediato. No serviría de nada repetirlo. Haven no va a cambiar de opinión. A pesar de la confesión de Jude, me considera responsable de aquel lío en particular, y no puedo hacer nada al respecto.

—El hecho de que no fueras tú quien dio el golpe no te hace menos culpable. No te hace menos cómplice. —Sonríe y deja al descubierto sus blanquísimos dientes antes de volver a darle patadas a todas las puertas de los servicios. Enfatiza sus palabras con una serie de porrazos cuando añade—: ¿No fue eso lo que le dijiste a tu amiguita Honor hace un momento? Estabas allí cuando Jude intervino y no hiciste nada para impedirlo. Te quedaste de brazos cruzados y permitiste que ocurriera, sin mover un dedo para salvarlo. Y eso te convierte en cómplice y en partícipe, lo que vuelve tu propio argumento contra ti.

Se detiene y se da la vuelta para mirarme a los ojos mientras aguarda a que asimile sus palabras; quiere hacerme saber que vigila todas mis conversaciones y que es capaz de hacer mucho más.

Levanto las manos con las palmas hacia ella en un gesto de paz, esperando poder calmar las cosas antes de que sea demasiado tarde.

—No tenemos por qué hacer esto. —La observo con detenimiento—. No tienes por qué hacer esto. No hay razón para que no podamos… coexistir. No hace falta que sigas adelante con…

Pero su voz me acalla antes de que pueda terminar de hablar.

—No te molestes —dice mientras me mira con los ojos oscurecidos y una expresión despiadada—. No me harás cambiar de opinión.

Habla muy en serio. Puedo verlo en sus ojos. No obstante, hay cosas muy importantes en juego, así que no tengo más remedio que intentarlo.

—Vale, está bien. Estás decidida a cumplir tu amenaza y crees que no puedo detenerte. Me da igual. Eso está por ver. Pero antes de que hagas algo de lo que sin duda te arrepentirás, debes saber que estás desperdiciando el tiempo. Por si no lo sabes, me siento tan mal como tú por lo que le ocurrió a Roman. Sé que te resulta difícil creerlo, pero es la verdad. No puedo volver atrás, no pude detener a Jude, pero jamás quise que ocurriera aquello. Al final entendí quién era Roman en realidad, qué era lo que lo impulsaba, por qué hacía las cosas que hacía. Y lo perdoné. Por eso fui a verle, para explicarle que no quería continuar en guerra con él, que quería que hiciéramos las paces. Y acababa de convencerlo, acabábamos de acordar que trabajaríamos juntos, cuando Jude entró, malinterpretó la situación y... bueno, ya conoces el resto. No lo vi venir, Haven. De lo contrario, lo habría detenido. Nunca habría permitido que acabara así. Cuando quise darme cuenta de lo que ocurría, ya era demasiado tarde para impedirlo. Fue un trágico malentendido, eso es todo. No fue nada siniestro, ni premeditado. No fue nada de lo que crees. —Asiento con la cabeza, convencida de lo que digo. Mi única esperanza es poder convencerla a ella.

Si Jude malinterpretó realmente la situación y solo intentaba protegerme, o si tenía unos planes mucho más siniestros en mente (como, por ejemplo, impedir que yo obtuviera el antídoto para, así, tener una oportunidad conmigo después de tantos siglos de rechazo) es algo que me reconcome por dentro desde aquella noche. Pero todavía no he llegado a ninguna conclusión.

—Él dio por hecho que me encontraba en peligro, que estaba controlada por la magia negra. Actuó por instinto, ni más ni menos. En serio, puedes enfurecerte conmigo todo lo que quieras, pero, por favor, deja a Jude fuera de esto, ¿vale?

Aunque he hecho todo lo posible por disuadirla, mis palabras no tienen ningún efecto. Resbalan sobre ella del mismo modo que la lluvia sobre el vidrio de una ventana: dejan un leve rastro, pero no penetran.

—Quieres proteger a Jude… ese es tu problema. —Encoge los hombros, como si él fuera tan insignificante como un mosquito—. Pero, para que lo sepas, solo hay un modo de que consigas hacerlo: dejando que beba el elixir. De lo contrario, no será una lucha justa. Nunca sobrevivirá. No logrará sobrevivir a mí. —Se vuelve hacia las puertas de nuevo para empezar a darles patadas en una sucesión rapidísima de movimientos y ruidos.

Yo la miro y niego con la cabeza.

No pienso convertir a Jude ni a nadie más. Tal vez no pueda convencerla de que lo deje en paz, pero sí puedo decirle una última cosa. Algo que seguro que no sabe, algo que la enfurecerá aún más, pero que debe saber. Tiene que saber lo que planeaba su queridísimo Roman.

—Hay una cosa que debes saber —le digo. Compongo una expresión firme y calmada para hacerle saber que su numerito de pataditas a las puertas no me impresiona en absoluto—. La única razón por la que no te he contado esto antes es que no me parecía necesario y no quería herirte más. Pero el hecho es que Roman pensaba marcharse. —La miro a los ojos y veo que se estremece un poco. Eso me anima a continuar—. Iba a regresar a Londres, a «la vieja y alegre Inglaterra», como él la llamaba. Dijo que esta ciudad era un aburrimiento, que no había acción, y que no iba a echarla de menos... Ni a nada que hubiera aquí.

Haven traga saliva y se aparta el flequillo de la cara. Dos señales habituales que demuestran que, después de todo, no es una versión tan nueva y mejorada de sí misma, que todavía conserva parte de las antiguas inseguridades y dudas.

—Buen intento, Ever —dice en un despliegue de fingida arrogancia—. Patético, pero merecía la pena intentarlo, ¿no? La gente desesperada hace cosas desesperadas, ¿no es eso lo que dicen? Supongo que si alguien lo sabe bien, esa eres tú.

Me encojo de hombros y entrelazo las manos por delante del regazo, como si fuéramos dos buenas amigas que disfrutan de una agradable charla.

—Puedes negarlo todo lo que quieras, pero eso no cambia la verdad. Me lo dijo esa noche, me lo contó todo. Aquí se sentía acorralado, agobiado. Dijo que necesitaba dejar todo esto atrás. Marcharse a un lugar más grande, más excitante; a un lugar donde pudiera librarse de la tienda, de Misa, de Rafe, de Marco... y, por supuesto, de ti.

Haven apoya las manos en las caderas y se esfuerza por parecer fuerte, dura, impenetrable. Sin embargo, su cuerpo dice otra cosa, ya que ha empezado a temblar visiblemente.

—Sí, claro. —Frunce el entrecejo y empieza a tamborilear con los pulgares sobre las caderas antes de poner los ojos en blanco en un gesto dramático—. ¿Y quieres que me crea que Roman decidió contarte todo eso a ti y que no me lo mencionó a mí, la persona con la que se acostaba? En serio, Ever, todo esto es ridículo…, incluso para ti.

Vuelvo a encoger los hombros, estoy segura de que está funcionando, de que mis palabras han conseguido descolocarla. La observo con detenimiento; soy consciente de que a lo mejor estoy exagerando un poco, adornando las cosas aquí y allá, pero lo cierto es que no he cambiado la parte fundamental. Roman pensaba abandonarla y, a pesar de eso, Haven está dispuesta a matarnos a Jude y a mí para vengarlo.

—Él sabía que montarías un numerito si te lo contaba, y ya sabes lo mucho que Roman detestaba esa clase de cosas. Nadie dice que no le gustaras, Haven; seguro que le gustabas bastante. Al menos, eras una forma agradable de matar el tiempo. Pero no te equivoques, Roman no te amaba. Nunca te amó. Tú misma lo dijiste. ¿Recuerdas cuando me aseguraste que en todas las relaciones hay una persona que ama más que la otra? ¿No fue eso lo que me dijiste? Incluso llegaste a admitir que en vuestro caso eras tú. Que amabas a Roman, pero que él no te amaba. Sin embargo, eso no es culpa tuya ni nada parecido. Porque lo cierto es que Roman era incapaz de querer a nadie, ya que nadie lo había querido a él. Lo más cerca que estuvo de amar fueron los sentimientos que albergaba por Drina, aunque ni siquiera eso era amor. Era más bien una obsesión. Roman no podía dejar de pensar en ella. ¿Recuerdas sus «rollos chungos», como tú los llamabas? ¿Las veces que se encerraba en su habitación durante horas? ¿Sabes lo que hacía? Intentaba reconectar con el alma de Drina para no sentirse tan solo en el mundo. Ella fue la única persona que le importó de verdad en sus seiscientos años de vida. Y eso, perdona que te lo diga, te reduce a ti a poco más que una muesca en su lista de amantes.

Haven parece haberse quedado inmóvil, tanto que empiezo a sentirme mal. Me pregunto si no habré ido demasiado lejos, pero sigo adelante.

—Has jurado vengarte por la muerte de un tío que planeaba dejarte en cuanto tuviera la oportunidad.

Me mira con los ojos tan entrecerrados que apenas puedo verlos tras los párpados, y frunce el ceño de tal modo que el zafiro del entrecejo emite un brillo oscuro y siniestro. De pronto, todos los grifos dejan salir el agua a borbotones, los dispensadores de jabón empiezan a bombear, las cisternas se descargan, los secadores de manos se ponen en marcha y los rollos de papel salen volando por la estancia antes de rebotar en las paredes.

Está claro que todo es cosa de Haven, pero no hay forma de saber si es algo deliberado o el resultado de la furia descontrolada que le he provocado.

De cualquier forma, eso no va a detenerme. Ahora que sé que está funcionando, no tengo más remedio que continuar.

Me acerco a la hilera de lavabos y empiezo a cerrar los grifos con calma.

—Todo esto de la venganza —le digo— no tiene ningún sentido. Tu gran romance con Roman no fue más que… bueno, «un par de revolcones mediocres, colega», como diría él mismo. —La miro y me permito una sonrisilla por la broma del acento británico—. ¿Por qué malgastar tu tiempo vengando un pasado que nunca existió, cuando tienes por delante cualquier futuro que puedas desear?

Apenas he tenido tiempo de acabar la frase cuando se me echa encima.

Literalmente.

Me empuja por toda la sala hasta la pared de azulejos rosa. Me golpea la cabeza contra ella con tanta fuerza que el estruendo resuena en toda la estancia. Noto el reguero cálido de la sangre deslizarse desde la herida hasta mi vestido.

Me tambaleo hacia delante, pero vuelvo a caer hacia atrás. Hago unas cuantas eses mientras intento recuperar la concentración y el equilibrio, pero estoy tan confundida, tan mareada e inestable, que no puedo luchar contra los dedos que me sujetan los hombros para mantenerme quieta.

—No te equivoques, Ever —dice Haven, que tiene la cara a escasos centímetros de la mía—. No he jurado vengarme solo por Roman. He jurado vengarme de ti. —Me mira con tanto odio que no puedo evitar girarme para protegerme. Noto el mordisco gélido de su aliento en la mejilla y sus labios junto a mi oreja mientras se toma un momento para descansar y saborear su victoria.

Las instalaciones se calman, las cisternas se paran, los secadores se detienen y el jabón se derrama despacio entre las líneas que separan los azulejos.

—Me has arrebatado todo lo que significaba algo para mí —dice con voz ronca—. Eres tú quien me ha hecho así. Así que si hay alguna culpable, eres tú. Tú me has convertido en lo que soy, pero ahora de repente decides que no te gusta lo que ves y quieres detenerme. —Se aparta un poco para observarme y acerca los dedos peligrosamente al amuleto que cuelga de mi cuello—. Pues es una lástima. —Se echa a reír mientras juguetea con las gemas entre los dedos.

El movimiento me pone de los nervios.

—Tú decidiste darme el elixir, tú decidiste convertirme, tú decidiste hacerme tal y como soy, y ahora no hay marcha atrás.

Me reta a negarlo con la mirada. Pero no puedo enfrentarme a sus ojos. Estoy demasiado ocupada luchando contra el mareo, demasiado ocupada rogando que la curación empiece de una vez. Pero aunque cada respiración me supone un esfuerzo, empiezo a hablar.

—Eres una ilusa, y estás muy equivocada —le digo con los dientes apretados. Lleno mis pulmones y me envuelvo con luz blanca, porque sé que necesito toda la ayuda posible. Las cosas no están saliendo como las había planeado.

Me he equivocado al pensar que su baja estatura se correspondía con poca fuerza. He subestimado el poder del odio, el hilo conductor que vibra en su interior y la anima con un inagotable suministro de rabia.

Mi expresión es ahora neutra y mantengo el tono firme, ya que no quiero que perciba mi nuevo estado de alarma.

—Yo te convertí en inmortal, pero lo que haces con ese don es solo cosa tuya. —Las palabras me recuerdan la escena que manifesté ayer, pero en esta no puedo soltar el discursito victorioso que ensayé.

De pronto, lo noto. Siento que mi herida se ha curado. Que he recuperado las fuerzas. Y me basta con mirar a Haven para saber que ella también lo ha notado.

Y así, de repente, se acaba todo.

Haven me aparta de un empujón y se encamina hacia la puerta.

—Oye, Ever... Antes de darme lecciones sobre el perdón, deberías investigar un poco. Hay un montón de cosas sobre Damen que desconoces. Cosas que él jamás te contará por cuenta propia. En serio. Deberías averiguarlas.

No respondo. Debería, lo sé, pero no me salen las palabras.

—Piensa en el perdón, Ever —me dice mientras me mira a los ojos—. Sopésalo bien. Es muy fácil decirlo, pero muy difícil ponerlo en práctica. Quizá deberías preguntarte si de verdad eres capaz de perdonar. ¿Perdonarás los pecados pasados de Damen? Eso es lo que quiero saber, y la única razón por la que ahora te permito seguir con vida. La única razón por la que dejaré que estés en este mundo un poco más de tiempo. Seguro que será divertido verlo. Pero no te equivoques, en el instante en que me aburra o empieces a molestarme, sabrás lo que es bueno.

Y, con eso, desaparece.

No obstante, sus palabras siguen reverberando a mi alrededor.

Burlonas.

Provocativas.

Se niegan a desaparecer mientras me lavo la sangre del pelo y manifiesto un vestido nuevo.

Me preparo para ver a Damen, que a buen seguro me estará esperando.

Intento con desesperación borrar todas las pruebas de lo que acaba de ocurrir, y también mis horribles dudas.

Capítulo ocho

—¿Seguro que te parece bien?

Me vuelvo hacia Damen, más que dispuesta a dejar que me acompañe si quiere, aunque preferiría encargarme de esta situación sin ayuda.

Las cosas entre Jude y él siempre son muy complicadas, y, si bien entiendo la razón, prefiero aliviar tensiones siempre que sea posible.

Asiente, y me basta con mirarlo a los ojos para saber que es cierto. Confía en mí sin reservas, igual que yo en él.

—¿Quieres que espere o que vuelva más tarde? —pregunta, dispuesto a hacer cualquiera de las dos cosas.

Niego con la cabeza y miro la tienda.

—No sé cuánto tardaré. No tengo ni idea de lo que me espera ahí dentro. —Arrugo la nariz y me encojo de hombros—. Lo único que sé es que no puedo seguir evitándolo. Haven está decidida a ir a por él, y no piensa cambiar de opinión. Créeme, me lo ha dejado muy claro. —Trago saliva con fuerza y aparto la mirada.

Todavía tiemblo al pensar en lo ocurrido en los aseos, todavía me asusta pensar en la intensidad de su poder y su fuerza, por no mencionar su capacidad para sorprenderme, intimidarme y controlarme.

No lo había previsto y, desde luego, no había practicado eso en los ensayos.

Sin embargo, cuando vuelvo a mirar a Damen, me doy cuenta de que hago lo correcto al no decírselo. Ya está bastante inquieto; no hace falta preocuparlo más.

—Yo solo… —Me quedo callada un momento mientras busco las palabras adecuadas. Sé que a él le resulta incómodo que esté a solas con Jude, así que quiero dejarle claro que esto no es más que una comprobación sin importancia, y que no tengo ningún problema para controlarme en lo que a él respecta—. Solo necesito convencerlo de que la cosa va en serio. Quiero ayudarle a buscar una forma de protegerse, aunque como no contrate a un guardaespaldas inmortal, no sé qué podremos hacer. Ese es mi objetivo, pero no sé si él estará de acuerdo, o si querrá oír lo que tengo que decirle. Puede que acepte escucharme, o que me eche a patadas en menos de quince segundos y me pida que no vuelva nunca. A estas alturas, ya nada me sorprendería.

Damen hace un gesto afirmativo con la cabeza.

—Bueno, dudo mucho que te eche a patadas… —señala con un tono más perspicaz que celoso.

Deja la frase sin acabar y me mira, y eso me pone tan nerviosa que empiezo a juguetear con el bajo del vestido.

—Da igual. —Me aclaro la garganta, ansiosa por acabar de una vez—. La cuestión es que siempre puedo manifestar un coche o lo que necesite cuando me quiera ir a casa. Solo tengo que acordarme de hacerlo desaparecer en cuanto entre en mi calle, porque no quiero darle a Sabine otra razón para asustarse.

Dejo escapar un suspiro. No quiero ni imaginarme lo que sería tener que explicarle a mi tía que poseo la habilidad de manifestar objetos inanimados grandes y caros, y de hacerlos desaparecer a voluntad.

—Pero esa es la cuestión… —añado. Miro a Damen y él me devuelve la mirada—. Por mucho que aprecie esto, y por mucho que me guste estar contigo, no tienes que hacerlo. No hace falta que seas mi chófer y me lleves todos los días al instituto o a cualquier otro lado. Estoy bien, de verdad. Y seguiré bien. Puedo manejar esto. Así que… —Me quedo callada un momento. Espero que mis palabras suenen más confiadas de lo que en realidad me siento—. Así que, por favor, no malgastes más energía preocupándote por mí, ¿vale?

Damen acaricia el volante de cuero con los pulgares, que se deslizan hacia uno y otro lados con movimientos lentos y deliberados.

—Puedo hacer todo lo que quieras excepto eso. —Me mira de esa forma que me acelera el corazón, me ruboriza las mejillas y me provoca el típico hormigueo cálido—. Puedo dejar de ser tu chófer si quieres, pero jamás dejaré de preocuparme por ti. Me temo que eso es algo con lo que tendrás que aprender a vivir. —Se inclina hacia mí y me rodea la cara con las manos en una caricia reconfortante—. ¿Nos vemos esta noche, entonces? ¿Quieres que visitemos nuestro refugio preferido de Summerland? —pregunta con voz grave y ronca.

Le doy un beso rápido y suave antes de apartarme.

—Ojalá. Pero creo que lo mejor será que pase una noche tranquila. Ya sabes, que me quede en casa y finja cenar, hacer los deberes y ser normal en todos los sentidos. Quiero que Sabine empiece a relajarse, se concentre en otras cosas y siga con su vida… para que yo pueda seguir, por fin, con la mía.

Damen vacila, ya que, a pesar de lo que le he dicho, aún cree que sería capaz de arreglar las cosas.

—¿Quieres que me pase por allí y finja ser tu novio formal? —Arquea una ceja—. Puedo hacer una imitación perfecta. He interpretado ese papel muchas veces, y tengo más de cuatrocientos años de experiencia.

Sonrío y me agacho para darle otro beso, aunque más largo e intenso esta vez. Lo alargo todo lo que puedo y luego me aparto con un suspiro.

—Créeme, nada me gustaría más —replico con palabras apresuradas, casi sin aliento—. Pero a Sabine, no. Así que creo que lo mejor será que te mantengas alejado un tiempo. Al menos hasta que las cosas se calmen un poco por sí solas. Por alguna extraña razón, ha decidido que tú eres el responsable número uno de mi caída en desgracia.

—Tal vez lo sea. —Desliza el dedo por mi mejilla sin dejar de mirarme—. Quizá Sabine esté en lo cierto. Si lo reduces todo a su última esencia, a los orígenes, soy el causante de los cambios que has sufrido, Ever.

Vuelvo a suspirar y me alejo. Ya lo hemos discutido, y sigo sin verlo igual que él.

—Tú... La experiencia cercana a la muerte... —Respiro hondo y me vuelvo de nuevo hacia él—. ¿Quién podría decirlo con seguridad? Además, da igual. Las cosas son así y no hay forma de cambiarlas.

Damen frunce el ceño; es evidente que no está dispuesto a considerarlo de esa manera, pero lo dejará pasar por el momento.

—Vale —dice en voz muy baja, casi como si hablara consigo mismo—. En ese caso, tal vez me pase por casa de Ava. Las gemelas empezaban hoy el colegio y quiero ver qué tal les ha ido.

Doy un respingo al imaginarme a Romy y a Rayne en la escuela secundaria. Todo lo que saben sobre la vida adolescente americana actual es lo que aprendieron del fantasma de mi hermana Riley y lo que han visto en los *reality-shows* de la MTV. Y no son las mejores fuentes, está claro.

—Bueno, con suerte su día habrá sido más tranquilo que el nuestro. —Sonrío, salgo del coche y cierro la puerta antes de agacharme junto a la ventanilla para añadir—: De todas formas, dales un saludo de mi parte. Incluso a Rayne. O, mejor dicho, sobre todo a Rayne.

Me echo a reír, porque sé que no le caigo muy bien. Espero poder enmendar eso algún día, pero me consta que ese día tardará mucho en llegar.

Observo cómo se aleja de la acera con el coche, dejándome con una sonrisa que me envuelve como un abrazo, y enseguida cntro en la tienda. Me sorprende encontrarla vacía y a oscuras, sin nadie a la vista.

Entorno los párpados mientras aguardo a que mis ojos se acostumbren a la penumbra antes de dirigirme a la parte trasera. Freno en seco en la puerta de la oficina cuando veo a Jude desplomado en la silla, con la cabeza apoyada en el escritorio.

En el instante en que lo veo así, no puedo evitar pensar: «Ay, mierda... ¡he llegado demasiado tarde!».

Haven me dijo que me concedería un tiempo, pero eso no significa que esa cortesía se extendiera también a Jude.

No obstante, justo después de pensarlo, atisbo un tranquilizador vestigio de su aura y me relajo de inmediato.

Solo las cosas vivas tienen aura.

Los inmortales y las cosas muertas, no.

Sin embargo, cuando me fijo en el color marrón grisáceo y lleno de manchas que lo rodea, lo primero que se me viene a la cabeza es otra vez lo de «Ay, mierda».

En lo que se refiere a los colores, el suyo se encuentra en lo más bajo del arcoíris del aura; tan solo el negro, el color de la muerte inminente, podría ser peor.

—¿Jude? —susurro en voz tan baja que resulta casi inaudible—. Jude... ¿estás bien?

Entonces alza la cabeza tan de repente y tan sorprendido por mi presencia que derrama su café. El líquido origina un reguero marrón lechoso sobre el escritorio y está a punto de verterse por uno de los lados, pero Jude lo detiene a tiempo con la manga larga, y algo deshilachada, de su camiseta blanca. El café empapa el tejido y deja una mancha de tamaño considerable.

Una mancha que me recuerda a...

—Ever, yo... —Se pasa los dedos por la maraña de rastas castaño doradas y parpadea unas cuantas veces hasta que logra aclararse la vista—. No te oí entrar. Me has sorprendido... y... —Suspira, baja la mirada hasta el escritorio y termina de recoger con la manga lo que queda del café derramado. Luego, cuando se da cuenta de que no he dicho nada y de que lo miro con los ojos como platos, añade—: Esto no es nada, créeme. Puedo lavarla, tirarla o llevármela a Summerland y arreglarla. —Se encoge de hombros—. En estos momentos, lo último que me preocupa es una camiseta manchada.

Tomo asiento en la silla que hay frente a él, alarmada aún por la mancha y por la idea que se me acaba de ocurrir. No puedo creer que haya estado tan absorta en el entrenamiento, en Haven y en el drama que ella ha creado que no se me haya ocurrido hasta ahora.

—¿Qué ha pasado? —pregunto. Me obligo a desterrar esos pensamientos y a centrarme en él, aunque me juro que volveré a ellos en cuanto me sea posible.

Siento que ha ocurrido algo terrible y doy por hecho que se debe a alguna de las amenazas de Haven. Sin embargo, Jude me saca de mi error.

—Lina ha muerto —me dice. Son palabras directas y sencillas que no dan lugar a confusiones.

Lo miro boquiabierta, sin poder emitir una sola palabra. En realidad, no sabría qué decir ni aun en el caso de que pudiera hablar.

—Su furgoneta se estrelló en Guatemala, de camino al aeropuerto. No logró sobrevivir.

—¿Estás… seguro? —pregunto, y al instante me arrepiento de hacerlo.

Es una estupidez decir algo así cuando la respuesta es obvia. Pero eso es lo que hacen las malas noticias: crean negaciones y dudas irrazonables, te hacen buscar esperanzas donde está claro que no hay ninguna.

—Sí, estoy seguro. —Se limpia los ojos con la manga seca. Su mirada se nubla con el recuerdo del momento en que se enteró—. La vi. —Me mira a los ojos—. Hicimos un pacto, ¿sabes? Nos prometimos que fuera quien fuese quien muriese primero, se presentaría para contárselo al otro. Y en el instante en que apareció delante de mí… —Se queda callado. Tiene la voz rota, exhausta, así que se aclara la garganta antes de continuar—. Bueno, estaba resplandeciente. Y ese aspecto tan… «radiante» solo puede significar una cosa. Sé que ha muerto.

—¿Te dijo algo? —le pregunto.

A diferencia de mí, Jude es capaz de comunicarse con los espíritus en todas sus formas, y me gustaría saber si Lina decidió cruzar el puente o quedarse en Summerland.

Asiente con la cabeza, y su expresión se anima un poco.

—Me dijo que estaba en casa. Así lo llamó: casa. Dijo que había muchas cosas que ver, muchas cosas que explicar, y que es incluso mejor que el Summerland del que le hablé. Y luego, antes de marcharse, me aseguró que me estaría esperando cuando me llegara la hora..., pero que no me apresurara.

Se echa a reír. Bueno, tanto como uno puede reírse cuando está consumido por el dolor. Trago saliva, clavo la vista en las rodillas y me estiro el vestido para cubrírmelas. Recuerdo la primera vez que vi a Riley en la habitación del hospital; recuerdo que me pareció tan irreal que llegué a convencerme de que la había imaginado. Pero luego apareció otra vez, y otra. Siguió apareciendo hasta que logré convencerla de que cruzara el puente... lo que, por desgracia, me impidió volver a verla y convirtió a Jude en mi único enlace con ella.

Lo miro de nuevo y me fijo en su aura difuminada, en su mirada vacía y en su rostro abatido. Ahora guarda pocas similitudes con el surfista pasota y sexy que conocí en su día. No puedo evitar preguntarme cuánto tardará en volver a ser el mismo, o si podrá serlo. No existe una cura rápida para el sufrimiento. No hay atajos, ni respuestas fáciles, ni formas de borrarlo. Solo el tiempo puede aplacarlo, pero no lo cura del todo. Si hay algo que he aprendido en mi vida, es eso.

—Luego, alrededor de una hora más tarde —añade en voz tan baja que tengo que inclinarme hacia delante para poder entenderle—, recibí la llamada de confirmación. —Encoge los hombros y se reclina en la silla sin dejar de mirarme.

—Lo siento mucho —le digo, aunque sé muy bien lo inútiles que resultan esas palabras después de algo tan horrible—. ¿Hay algo que pueda hacer? —Dudo que lo haya, pero la oferta está ahí.

Vuelve a alzar los hombros y empieza a juguetear con la manga; sus largos dedos apartan el tejido húmedo de la piel.

—La verdad, Ever, es que sufro por mí, no por Lina. Ella está bien; está feliz. Tendrías que haberla visto... Parecía a punto de empezar la aventura más emocionante de su vida. —Apoya la cabeza en el respaldo, introduce los dedos en su cabello y se lo recoge un instante antes de soltarlo para dejar que caiga de nuevo sobre su espalda—. Voy a echarla mucho de menos. Todo parece vacío sin ella. Fue una madre para mí, mucho más que mis padres biológicos. Me acogió, me alimentó, me vistió y, lo más importante, me trató con respeto. Me enseñó que mis habilidades no eran algo de lo que avergonzarse, que no debía esforzarme por ocultarlas. Me convenció de que tenía un don, y no una maldición. Me advirtió que no debía permitir que la gente miedosa y corta de miras me dijera cómo vivir, qué hacer o cuál debía ser mi lugar en el mundo. Me hizo ver que las opiniones ignorantes no me convertían en un bicho raro. —Aparta la vista y observa las estanterías llenas de libros y la colección de cuadros de las paredes antes de volver a mirarme—. ¿Te haces una idea de lo difícil que fue eso?

Me mira a los ojos durante tanto rato que al final tengo que apartar la mirada. Sus palabras me recuerdan al instante a Sabine, y el hecho de que mi tía hizo lo contrario que Lina cuando decidió echarme la culpa de todo.

—Tuviste suerte de conocerla.

Siento la garganta tensa y dolorida, tanto que me da la sensación de que va a cerrarse por completo. Sé muy bien cómo se siente. La muerte de mi familia nunca se aleja demasiado de mi cabeza. Pero no puedo seguir con ese tema; hay otra crisis a la vista, y necesito concentrar toda mi energía en evitarla.

—Pero si has dicho en serio lo de ayudarme… —Se queda callado un momento, a la espera de que se lo confirme para continuar—. Bueno, me preguntaba si te importaría encargarte de la tienda. Créeme, sé muy bien que ya no quieres trabajar aquí, que estás muy cabreada conmigo y que esto no va a cambiar en absoluto las cosas, pero…

Trago saliva con fuerza. Me muerdo la lengua, consciente de que no me queda más remedio que esperar a que termine. No he venido aquí solo para hablar sobre Haven y sobre las posibles maneras de defenderse de ella; también quiero averiguar cuáles eran sus intenciones cuando mató a Roman.

¿En qué estaba pensando?

¿Cuál fue el verdadero motivo por el que lo hizo?

Sin embargo, a la vista de lo sucedido, está claro que esa conversación tendrá que esperar a otro momento.

—… lo que pasa es que… —Sacude la cabeza y se vuelve con la mirada perdida—. Hay muchas cosas de las que ocuparse: la casa, la tienda, los arreglos del funeral. —Respira hondo y se toma un momento para recomponerse—. Supongo que estoy un poco agobiado en estos momentos. Y puesto que tú ya sabes cómo funciona todo aquí, sería de gran ayuda que te quedaras. Pero si no puedes, no te preocupes. Puedo pedírselo a Ava, o incluso a Honor. Es solo que como estás aquí y te has ofrecido, pensé que…

Honor. Su amiga-alumna Honor. Otro tema del que tendremos que hablar en algún momento.

—No hay problema. —Hago un gesto afirmativo para confirmar mis palabras—. Estoy dispuesta a trabajar aquí todo el tiempo que necesites. —Sé que si Sabine lo descubre, la cosa no irá nada bien, pero la verdad es que no es cosa suya. Y si mi tía decide convertirlo en cosa suya, bueno, no podrá culparme por ayudar a un amigo en un momento de máxima necesidad.

¿Amigo?

Recorro a Jude con la mirada y lo estudio con detenimiento. Ya no estoy segura de que esa palabra sirva para definir nuestra relación; ni siquiera tengo claro si sirvió alguna vez. Tenemos un pasado en común. Y también compartimos el presente. En estos momentos, eso es lo único que sé.

Él suspira y cierra los ojos. Se pasa los dedos por los párpados y por la cicatriz de la frente antes de aferrarse a los bordes laterales del escritorio para ponerse en pie. Rebusca un instante en el bolsillo delantero de los vaqueros hasta que encuentra un voluminoso llavero y luego me lo lanza.

—¿Te importaría cerrar?

Él rodea el escritorio mientras yo me levanto, así que de pronto nos encontramos cara a cara, tan cerca el uno del otro que resulta incómodo.

Estamos tan cerca que puedo ver las profundidades verde azuladas de sus ojos… y sentir el bamboleo y la tranquilidad de la oleada de calma que siempre me proporciona su presencia.

Estamos tan cerca que me obligo a dar un paso atrás, y eso hace que Jude esboce una expresión de dolor.

Le devuelvo las llaves.

—En realidad no las necesito, ya lo sabes.

Me mira durante un instante, asiente con la cabeza y vuelve a guardarse las llaves en el bolsillo.

El silencio se alarga tanto que al final me decido a romperlo, desesperada.

—Oye, Jude, yo…

Sin embargo, cuando me mira a los ojos, veo que los suyos se han convertido en un insondable pozo de pérdida, y sé que ni siquiera puedo comentarle lo que necesita saber. Está demasiado consumido por el dolor para preocuparse por Haven o las promesas que ella pretende cumplir; demasiado deprimido para ponerse a pensar en la mejor forma de defenderse.

—Solamente quería decirte que te tomes el tiempo que necesites —murmuro.

Se mueve con cuidado, con cautela, manteniendo una amplia distancia entre nosotros, esforzándose para que no se produzca ningún contacto físico accidental.

Pero sé que es más por mí que por él. Lo que siente por mí no ha cambiado, eso está claro.

—Ah, y Jude… —le digo. Se detiene al instante, aunque se niega a darse la vuelta—. Ten mucho cuidado ahí fuera, por favor.

Asiente a modo de respuesta.

—Porque cuando las cosas se hayan asentado un poco y tengas algo de tiempo, tenemos que…

Continúa su camino hacia el pasillo sin darme siquiera la oportunidad de acabar.

Desecha mis palabras con un gesto de la mano mientras avanza por la oscuridad de la tienda hacia la luz del día y desaparece bajo el calor del sol.

Capítulo nueve

A las siete en punto, ya he terminado de cobrar la última venta, he cerrado la puerta principal y estoy en la sala de atrás con los pies encima del escritorio, mirando el teléfono móvil. Sabine me ha dejado nada menos que nueve mensajes, y en todos ellos exige saber dónde estoy, cuándo volveré y qué explicación voy a darle por haberme saltado sus normas de una forma tan descarada.

Aunque me siento mal, no le devuelvo la llamada. Me limito a apagar el móvil, a guardarlo en el bolso, y a dejarlo todo atrás para marcharme a Summerland.

Atravieso el velo resplandeciente de suave luz dorada y aterrizo frente a las escaleras del Gran Templo del Conocimiento. Una vez más, mi esperanza es poder entrar y conseguir las respuestas que busco.

Me quedo frente a la puerta conteniendo el aliento y contemplo la maravillosa fachada cambiante que adquiere la forma de los lugares más hermosos y extraordinarios del mundo. Observo cómo el Taj Mahal se convierte en el Partenón, que a su vez se transforma en el templo del Loto, que luego da lugar a las grandes pirámides de Giza, y así sucesivamente, hasta que las puertas se abren y puedo adentrarme en el edificio. Me tomo unos instantes para admirar los alrededores y averiguar si Ava y Jude, que ya saben cómo llegar a este lugar, se encuentran aquí, pero no reconozco a nadie. Me acomodo en uno de los largos bancos de madera, entre la multitud de monjes, rabinos, sacerdotes y otros estudiosos espirituales, antes de cerrar los ojos y concentrarme en las respuestas que busco.

Mi mente regresa al momento exacto en que el café de Jude se vierte sobre el escritorio, cuando está a punto de derramarse hasta el suelo y él lo contiene con la manga. El líquido impregna el tejido y se mezcla con las fibras hasta que origina una enorme mancha, muy parecida a la que el antídoto dejó en la camisa blanca de Roman.

Una enorme mancha verde.

Una especie de impresión.

La combinación de productos químicos (la receta, por llamarlo de alguna manera) quedó inscrita de forma permanente en esas suaves fibras de algodón.

Son las sustancias químicas que, mezcladas en la proporción correcta, me llevarán a la fórmula del antídoto que necesito, lo único que permitirá que Damen y yo volvamos a tocarnos de verdad.

Aunque había pensado que todas las esperanzas de conseguir una cura habían muerto con Roman, ahora sé que no es así. Ahora sé que todavía quedan algunas.

Lo que en su momento di por perdido para siempre, ahora sobrevive en la mancha de su camisa.

La camisa que Haven me arrebató de las manos.

La camisa que debo recuperar para que Damen y yo podamos tener la oportunidad de llevar una vida normal juntos.

Respiro hondo y sustituyo la imagen de la camiseta manchada de Jude por la de la camisa de lino blanco de Roman mientras mi mente formula la pregunta: «¿Dónde está?».

Y, al instante, llega otra: «¿Y cómo puedo conseguirla?».

Sin embargo, por mucho que espero y por más veces que formulo esas preguntas, no llega ninguna respuesta.

Y ese silencio recalcitrante es en sí mismo una respuesta.

Una innegable negación de ayuda.

El mero hecho de que el templo me haya permitido entrar no significa que esté dispuesto a prestarme ayuda. Esta no es la primera vez que me ha negado las respuestas que busco.

Y al final me doy cuenta de que eso puede significar dos cosas: que me estoy metiendo en algo que no es asunto mío, lo que no tiene sentido, porque es evidente que sí lo es; o que estoy hurgando en algo que no debo saber en este momento, y quizá en ningún otro, lo que, por desgracia, sí que parece muy lógico.

Siempre hay algo que conspira contra nosotros.

Siempre hay algo que nos mantiene separados.

O Drina, que siempre me mataba, o Roman, que siempre me engañaba, o Jude, que de una forma o de otra siempre ha saboteado mis intenciones. Siempre hay algo que evita que Damen y yo seamos completamente felices.

Y no puedo evitar preguntarme si existe algún motivo.

El universo no es ni mucho menos tan caótico como parece.

Hay una razón para todo.

Mi obligación es encontrar la camisa. Mi obligación es descubrir si Haven sabe lo que me ha quitado.

¿La guarda por razones sentimentales, porque es lo que Roman llevaba puesto la noche en que murió?

¿La guarda como un recordatorio que la ayuda a mantener el resentimiento contra Jude y contra mí?

¿O sabe lo de la mancha y la promesa que encierra?

¿Ha sabido siempre lo que yo acabo de descubrir?

Lo único que sé con seguridad es que sin la ayuda de Summerland no puedo hacer otra cosa que regresar al plano terrestre y averiguar qué puedo descubrir allí.

Y estoy a punto de hacerlo cuando percibo su presencia.

Damen.

Damen está aquí.

Muy cerca.

Así que, en lugar de marcharme, cierro los ojos y le pido una última cosa a Summerland: que me guíe hasta él.

Capítulo diez

Al momento siguiente, aparezco en el prado de tulipanes rojos y empiezo a seguir el rastro de la energía de Damen hasta la entrada del pabellón.

Me detengo justo delante de la puerta, sin saber muy bien si debería entrar o no. Al principio me parece muy raro que él haya venido aquí solo, pero luego pienso que es su forma de estar cerca de mí cuando estoy ocupada, así que asomo la cabeza al interior y veo la parte superior de su cabeza por encima del respaldo del sofá. Estoy a punto de llamarlo, de hacerle saber que estoy aquí y contarle lo que he descubierto sobre la camisa… cuando la veo.

Cuando veo la pantalla.

Y la horrible escena que muestra.

Se trata de mi vida en el sur.

Mi vida como esclava.

Ese pasado en el que era una persona indefensa, maltratada y sin esperanzas.

No obstante, este día en particular parezco muy esperanzada… teniendo en cuenta las circunstancias. Tardo un rato en entender lo que está ocurriendo, pero hay una cosa que está muy clara: me van a vender.

Me alejo de mi horrible amo para marcharme con un joven alto y esbelto con el cabello oscuro y ondulado y los ojos enmarcados por densos abanicos de pestañas. Un joven al que reconozco de inmediato.

Damen.

Él me compró. Me rescató. ¡Tal y como me dijo!

Con todo… si ese es el caso, ¿por qué parezco tan triste? ¿Por qué me tiembla el labio inferior? ¿Por qué hay lágrimas en mis ojos el día en que mi verdadero amor, mi alma gemela, mi caballero de la brillante armadura, viene a salvarme de una vida de trabajos forzados?

¿Por qué parezco tan infeliz? Me tiemblan las piernas y mi mirada está llena de miedo. No dejo de mirar por encima del hombro mientras arrastro los pies hacia él. Es evidente que no quiero marcharme, pero ¿por qué?

Sé que no está bien espiar a hurtadillas, soy consciente de que debería decir algo para que Damen sepa que estoy aquí, pero no lo hago. No abro la boca. Me quedo donde estoy, inmóvil y en silencio. Respiro con cuidado de no hacer ruido, porque sé qué está pasando. Esto es lo que me ha ocultado, lo que Roman y Jude me insinuaron. Lo que Haven mencionó en los aseos. Y si quiero llegar al fondo del asunto, ver la escena tal y como ocurrió, no puedo alertarlo. El hecho de que no haya percibido mi presencia dice a las claras lo ensimismado que está.

Descubro la razón de mi tristeza muy pronto. El motivo por el que he reaccionado así.

Me están separando de mi familia. De todas las personas a las que he amado. Del único apoyo que he conocido.

El amable y adinerado hombre blanco cree que me está salvando, que está llevando a cabo un acto noble, pero basta con ver mi cara para saber que también me está arrebatando mi única fuente de felicidad.

Mi madre solloza al fondo y mi padre permanece a su lado, alto y callado. Su mirada está cargada de dolor y preocupación, aunque nos anima a todos a ser fuertes. Me aferro a ellos, a lo único que he tenido en el mundo, con la firme decisión de grabar en mi mente su esencia, su contacto y todo lo que los caracteriza, pero no tardan en apartarme de ellos.

Damen me agarra del brazo y tira de mí para alejarme de mi madre. De mi madre embarazada, que se rodea con los brazos el vientre hinchado que da cobijo a mi hermana nonata. Me separa de mi padre, de mi familia, del chico que hay detrás de ellos y que estira los brazos hacia mí. Las yemas de nuestros dedos se rozan en una caricia gélida y efímera justo antes de que me aparten de su lado. Mis ojos se niegan a dejar de mirarlo; lo recorren con frenesí hasta que su imagen queda grabada en mi cerebro: un chico negro flacucho con unos penetrantes ojos castaños que me revelan al instante su identidad.

Mi amigo. Mi confidente. Mi destino. El chico al que en esta vida conozco como Jude.

—Calla —me susurra Damen al oído mientras le ordenan a mi familia que vuelva al trabajo—. Calla ya, por favor. Todo irá bien. Te prometo que te mantendré a salvo. Mientras estés a mi lado, nadie volverá a hacerte daño. Pero primero tienes que confiar en mí, ¿de acuerdo?

Sin embargo, no confío en él. No puedo confiar en él. Si le importara de verdad, si es tan rico y poderoso como afirma, ¿por qué no nos compra a todos? ¿Por qué no nos mantiene unidos?

¿Por qué solo me lleva a mí?

Sin embargo, antes de que pueda ver algo más, Damen corta la escena. La corta sin más y la borra, como si jamás hubiera existido.

Y así descubro lo que él entiende por «editar».

No solo evita que vea escenas desagradables, como las de mis horribles muertes. También evita que lo vea a él. No quiere arruinar la imagen de sí mismo que ha creado con tanto esmero. No quiere que vea sus actos más infames.

Como el que acabo de presenciar.

Puede que lo haya borrado, pero está grabado para siempre en mi memoria.

No me doy cuenta de que he ahogado una exclamación. No me doy cuenta de que he hecho ruido hasta que Damen se levanta del sofá de un salto con los ojos como platos y una expresión frenética, y descubre que estoy justo detrás de él.

—¡Ever! —grita con una voz cargada de pánico—. ¿Cuánto tiempo llevas ahí?

No contesto. Mi expresión responde por sí sola.

Mira primero la pantalla y luego a mí mientras introduce los dedos en su brillante cabello oscuro.

—No es lo que crees —dice con voz ronca y trémula antes de bajar los brazos a los costados—. Te juro que no es lo que parece.

—¿Por qué lo has borrado, entonces? —Lo miro con dureza. No estoy dispuesta a ceder ni un ápice—. Si no querías ocultármelo, ¿por qué lo has borrado?

—En esta historia hay mucho más. Mucho, mucho más, y yo…

—¿No confías en mí? —lo interrumpo. No quiero oír sus protestas. No cuando ambos acabamos de ver la misma escena horrible—. Después de lo que hemos pasado, después de todo lo que he compartido contigo… tú aún me ocultas cosas. —Lucho por normalizar mi respiración y me aprieto el estómago con la mano, ya que siento náuseas—. Dime, Damen, ¿hasta dónde han llegado tus… «ediciones»?

Recuerdo lo que me ha dicho Haven esta mañana en el baño y me digo que no debo caer en su trampa, que no voy a permitir que nos separe y nos venza. Pero dejo atrás esa idea de inmediato. No puedo negar lo que he visto, lo que acabo de presenciar con mis propios ojos.

—Primero esperas hasta el último momento para contarme la verdad sobre la conexión que existe entre Jude, tú y yo, ¿y ahora esto? —Niego con la cabeza. Aún no me he recuperado de lo que he visto. La chica de la imagen era mi antigua yo, pero él podría seguir siendo el mismo—. ¿Esto es una especie de jueguecito perverso? ¿Así es como disfrutas? Dime, Damen, ¿cuántas veces, en cuántas vidas, me has alejado de mi familia y mis amigos? —Me mira con expresión abatida, pero no puedo detenerme ahora—. Lo hiciste en la vida sureña, como acabamos de ver, y también lo has hecho en la que vivo ahora…

Me quedo callada, porque sé que lo que acabo de decir no es del todo justo. Fui yo quien se entretuvo en el prado por propia voluntad. Fui yo quien se quedó tan fascinada con la magia de Summerland que decidí quedarme atrás mientras el resto de mi familia seguía avanzando. Aun así, si él no me hubiera dado el elixir, quizá al final los hubiera encontrado. Es posible que ahora estuviéramos todos juntos.

Me enfadan tanto esas ideas, las imágenes que aparecen en mi mente, que no logro decidir qué es mejor: estar muerta junto a mi familia, o viva para lidiar con todo esto.

Me doy la vuelta con las piernas temblorosas y el corazón destrozado. Necesito salir de aquí y respirar aire fresco, ya que el ambiente de esta habitación me resulta irrespirable.

Oigo la voz de Damen detrás de mí. Me suplica que me detenga, que aminore el paso. Me dice que puede explicarlo todo.

Pero me niego a parar.

Me niego a detenerme.

Sigo corriendo.

Sigo adelante hasta que encuentro el camino a casa una vez más.

Capítulo once

—¿Qué pasa, Ever? ¿Has dejado el instituto y se te ha olvidado comentármelo?

Levanto la vista de la caja registradora, donde acabo de anotar una venta, y veo a Miles detrás de la clienta, que me mira de forma recelosa y molesta.

Me tomo un momento para dirigirle mi mejor expresión de «Ahora no» mientras cargo el pago en la tarjeta de crédito, envuelvo los libros y los CD de meditación en papel de regalo púrpura y los meto en una bolsa a juego para poder mandar a la mujer a paseo.

—Qué bien. —Mis palabras compiten con la campanilla de la entrada, que se sacude con fuerza debido al portazo que la mujer ha dado al salir—. Seguro que no vuelvo a verla pronto.

Miles le resta importancia al asunto con un gesto de la mano y un encogimiento de hombros.

—Da igual. Créeme, tengo cosas mucho más importantes en qué pensar que el estado de las cuentas de Jude.

—¿Sí? ¿Como cuáles?

Meto el recibo en la caja morada, donde los guardo siempre, muy consciente del peso en mis hombros de la mirada de Miles, que está esperando a que le haga caso de una vez para contarme el verdadero motivo de su visita.

—Bueno, como tú, por ejemplo.

Me observa mientras me siento en el taburete y cruzo los brazos. Pongo mucho cuidado en mantener una mirada inexpresiva, como si no estuviera nerviosa ni preocupada, como si aguardara con paciencia su explicación.

—Bueno —continúa—, para empezar, no he vuelto a verte en el instituto desde el primer día. Y eso significa que no has ido a clase, porque te he buscado por todas partes. Te he esperado a la salida de las aulas, junto a tu taquilla, en la mesa del comedor, pero nada. *Niente.* Y eso quiere decir que no has estado allí.

Encojo los hombros sin confirmar ni negar nada... aún. Primero necesito comprobar si los argumentos que tiene contra mí son sólidos.

—Estoy seguro de que dirás que tienes tus razones, que tu larga ausencia (o la prolongación del verano, si quieres llamarlo así) no es asunto mío, pero quiero que sepas que te equivocas. Sí que es asunto mío. De hecho, es más que eso. Porque, como tu amigo, como uno de tus mejores amigos, estoy en la obligación de decirte que tu sutil desaparición no me afecta solo a mí, sino a todos nosotros. Incluso la gente a quien no consideras tu amiga está resultando afectada, lo creas o no.

Vuelvo a encogerme de hombros. No sé muy bien qué decir, pero no puedo perder el tiempo con esto. A Miles le encantan los monólogos largos y, por la pinta que tiene esto, va a tardar bastante en dar este por terminado.

—Ya sabes, gente como yo, como Damen y... bueno, quizá Haven ya no entre en esa categoría, pero da igual, ya nos concentraremos en eso más tarde. Lo que intento decirte es que estás... —Se queda callado, engancha los pulgares en las trabillas delanteras de los vaqueros y mira a su alrededor en busca de la palabra adecuada. Al final, vuelve a mirarme y añade—: Nos estás ignorando. Nos has dado de lado. Es como si ya no te importáramos.

—Miles... —empiezo a decirle. Aprieto los labios mientras intento pensar en la mejor forma de continuar—. Oye, entiendo tu punto de vista. De verdad que sí. Y, créeme, sé que es normal que lo veas de esa manera, pero te aseguro que hay un montón de cosas que no sabes. Cosas que ni siquiera te imaginas. En serio, si te dijera lo que ocurre... —Cierro los ojos y niego con la cabeza, consciente de que incluso a mí me resulta difícil creerlo la mayor parte del tiempo—. No puedo contarte nada ahora, pero créeme si te digo que si supieras una pequeña fracción de lo que ocurre, bueno, me darías las gracias por mantenerte al margen.

Hago una pausa para dejar que asimile mis palabras, para que entienda que hablo muy en serio, y luego continúo.

—Siento mucho que te parezca que te estoy dando de lado y que no me importas, pero eso no es cierto. Ni de lejos. En estos momentos eres casi el único amigo de verdad que tengo. Me encantaría contártelo, y te prometo que lo haré. Pronto. De verdad. Pero ahora estoy... estoy un poco... preocupada, eso es todo.

—¿Y qué pasa con Damen? ¿También piensas contárselo a él?

Lo miro sin intentar ocultar mi asombro. La verdad es que no puedo creer que quiera echarme en cara eso.

—No des por sentado que sabes más de lo que sabes, por favor —le pido con un tono de voz algo más duro de lo que pretendía—. Hay muchas cosas que desconoces. Cosas que no entiendes. Nada es tan simple como parece a primera vista y, créeme, esto va mucho más allá. Tiene raíces muy profundas.

Miles baja la vista al suelo y da golpecitos en la moqueta con la punta del pie. Está reordenando sus pensamientos para decidir cuál es la mejor forma de enfrentarse a mí. Al final, levanta la cabeza y me mira a los ojos.

—¿Y alguna de esas cosas incomprensibles para mí tiene algo que ver con el hecho de que seas...?

Me quedo paralizada, sin respiración. La palabra flota hasta mí y choca con mi campo de energía antes incluso de salir de sus labios.

Y no hay nada que pueda hacer para impedirlo. No hay forma de rebobinar para evitar que lo diga.

—¿... inmortal?

Clava los ojos en los míos, y no puedo apartar la vista por más que me esfuerzo.

Se me pone la piel de gallina.

—¿O con el hecho de que tengas poderes psíquicos? ¿De que tengas todo tipo de poderes, tanto mentales como físicos? ¿Es porque serás joven y hermosa eternamente? ¿O por el hecho de que nunca envejecerás ni morirás? Igual que tu querido Damen, que lleva en este mundo seiscientos años y lo que le queda, y a quien hace poco también has decidido dar de lado. —Entorna los párpados mientras observa mi rostro—. Dime, Ever, ¿voy encaminado? ¿Son esas cosas a las que te refieres?

—¿Cómo sa...? —empiezo a decir.

Pero las palabras quedan ahogadas por la voz de Miles.

—Ah, y no nos olvidemos de Drina, que resulta que también era inmortal. Y luego está Roman, por supuesto. Por no mencionar a

Marco, a Misa y a Rafe..., esos molestos parásitos con los que Haven, por algún motivo desconocido, ha decidido salir. Y no puedo creer que se me haya olvidado mencionar a la más reciente incorporación a la banda de hermosos inmortales, nuestra querida Haven. O debería decir «mi» querida Haven y tu reciente enemiga inmortal, a pesar de que fuiste tú quien decidió convertirla en lo que es. ¿Son estas las cosas que dices que no entendería?

Trago saliva con fuerza, incapaz de hablar. Incapaz de hacer otra cosa que quedarme sentada y mirarlo fijamente. Sin embargo, a pesar de que me horroriza que me lo haya soltado así (ya que escuchar los extraños acontecimientos de mi vida enumerados con una voz tan neutral y práctica apenas me parece real), hay una pequeña parte de mí que se siente aliviada.

He guardado el secreto demasiado tiempo, y no puedo evitar sentirme más ligera, más animada, como si por fin me hubiese liberado de una carga que me resultaba demasiado pesada.

Sin embargo, Miles aún no ha terminado. Solo acaba de empezar. Así que niego con la cabeza y me concentro en prestarle atención.

—Si te pones a pensarlo de una manera metódica y lógica, lo más irónico es que resulta bastante evidente que quien debería evitarte soy yo.

Entrecierro los ojos, sin saber muy bien cómo ha llegado a esa conclusión, pero con la certeza de que está a punto de explicármelo.

—Imagina lo que es descubrir que los amigos a los que creías conocer tan bien, los mismos amigos a quienes les cuentas todo, no son lo que parecen ser. Y no solo eso: además, todos y cada uno de ellos forman parte de un club superexclusivo y supersecreto. Un club en el que se da la bienvenida a todo el mundo menos a mí. —Se calla y hace un gesto negativo mientras se dirige a la parte delantera de la tienda para echar un vistazo al escaparate y a la calle iluminada por el sol. Cuando vuelve a hablar, sus palabras suenan forzadas—. Debo admitirlo, Ever: duele mucho. De eso no hay duda. Me ha dolido en el alma. Desde mi punto de vista, que es el único desde el que puedo ver las cosas, da la impresión de que no quieres que me una al grupito de los inmortales. Parece que no quieres conocerme. Parece que no quieres ser mi amiga ahora, y mucho menos para siempre.

Se da la vuelta para enfrentarse a mí, y me basta ver la expresión de su cara para saber que las cosas están mucho peor de lo que me imaginaba. Sé que debo decir algo rápido, algo que lo tranquilice, pero antes de que pueda abrir la boca, Miles empieza con el segundo asalto y me obliga a esperar sentada a que llegue mi turno.

—¿Y sabes qué es lo que me mata? ¿Sabes quién consideró oportuno explicarme por fin todo esto? —Se queda callado esperando que diga algo, pero no pienso hacerlo. Es obvio que se trata de una pregunta retórica. Este es su espectáculo, su guión, y no tengo ninguna intención de robarle protagonismo—. ¿Sabes quién ha sido la única persona de vuestra banda supersecreta de belleza eterna que ha estado dispuesta a mirarme a los ojos y a contarme todas estas cosas increíbles?

Lo sé antes de que termine la frase. Antes de que pronuncie su nombre.

Damen.

Recuerdo el momento en que Miles envió por correo electrónico los retratos que había descubierto en Florencia; los retratos que Roman quería que encontrara.

Recuerdo que a Damen le temblaban los dedos cuando me cogió el teléfono, cómo entornó los párpados y apretó la mandíbula, con cuánta valentía aceptó el hecho de que alguien desenterrara el secreto que llevaba siglos guardando.

Recuerdo su promesa de aclarar las cosas con Miles, de dejar de esconderse y de mentir, de contarle la verdad por fin y aclararlo todo.

Sin embargo, no creí ni por un momento que llegara a hacerlo.

—Damen —confirma Miles, que asiente con vehemencia sin apartar los ojos de mí—. Teniendo en cuenta que lo conozco desde hace… ¿Cuánto? ¿Menos de un año? Mucho menos tiempo del que te conozco a ti, desde luego; y también mucho menos del que conozco a Haven. Y, sin embargo, ha sido él quien me lo ha contado. A pesar de que hablo con él mucho, muchísimo menos que con cualquiera de vosotras, ha sido él quien se ha decidido a ser honesto conmigo. Siempre ha sido uno de esos tipos reservados (y ahora entiendo por qué), y en realidad nunca hemos estado muy unidos, pero ha sido el único que me ha tratado como un verdadero amigo. El único que me ha considerado digno de confianza, alguien a quien se le pueden contar las cosas. Se sentó frente a mí y me lo contó todo: la verdad sobre ti, sobre él, sobre… todo. ¡Sobre todo!

—Miles… —Mi voz suena vacilante, ya que no sé qué decirle ni si está dispuesto a escucharme.

Pero cuando me mira con la cabeza inclinada hacia un lado y una ceja enarcada a modo de desafío, sé que lo está. Y antes de que pueda empezar, antes de que pueda enumerar la lista de razones por las que lo he mantenido al margen (todas razones muy buenas y válidas por las que debería estarme agradecido), comprendo que primero tengo que averiguar una cosa.

Necesito averiguar qué le ha contado Damen.

Las palabras exactas que ha utilizado.

Y, aún más importante, por qué ha decidido divulgarlo todo ahora, cuando podría haber esperado un poco... un mucho, en realidad.

Cierro los ojos un momento para dejar que mi mente se mezcle con la suya. Sé que estoy incumpliendo mi promesa de no espiar jamás la mente de mis amigos a menos que sea absolutamente necesario, pero sigo adelante, desesperada por saber qué ocurrió ese día.

La palabra «perdóname» llena el espacio que nos separa, crece y se extiende hasta que casi dejo de ver la forma de las letras.

Espero que Miles también pueda percibirla y que encuentre una manera de perdonar lo que estoy a punto de hacer.

Capítulo doce

Estiro el brazo por encima del mostrador a toda velocidad, tan rápido que Miles no tiene forma de impedírmelo. No comprende lo que está a punto de ocurrir hasta que ya es demasiado tarde. Le aplasto la muñeca contra el vidrio, con más fuerza de la que pretendía, y pongo mi mano encima para apretarle bien la palma sobre la superficie. Apenas soy consciente de sus forcejeos, de su lucha por intentar liberarse.

Pero da igual.

Sus esfuerzos son inútiles. Un diminuto píxel en mi pantalla.

En lo que se refiere a la fuerza bruta, no es rival para mí.

Y cuando por fin lo entiende, suelta un enorme suspiro, abre su mente y se resigna a lo que sabe que estoy a punto de hacer.

Me cuelo en su cabeza sin problemas y me tomo un momento para tranquilizarme y echar un vistazo a mi alrededor. Descarto todos los pensamientos ajenos al tema y me lanzo en picado hacia la escena que deseo visualizar.

Veo a Miles subirse al coche de Damen. Al principio se siente relajado y feliz, ya que espera un agradable almuerzo fuera del campus, pero luego se aferra con fuerza al asiento y abre los ojos como platos. Su rostro se convierte en una máscara de terror cuando Damen sale a toda velocidad del aparcamiento del instituto hacia la calle.

Para ser sincera, debo admitir que no sé qué me sorprende más: lo que Damen está a punto de hacer o que mantenga su promesa de seguir asistiendo a todas sus clases cuando está claro que yo no he cumplido la mía.

—No te preocupes —dice Damen, que echa un vistazo a Miles y suelta una risotada—. Estás a salvo. Eso casi puedo garantizártelo.

—¿Casi? —Miles da un respingo. Encorva los hombros y cierra los ojos mientras Damen maniobra entre las largas filas de coches a una velocidad bastante más moderada de lo que le permiten sus habilidades. Lo mira de reojo, con recelo, antes de decir—: Bueno, al menos sé de dónde te viene lo de conducir como un loco. ¡Conduces igual que los italianos! —Niega con la cabeza y se encoge de nuevo.

Y ese comentario hace que Damen se ría aun con más ganas.

El sonido de su risa me provoca un vuelco en el corazón que no puedo controlar.

Lo echo de menos.

Eso no hay forma de negarlo.

Verlo así, con el sol reflejado en el brillante cabello oscuro y sus manos fuertes aferradas al volante... Bueno, me deja muy claro lo vacía que está mi vida sin él.

Sin embargo, rememoro de inmediato todas las razones por las que hice lo que hice. Queda mucho por averiguar de nuestras anteriores vidas juntos; cosas que necesito conocer antes de ir más lejos.

Parpadeo para concentrarme de nuevo, decidida a dejar eso atrás mientras sigo observando el recuerdo de Miles.

Damen se detiene en Shake Shack, donde le compra a Miles un café aderezado con trocitos de galletas Oreo, antes de conducirlo a uno de los bancos pintados de azul, el mismo en el que él y yo nos sentamos una vez. Se toma un momento para contemplar la hermosa playa llena de sombrillas de colores, que parecen lunares gigantes clavados en la arena, los surfistas que esperan la siguiente ola y una bandada de gaviotas que vuelan en círculos en lo alto; luego vuelve a concentrarse en Miles, que sorbe por la pajita a la espera de que empiece a hablar.

—Soy inmortal —le dice mirándolo a los ojos.

Arroja la primera bola sin previo aviso, sin dejar que Miles coja el bate. Le lanza la pelota sin miramientos, pero aguarda con expresión paciente, concediéndole a Miles tiempo de sobra para dar un paso adelante y batear.

Miles se atraganta, escupe la pajita y el café, y se limpia los labios con la manga mientras observa a Damen con expresión atónita.

—Scusa?

Damen se echa a reír, aunque no sé con seguridad si es por el intento de Miles de hablar en italiano o por verlo decidido a fingir que en realidad no ha oído lo que acaba de oír.

—Has oído bien —le dice sin dejar de mirarlo a los ojos—. He dicho exactamente eso. Que soy inmortal. Llevo en este mundo algo más de seiscientos años. Los mismos años que tenían Roman y Drina hasta hace poco.

Miles se queda pasmado. Olvida el café mientras recorre a Damen con la mirada en un intento por entenderlo, por asimilarlo todo.

—Disculpa que haya sido tan brusco... y créeme cuando te digo que no te lo he soltado así para disfrutar de tu cara de estupefacción. Es

solo que con el paso del tiempo he llegado a aprender que es mejor decir estas cosas, las noticias inesperadas, de buenas a primeras. Te aseguro que a veces he pagado muy caro el hecho de callármelas. —*Guarda silencio un instante y su mirada se vuelve triste, distante.*

Sé que se refiere a mí, al tiempo que tardó en contarme la verdad sobre mi propia existencia y a que ha cometido el mismo error una vez más al no hablar con claridad de nuestra historia pasada.

—*Debo admitir que una parte de mí daba por sentado que ya lo habías adivinado, puesto que Roman se aseguró de que descubrieras los retratos y todo eso. Creí que ya habrías llegado a alguna conclusión al respecto.*

Miles niega con la cabeza, parpadea un montón de veces y deja el café en la mesa. Mira a Damen con una expresión que va mucho más allá de la confusión.

—*Es que...* —*Su voz suena ronca, así que se aclara la garganta y empieza otra vez*—*. Bueno, supongo que... No, no pensé eso.* —*Entorna los párpados para observar a Damen con detenimiento*—*. Para empezar, no estás blanco como la leche ni tienes un aspecto extraño. De hecho, es más bien todo lo contrario: desde que te conozco, siempre has estado bastante bronceado. Por no mencionar que, por si no lo has notado, estamos a plena luz del día. Y a unos treinta y cinco grados centígrados, más o menos. Así que, perdona que te lo diga, pero lo que dices no tiene ningún sentido.*

Damen inclina la cabeza con una expresión más confundida aún que la de Miles. Medita unos instantes y suelta una carcajada. Echa la cabeza hacia atrás para que los enormes pétalos de su risa salgan sin problemas de su garganta. Al final, se calma un poco y hace un gesto negativo con la cabeza.

—No soy uno de esos míticos inmortales, Miles. Soy un inmortal de verdad. De los que no tienen colmillos, no se queman con el sol y no tienen la repugnante costumbre de beber sangre. —Vuelve a negar con la cabeza y masculla algo al recordar que yo también llegué a la misma conclusión en su día—. En resumen, estamos esta botella de elixir y yo. —Levanta la bebida y la balancea de un lado a otro mientras Miles la mira con perplejidad. La sustancia que la humanidad ha buscado desde siempre, la que causó el asesinato de los padres de Damen, brilla y centellea bajo el resplandor del sol de la tarde—. Créeme, esto es lo único que necesito para seguir con vida durante... bueno, durante toda la eternidad.

Se quedan en silencio. Miles observa a Damen en busca de algún síntoma delator, de algún tic nervioso, de alguna señal de engaño. De cualquier cosa que indique que una persona miente. Damen se limita a esperar. Le concede a Miles todo el tiempo que necesita para hacerse a la idea, para asimilar las cosas, para aceptar una nueva posibilidad que nunca antes había considerado.

Y cuando Miles abre la boca para preguntar, Damen se limita a asentir en respuesta a la pregunta que no ha formulado.

—Mi padre era alquimista en una época en la que era común experimentar con esas cosas.

—¿Y qué época era esa, si puede saberse? —pregunta Miles, que ha recuperado el habla por fin. Es obvio que no cree que haya pasado tanto tiempo como asegura Damen.

—Hace algo más de seiscientos años. —Encoge los hombros, como si el inicio de su aventura tuviese poca importancia para él.

Pero yo sé que no es así.

Sé lo mucho que aprecia el tiempo que pasó con su familia, los recuerdos que compartieron antes de ser asesinados.

También sé lo doloroso que le resulta admitirlo. Sé que prefiere restarle importancia, fingir que apenas lo recuerda.

—Fue durante el Renacimiento italiano —añade un instante después.

No dejan de mirarse a los ojos. Damen no lo demuestra de ninguna forma, pero para mí es evidente que le cuesta un triunfo tener que admitirlo.

Su mayor secreto, el que ha conseguido guardar durante seis larguísimos siglos, acaba de salir a la luz como el agua de una cañería rota.

Miles asiente. Asiente sin inmutarse. Le cede el café a una gaviota curiosa y lo aparta antes de empezar a hablar.

—No sé muy bien qué decir. Quizá solo: gracias.

Sus miradas vuelven a encontrarse.

—Gracias por no mentirme. Por no intentar negarlo o fingir que esos retratos eran los de un pariente lejano o una extraña coincidencia. Gracias por contarme la verdad. Por más extraño e increíble que pueda resultar…

—¿Lo sabías?

Le suelto la mano y me aparto a toda velocidad, tan deprisa que Miles tarda un rato en darse cuenta de que ya no está prisionero.

Se aleja con un respingo, flexiona los dedos y gira la muñeca de un lado a otro para que su sangre vuelva a circular con normalidad.

—Joder, Ever… ¿sabes lo que es extralimitarse?

Hace un gesto negativo con la cabeza y empieza a pasearse por la tienda. Sortea con pasos furiosos las estanterías, los ángeles expuestos y los estantes de los CD antes de volver a empezar el recorrido. Necesita un tiempo para perdonarme, para soltar vapor, un tiempo antes de volver a mirarme. Desliza el pulgar por el lomo de los libros y suelta un suspiro.

—En serio, una cosa es saber que eres capaz de leer la mente y otra muy distinta que te metas dentro de la mía sin mi consentimiento. —La frase va seguida de una retahíla de comentarios entre dientes.

—Lo siento —le digo. Sé que le debo mucho más que una disculpa, pero algo es algo—. De verdad. Prometí… no hacerlo nunca, y casi siempre mantengo mi promesa. Pero en ocasiones… bueno, en ocasiones la situación es tan urgente que no queda otro remedio.

—¿Entonces ya lo habías hecho antes? ¿Es eso lo que me estás diciendo?

Se da la vuelta con los ojos entrecerrados y la boca apretada. Sus dedos se agitan con nerviosismo. Ha dado por sentado lo peor, que me he colado en su cabeza más veces de las que puedo recordar. Y aunque en realidad no es cierto, aunque en realidad preferiría no tener que hacerlo, sé que si quiero tener alguna esperanza de recuperar su confianza debo empezar a explicarme ahora mismo.

Respiro hondo y lo miro a los ojos.

—Sí. Algunas veces me he colado en tu mente sin tu consentimiento, y lo siento muchísimo. Sé que debe de parecerte una especie de violación.

Miles pone los ojos en blanco y me da la espalda. Masculla por lo bajo con la intención de preocuparme… y lo consigue.

Pero no puedo culparlo. En absoluto. He invadido su intimidad, de eso no cabe duda. Solo espero que pueda perdonarme.

—Así que, en resumen, lo que me estás diciendo es que no tengo secretos. —Se vuelve hacia mí una vez más y me mira de arriba abajo—. No tengo ningún pensamiento privado, nada que tú no hayas cotilleado ya. —Está furioso—. ¿Y desde cuándo ocurre esto, Ever? ¿Desde el día que nos conocimos?

Sacudo la cabeza, decidida a conseguir que me crea.

—No. Nada de eso. Bueno, sí, he leído tu mente otras veces, ya lo he admitido, pero han sido muy pocas. Y solo lo hice cuando pensé que podrías haber averiguado algo que…

Tomo una honda bocanada de aire al ver sus párpados entornados y su mandíbula apretada, señales de que la cosa no va tan bien como yo esperaba. Aun así, se merece una explicación, al margen de cuánto se enfade. Así pues, me aclaro la garganta y sigo adelante.

—En serio, las únicas veces que me colé en tu cabeza fue para ver si intuías la verdad sobre Damen y sobre mí. Eso es todo. Te lo juro. No deseaba saber ninguna otra cosa. Tengo mucho más sentido de la ética del que pareces creer. Además, para que lo sepas, antes oía los pensamientos de todo el mundo. En ocasiones había centenares, incluso miles de pensamientos a mi alrededor. Era un ruido ensordecedor y deprimente, y lo odiaba con todas mis fuerzas. Por eso siempre llevaba la capucha y el iPod encendido. No era solo una cuestión de ir a la moda, ¿sabes?

Me quedo callada un instante al ver que su espalda y sus hombros se ponen rígidos, pero continúo.

—Fue lo único que se me ocurrió para poder bloquear todos esos pensamientos. Tal vez te pareciera ridícula, pero aquel atuendo cumplía su propósito. Solo pude dejarlo cuando Ava me enseñó a levantar un escudo para protegerme, a desintonizar los pensamientos de los demás. De modo que sí…, vale, tienes razón. He podido oír todo lo que se te pasaba por la cabeza desde el día en que nos conocimos… Pero igual que podía oír cualquier cosa que pasaba por la cabeza de cualquier persona. Y no porque quisiera oírlo, sino porque no me quedaba más remedio que hacerlo. Tus cosas son solo tuyas, Miles. Te aseguro que he intentado por todos los medios no conocer tus secretos. Tienes que creerme.

Lo sigo con la mirada mientras se pasea por la estancia de espaldas a mí, para que no pueda verle la cara. No obstante, su aura empieza a brillar con más fuerza, una señal inequívoca de que se está recuperando.

—Lo siento —dice al final mientras se da la vuelta.

Lo miro con recelo y me pregunto qué es lo que siente, después de todo lo que le he contado.

—Las cosas que pensaba de ti… —comenta al tiempo que niega con la cabeza—, bueno, no de ti, más bien de tu ropa. Pero da igual. —Da un respingo—. No puedo creer que oyeras todo eso.

Hago un gesto con los hombros para restarle importancia. Estoy dispuesta a olvidarlo. En lo que a mí respecta, es agua pasada.

—En serio… A pesar de lo que pensaba de ti, seguiste quedando conmigo, seguiste llevándome a clase todos los días, seguiste siendo mi amiga. —Encoge los hombros y suspira.

—No te preocupes. —Esbozo una sonrisa esperanzada—. Lo único que quiero saber es si tú querrás seguir siendo el mío.

Asiente, se acerca y extiende las manos sobre el mostrador antes de hablar.

—Por si te lo preguntas, fue Haven quien me lo contó primero.

Suspiro. Ya me lo había imaginado.

—Bueno, no, rebobina. En realidad, solo me lo insinuó. —Se queda callado y señala un anillo que hay bajo el vidrio. Se lo saco de inmediato para que se lo pruebe—. Básicamente, me invitó a su casa... —Hace una pausa y frunce el ceño mientras levanta la mano para admirar el anillo. Luego se lo quita y me señala otro—. Sabes que se ha mudado, ¿no?

Hago un gesto negativo. No lo sabía, pero supongo que debería haberlo imaginado.

—Ahora vive en la casa de Roman. No sé muy bien cuánto durará, pero no deja de hablar de emanciparse legalmente, así que supongo que va en serio. De cualquier forma, para resumir, me invitó a su casa, me sirvió un enorme cáliz lleno de elixir e intentó convencerme de que diera un trago sin contarme lo que era.

Sacudo la cabeza en un gesto exasperado. No puedo creer que sea tan irresponsable. Bueno, lo creo porque estamos hablando de Haven, pero aun así no es nada bueno.

—Y cuando lo rechacé, ella se puso en plan melodramático y me dijo... —Miles carraspea un poco a fin de prepararse para imitar la voz ronca de Haven, y lo cierto es que la clava cuando dice—: «Miles, si alguien te ofreciera la belleza eterna, una fuerza imperecedera y asombrosos poderes físicos y mentales... ¿aceptarías?». —Pone los ojos en blanco—. Me miró de tal forma que ese dichoso zafiro azul que lleva incrustado en la frente casi me deja ciego. Y se pilló un buen rebote cuando le respondí: «Hummm... No, gracias».

Sonrío al imaginarme la escena.

—Por supuesto, ella dio por hecho que no había entendido lo que me ofrecía, así que intentó explicármelo de nuevo, esta vez con más detalles. Pero mi respuesta siguió siendo «No». Entonces se cabreó de verdad y me contó casi lo mismo que Damen. Me habló del elixir, me contó que Damen te había convertido y que tú la habías convertido a ella. También me contó algunas cosas que Damen no mencionó, como por ejemplo que habías sido tú quien había matado a Roman y a Drina.

—Yo no maté a… —Roman.

Empiezo a decirle que yo no maté a Roman, que fue Jude. Pero me arrepiento de inmediato. Miles ya sabe más cosas de las que debería. No quiero darle más en lo que pensar.

—Da igual. —Se encoge de hombros, como si estuviera hablando de cosas normales y racionales—. Luego, cuando intentó que bebiera otra vez, volví a negarme. Y fue entonces cuando se puso furiosa, como una niña de dos años con una rabieta. «Oye», le dije, «si esa cosa funcionara de verdad, Roman y Drina seguirían aquí, ¿no crees?». Y, puesto que no es el caso, supongo que al fin y al cabo no eran inmortales. —Miles me mira fijamente—. Y entonces me dijo que ese pequeño asunto quedaría solucionado en cuanto acabara contigo. Que tenía que confiar en ella, que su elixir era mucho mejor que el tuyo, que solo tenía que dar un par de sorbos para disfrutar de una salud, una belleza y una vida eternas durante… bueno, pues eso, toda la eternidad.

Trago saliva con fuerza mientras observo su aura, que ahora tiene un tono amarillo brillante. El aura es la única prueba de que no ha mordido el anzuelo… al menos de momento.

—Y debo admitir que fue de lo más persuasiva, tanto que al final le dije que me lo pensaría. —Encoge los hombros—. Le dije que investigaría un poco por mi cuenta y que volvería a verla en una semana o así.

Tengo tantas cosas que decirle que no sé por dónde empezar.

Pero, al verme, Miles suelta una carcajada atronadora y hace un gesto negativo con la cabeza.

—Relájate. Estoy de guasa. Hostia, Ever, ¿por quién me has tomado? ¿Por un idiota frívolo y superficial? —Pone los ojos en blanco, pero luego se da cuenta de lo que ha dicho y añade—: Lo siento, no pretendía ofender a nadie. La cuestión es que le dije que no. Un «no» rotundo e inequívoco. Y ella me dijo que la oferta seguía en pie, que si cambiaba de opinión, la fuente de la juventud sería mía.

Observo a Miles desde una nueva perspectiva. Me asombra que haya rechazado un ofrecimiento semejante. Jude siempre ha dicho que él no elegiría la inmortalidad, pero lo cierto es que a él nunca se la han ofrecido, así que no hay forma de saber lo que haría en realidad. Y Ava…, bueno, Ava estuvo muy cerca de dar el gran salto, pero al final lo rechazó. Con todo, no conozco a muchas personas, además de Miles y de Ava, que fueran capaces de rechazar una oferta así.

Miles me mira y enarca las cejas en un fingido gesto de indignación.

—¿Qué pasa? ¿Por qué estás tan sorprendida? ¿Creías que alguien como yo, alguien que es gay y encima actor, no desaprovecharía esa oportunidad? —Entrecierra los párpados y niega con la cabeza—. Eso se llama tener prejuicios, Ever. Deberías avergonzarte de ti misma por pensar algo así. —Me mira con tanto desprecio que siento el impulso de intentar defenderme, pero antes de que pueda empezar, él desecha el comentario con un gesto de la mano y sonríe con expresión triunfante—. ¡Ja! ¡A eso se le llama actuar! —Se echa a reír y sus ojos brillan de alegría—. Al menos, a la última parte…, la parte de los prejuicios. Todo lo demás era completamente cierto. ¿Te das cuenta de lo mucho que he mejorado?

Se pasa los dedos por el pelo, apoya los codos en el mostrador y se inclina hacia mí.

—La cosa es que lo único que deseo en este mundo, el único sueño que tengo, es llegar a ser actor. —Me mira a los ojos con seriedad—. Un actor teatral de verdad, de los que dedican su vida a la profesión. Ese es mi objetivo. Mi ambición en la vida. No me interesa ser de esas grandes estrellas de cine, glamurosas y peripuestas. No quiero convertirme en una portada de *People*. No me gustan las fiestas, los escándalos ni las infinitas terapias de rehabilitación. Estoy en esto por el arte. Lo que quiero es dar vida a las historias, encarnar muchos personajes. Lo que siento al perderme dentro de un papel es algo… alucinante. Y quiero experimentarlo una y otra vez. Pero quiero representar papeles de todo tipo, no solo el de jóvenes guapos. Y para aprender, crecer y mejorar, necesito experimentar la vida. Necesito vivirla al máximo, en todas sus etapas. Debo ser joven, de mediana edad y viejo. Y quiero vivirlo todo. Es imposible representar la vida si no te permites experimentarla.

Se queda callado un momento mientras recorre mi rostro con la mirada y luego continúa.

—¿El miedo a la muerte que tú has conseguido dejar atrás? Yo lo quiero. ¡Qué diablos!, lo necesito. Es uno de los instintos más básicos que tenemos, de modo que ¿por qué iba a querer librarme de él? Mi arte mejorará con cada experiencia que viva, pero solo si sigo siendo mortal. En cambio, eso no pasará nunca, sin importar los siglos que viva, si me convierto a propósito en un guaperas ultraglamuroso que no cambia jamás.

No sé si sentirme aliviada u ofendida. Al final, me decanto por el alivio.

—Lo siento. —Encoge los hombros—. De verdad que no pretendo ofenderte. Solo intento explicarte mi punto de vista. Además, me chifla comer. De hecho, me gusta tanto que no puedo ni imaginarme lo que debe de ser tener una dieta exclusivamente líquida. Y, lo creas o no, tampoco quiero que desaparezcan mis cicatrices. Me gustan. Forman parte de mí, parte de mi historia. Y algún día, si tengo la suerte de llegar a viejo, me contentaré con mis recuerdos…, siempre que no los pierda por el Alzheimer o algo parecido, claro. En serio, antes de que te pongas a protestar… —Levanta una mano del mostrador y me enseña la palma al notar que estoy a punto de interrumpirlo—. Antes de que me digas que Damen atesora recuerdos en cantidad suficiente para ahogarnos a todos y que es feliz, voy a decirte adónde pretendo llegar: lo que quiero, más que nada en el mundo, es llegar al final de mi vida con una de esas imágenes de antes y después sobre la que reflexionar. Demostrar que lo hice lo mejor que pude con las cartas que me tocaron, y que viví mi vida muy bien.

Lo observo con detenimiento, muda de repente. Intento decir algo, pero no puedo. Tengo la garganta seca y cerrada por completo. Y, antes de que pueda evitarlo, antes de que pueda girar la cabeza para que no me vea, empiezo a llorar.

Las lágrimas se deslizan por mi rostro, cada vez más abundantes. Y llega un momento en que ya no puedo detenerlas. No puedo contener los sollozos, los temblores de hombros ni el profundo nudo de desesperación que se me ha hecho en el estómago.

Miles rodea el mostrador y me abraza. Me acaricia el pelo y hace todo lo posible para calmarme susurrándome al oído dulces palabras de aliento.

Pero yo sé la verdad.

Sé que lo que me dice no es del todo cierto.

Nada saldrá bien. Nada irá bien.

Al menos, no de la forma en que él asegura.

Puede que posea belleza y juventud inagotables, puede que tenga el «don» de la vida eterna, pero jamás podré vivir la maravillosa y encantadora normalidad que Miles acaba de describir.

Capítulo trece

El sábado por la tarde ya no hay forma de evitarlos. Sabine está en la cocina, cortando un montón de verduras para hacer una ensalada griega, y Muñoz se encuentra a su lado, preparando generosas hamburguesas de carne picada de pavo.

—Hola, Ever. —Levanta la vista y sonríe un breve instante—. ¿Vas a unirte a nosotros? Hay comida de sobra.

Echo un vistazo a Sabine y veo que sus hombros se ponen rígidos, que su cuchillo golpea la tabla de cortar con algo más de fuerza mientras corta el tomate. Sé que aún está lejos de perdonarme, de aceptarme, y no puedo lidiar con eso ahora.

—No. En realidad…, bueno, estaba a punto de salir. —Lo miro apenas un segundo, con la esperanza de poder librarme de la charla, ya que estoy impaciente por largarme de aquí.

Me encamino hacia la entrada y estoy a punto de conseguir la libertad cuando Muñoz termina con las empanadas.

—¿Te importa que te acompañe hasta la puerta? —me dice.

Sé que esto no tiene nada que ver con acompañarme a la puerta. Quiere hablar conmigo en privado, donde su novia no pueda oírnos. Sin embargo, consciente de que no hay manera de negarme, lo sigo afuera, hasta la barbacoa, donde Muñoz quita la tapa, gira los botones y se dispone a preparar las hamburguesas.

Parece tan absorto en la tarea que por un momento pienso que he malinterpretado sus palabras, y decido marcharme.

—Bueno, ¿cómo van las clases este año? —pregunta al instante—. No te he visto mucho por el instituto... No te he visto nada, en realidad. —Me mira de reojo antes de seguir con lo que tiene entre manos. Le echa una especia secreta a la mezcla de carne mientras yo busco una respuesta.

No tiene sentido mentirle a alguien que puede comprobar las fichas de asistencia, así que al final me encojo de hombros.

—Bueno, seguro que es porque he faltado bastante desde el primer día. De hecho, no he vuelto a ir desde entonces.

—Ah. —Asiente con la cabeza y coloca el frasco de la especia sobre la encimera de granito antes de darse la vuelta para recorrerme de arriba abajo con la mirada—. Un caso agudo de «ultimañitis», supongo.

Me rasco el brazo, a pesar de que no me pica, e intento no parecer más nerviosa de lo que estoy. Clavo los ojos en la ventana desde la que nos observa Sabine, y el mero hecho de verla agudiza mis ganas de escapar.

—Por lo general no empieza hasta el último semestre. Es en ese momento cuando todo el mundo se descontrola. Pero, según parece, tú lo has pillado antes de tiempo. ¿Hay algo que pueda hacer para ayudarte?

«Sí, puedes decirle a tu novia que no me juzgue. Puedes decirle a Haven que no intente matarme. Puedes decirle a Honor que no me amenace. Y puedes descubrir la verdad sobre Damen y sobre mí. Ah, y cuando tengas un rato libre, si pudieras echarle mano a cierta camisa manchada y enviarla al laboratorio criminológico para que la analicen, te lo agradecería un montón», respondo para mis adentros.

Sin embargo, no digo nada de eso, por supuesto. Me limito a alzar los hombros y a suspirar bien fuerte con la esperanza de que capte el mensaje.

Pero si lo ha hecho, decide pasarlo por alto.

—¿Sabes? Aunque creas que estás sola en todo esto, lo cierto es que no lo estás.

Lo miro con los ojos entornados, sin saber muy bien adónde quiere ir a parar.

—He hablado con ella. Le he contado lo que he descubierto sobre las personas que han tenido experiencias cercanas a la muerte.

Aunque quiero irme ya, pongo los brazos en jarras y me inclino ligeramente hacia él.

—¿Y cómo le dio por investigar eso? —le pregunto—. Porque no es el tipo de cosa que uno hace así como así.

Muñoz se concentra en la carne para trasladarla del plato a la parrilla.

—Una vez vi un programa de televisión que me resultó fascinante —comenta con voz seria—. Tan fascinante que compré un libro sobre el tema, que a su vez me condujo a otros libros sobre el tema... y así sucesivamente. —Aprieta la espátula contra la hamburguesa y el jugo de la carne empieza a chisporrotear—. Pero tú... eres la primera persona que conozco que lo ha experimentado. ¿Alguna vez has pensado en unirte a esos grupos de investigación? Según tengo entendido, siempre buscan nuevos casos de estudio.

—No —respondo, casi sin darle la oportunidad de que termine la frase.

Mi respuesta es firme, definitiva, rotunda. Lo último que necesito es formar parte del estudio de algún científico chiflado.

Sin embargo, Muñoz se echa a reír y levanta las manos cubiertas con las manoplas en un gesto de rendición.

—No dispares. Solo lo preguntaba.

Da la vuelta a las hamburguesas, una a una, con lo que empiezan de nuevo los chisporroteos que componen la banda sonora de todas las barbacoas, y que ambos escuchamos con atención.

En cuanto están listas, las saca y las deja en el plato, aunque se detiene un instante para echarme un vistazo.

—Oye, Ever, tienes que darle a tu tía algo de tiempo para que se haga a la idea. No resulta fácil aceptar a alguien que desafía todo tu sistema de creencias, ¿sabes? Pero si te lo tomas con calma, al final cederá. Lo hará. Te prometo que intentaré convencerla si tú prometes que harás lo mismo. Y antes de que te des cuenta todo habrá terminado. Ya lo verás.

«¿Esa es tu predicción?», me entran ganas de preguntarle. Pero, por suerte, me muerdo la lengua a tiempo. Sé que solo intenta ayudar, y eso es lo que importa; da igual que yo no lo crea o que Sabine jamás llegue a ponerse de mi lado. Muñoz solo intenta ayudar, y lo menos que puedo hacer es permitírselo.

—Pero en lo que se refiere a tu asistencia a clase… —Me mira con severidad—. Solo es cuestión de tiempo que se entere. Así que intenta no ponerte las cosas más difíciles de lo que ya están, ¿de acuerdo? O piensa en ello, al menos. Además, por lo que sé, graduarse en el instituto no le ha hecho daño a nadie. De hecho, solo sirve para ayudar.

Masculló una réplica por lo bajo, me despido con un rápido gesto de la mano y me dirijo a la puerta de la verja. No sé si la conversación ha terminado ya, pero sé que mi parte en ella sí. Esa clase de cosas, las normas a las que se refiere, ya no pueden aplicarse a mi persona. La pompa y las celebraciones de la graduación en el instituto son para otra gente.

Para la gente normal.

Para la gente mortal.

No para mí.

Enciendo el motor del coche con la mente antes de llegar al camino de entrada donde está aparcado, salgo por la puerta hasta la calle y acelero hacia el lugar donde le dije a Jude que me reuniría con él.

Capítulo catorce

Lo veo en cuanto entro en el aparcamiento.

Me está esperando en su Jeep, y tamborilea con los dedos en el volante al ritmo de la música que suena en su iPod. Parece muy tranquilo y a gusto ahí, a solas, tanto que siento la tentación de dar la vuelta con el coche e irme por donde he venido.

Pero no lo hago.

Esto es demasiado importante.

Haven no piensa olvidar su amenaza, y por lo que sé, esta podría ser mi única oportunidad de convencer a Jude de que se trata de algo serio.

Aparco a su lado y lo saludo con la mano. Él se quita los auriculares, los arroja a un lado y sale del coche. Apoya la espalda en la puerta, cruza los brazos y me observa mientras me acerco.

—Hola. —Acompaña el saludo con un gesto de la cabeza, observando sin perder detalle cómo me cuelgo la mochila al hombro y me aliso la camiseta de manga corta que llevo encima de la de tirantes—. ¿Estás bien? —Inclina la cabeza hacia un lado y entorna los párpados.

Está claro que no tiene ni la menor idea de por qué le he pedido que viniera aquí.

Hago un gesto afirmativo y sonrío. Esa pregunta debería hacérsela yo a él.

—Sí, estoy bien. —Me detengo muy cerca, sin saber muy bien por dónde empezar. El mero hecho de haberle pedido que nos reuniéramos en el aparcamiento no significa que haya memorizado la larga lista de cosas que debemos discutir—. Bueno, ¿y tú? ¿Estás bien?

Lo recorro de arriba abajo con la mirada. Está mucho mejor que la última vez que lo vi. Su rostro ha recuperado el color; sus ojos ya no son un vacío negro, y su aura de color verde brillante basta para saber que se está recuperando.

Asiente y encoge los hombros. Es obvio que quiere que sea yo quien haga el siguiente movimiento, que le diga de qué va todo esto. Pero al ver que no lo hago, que me quedo como estoy, respira hondo y empieza a hablar.

—En serio. Casi me he acostumbrado a la idea de que Lina ya no esté aquí. No puedo hacer nada para cambiar eso, así que lo mejor es aceptarlo cuanto antes, ¿verdad?

Murmuro unas palabras de acuerdo, una de esas respuestas típicas fáciles de olvidar. Luego respiro hondo, consciente de que ya lo he demorado bastante, de que ha llegado el momento de ir al grano y contarle la razón por la que estamos aquí.

—¿Y Haven? ¿Has sabido algo de ella últimamente?

Jude aparta la mirada y desliza los dedos por la barba que ha empezado a aparecer en su barbilla.

—No, nada de nada —dice con voz cansada, resignada—. Y, ahora que lo pienso, seguro que eso no es una buena señal. De todas formas, no tengo ninguna posibilidad en todo este asunto, así que, ¿qué más da? —Me mira de reojo y observa mi rostro un instante.

—¿Y si te dijera que no es así? —Me quedo callada hasta que vuelve a mirarme—. ¿Y si tuvieras alguna posibilidad?

Suelta un resoplido, murmura algo indescifrable entre dientes y luego niega con la cabeza.

—Bromeas, ¿verdad?

Afronto la expresión seria de su rostro.

—Esto no es ninguna broma, créeme. De hecho…

Sin embargo, me interrumpe antes de que pueda acabar, antes incluso de que haya llegado al meollo de la cuestión. Ya ha sacado sus propias conclusiones y quiere detenerme ya, antes de que siga adelante.

—Oye, Ever… —Suspira y da una patada al asfalto mientras mete las manos en los bolsillos delanteros de sus vaqueros—. Te agradezco mucho que te preocupes por mi seguridad, pero quiero dejar claro que no estoy dispuesto a beber el elixir que me convertiría en un inmortal como tú.

Lo miro con los ojos como platos y la mandíbula por las rodillas. No puedo creer que haya pensado que iba a ofrecerle algo semejante.

—Sé que ya te lo había dicho, y no quiero criticarte ni nada de eso, pero esa clase de vida antinatural… Bueno, no me interesa en absoluto.

Pues ya sois dos en otros tantos días, pienso, sin salir de mi asombro.

—Después de ir a Summerland y ver a Lina, creo que sería una locura querer quedarse aquí, elegir una vida extralarga en un mundo imperfecto lleno de odio, cuando existe un lugar muchísimo mejor esperándote a la vuelta de la esquina, por decirlo de algún modo.

Y aunque me impactan sus palabras tanto como las de Miles, no me echo a llorar. Se acabaron las lágrimas. Para bien o para mal, soy lo que soy, y no hay forma de volver atrás. Pero eso no significa que esté dispuesta a persuadir a otros para que se unan al club.

—Seguro que no es tan malo. ¿O sí? —le pregunto con la esperanza de aligerar el ambiente.

Sin embargo, él se limita a alzar los hombros.

—No, supongo que no —dice con tono serio—. Seguro que ahí fuera hay algo más que odio y calamidades. De vez en cuando, con un poco de suerte, puedes tropezarte con un poquito de felicidad.

—Vaya, un comentario un poco sombrío, ¿no te parece? —Suelto una carcajada forzada, aunque sus palabras me han perturbado más de lo que estoy dispuesta a admitir.

Jude vuelve a encogerse de hombros y entorna tanto los párpados que apenas puedo verle los ojos.

—De todas formas, no pretendía insultarte. Es solo que eso no es para mí. No me interesa.

Yo también hago un gesto de indiferencia con los hombros, preparada para continuar, para ir directa a la razón por la que estamos aquí.

—Bueno… —Jude me mira—. ¿Eso es todo? ¿Hemos dejado las cosas claras?

—Desde luego, las cosas están muy claras. Pero esta conversación está lejos de haberse acabado. —Le hago una señal con la mano para que me siga hasta la puerta de la verja. Cierro los ojos un momento, visualizo el cerrojo abierto en mi mente y luego miro a Jude por encima del hombro para decirle—: Créeme, no ha hecho más que empezar.

Empujo la puerta para abrirla. He dado por hecho que me seguiría, así que me sorprende ver que se queda al otro lado.

—¿De qué va esto, Ever? ¿Por qué me has pedido que me reuniera contigo aquí precisamente? Creí que habías dejado el instituto.

Niego con la cabeza y contemplo durante un instante el grupo de edificios que no he visto en toda la semana, y que no he echado de menos ni un poquito.

—Pues no lo he hecho. Además, este es el único lugar que se me ocurrió que puede proporcionarnos el espacio y la intimidad que necesitamos.

La cicatriz de su frente se arruga de curiosidad.

Pongo los ojos en blanco y me encamino hacia el gimnasio, segura de que esta vez me seguirá sin dudarlo.

—¿Esa puerta está cerrada también? —Desliza la mirada por mis brazos, mis piernas, mi nuca... por todos los lugares donde se ve algo de piel.

Asiento mientras me concentro en la puerta. Oigo el chasquido del cerrojo y la abro.

—Tú primero —le digo.

Jude entra, sus sandalias chirrían sobre el suelo de madera pulida mientras avanza hacia la parte central de la sala; ahí se detiene. Eleva los brazos a ambos lados, echa la cabeza hacia atrás y respira hondo.

—Sí, está impregnado de ese hedor universal de los gimnasios de instituto que recuerdo tan bien.

Sonrío un instante antes de volver a centrarme en lo que tenemos entre manos.

No he venido hasta aquí para bromear ni para charlas insustanciales. He venido aquí para salvarlo. O, mejor dicho, para enseñarle lo que necesita saber para salvarse en caso de que yo no esté cerca para ayudarlo.

Porque, aunque sigo enfadada con él y albergo ciertas dudas con respecto a sus intenciones, siento que mi deber es protegerlo de Haven.

—Bueno, creo que deberíamos ir al grano. No tiene sentido desperdiciar más tiempo.

Cuando me mira, veo que su rostro está cubierto por una fina película de sudor. Sin embargo, no sé si se debe al ambiente bochornoso o a la ansiedad que le provoca la situación en la que se ha metido, el no saber si estará a la altura de lo que se espera de él.

Me tomo un momento para prepararme: dejo la mochila en el rincón, me deshago de los zapatos y me quito la camiseta para dejar al descubierto la blanca camiseta elástica de tirantes que llevo debajo. Aliso con las manos la parte delantera y ajusto la cinturilla de goma de mis pantalones cortos mientras me acerco a él.

—Es evidente que ya conoces los chakras. —Me sitúo delante de él y lo estudio con detenimiento, pero no le doy tiempo a intervenir—: Puesto que mataste a Roman de esa manera…

—Ever, yo…

Empieza a hablar, pero no pienso dejar que continúe. No quiero que empiece con las excusas otra vez. Ya las he oído todas, así que no me interesan. Además, no puedo permitir enzarzarme en una discusión que me haga cambiar de opinión con respecto a él. Con respecto a esto.

—Ahórratelo. —Levanto las manos entre nosotros—. Ese es otro tema, para otro día. Ahora solo quiero hablar de una cosa: Haven tiene poderes que ni siquiera puedes imaginar… —«Que ni siquiera yo puedo imaginar», pienso para mis adentros—. Poderes que la embriagan, que la convierten en una persona temeraria y peligrosa. En alguien a quien debes evitar a toda costa. Pero si por alguna casualidad te encuentras con ella o, aún peor, decide ir a por ti (algo que, por si no lo sabes, es más que probable), tienes que estar preparado. Así que, teniendo en cuenta eso y todo lo que sabes de ella, ¿qué chakra elegirías para vencerla?

Jude frunce los labios hacia un lado mientras me mira. Es obvio que no se lo está tomando en serio, y eso es un grave error por su parte.

—Cuanto antes respondas, antes acabaremos con esto. —Apoyo las manos en las caderas y empiezo a tamborilear con los dedos, impaciente.

—El tercero. —Hace un gesto afirmativo y se coloca la palma de la mano por debajo del pecho—. El plexo solar, también conocido como el centro de la venganza, el núcleo de la furia y ese tipo de cosas. ¿Qué? ¿He acertado? ¿He superado la prueba? ¿Puedo recoger mi premio y marcharme a casa ya? —Arquea las cejas.

—De acuerdo, ahora vamos a fingir que yo soy Haven —le digo, pasando por alto sus preguntas y su mirada suplicante—. Quiero que te acerques, que me golpees en el lugar exacto donde la golpearías a ella.

—Ever, por favor. ¡Esto es ridículo! No puedo hacerlo. De verdad. Aprecio mucho tu preocupación y todo eso; significa mucho para mí, créeme, pero esta especie de farsa forzada… —Niega con la cabeza, con lo que sus rastas se balancean de un lado a otro—. Resulta un poco embarazosa, la verdad. Por decirlo suavemente.

—¿Embarazosa? —No puedo estar más atónita. Debo admitir que el ego masculino escapa a mi entendimiento—. Voy a fingir que no has dicho eso. Madre mía, Haven tiene poder para causarte todo tipo de heridas antes de apiadarse y acabar contigo, ¿y a ti te preocupa hacer el ridículo? ¿Delante de mí? —Niego con la cabeza otra vez y levanto las manos en un gesto de exasperación—. Escucha, si lo que te inquieta es hacerme daño, olvídalo. No puedes y no lo harás. Es imposible. Sin importar lo mucho que te esfuerces, no conseguirás golpearme. Así que quítate esa preocupación de la cabeza.

—Vaya, eso me tranquiliza. Y deja mi ego masculino a la altura del betún, la verdad. —Vuelve a sacudir la cabeza mientras sus hombros se hunden.

—No pretendo insultarte. —Encojo los hombros para quitarle importancia—. Me limito a señalar los hechos, eso es todo. Soy más fuerte; creo que ya te he dado pruebas más que suficientes de eso. Y, detesto tener que decírtelo, pero Haven también es más fuerte. Es cierto que no puedes hacer nada para cambiar eso, pero ella carece de algo que yo poseo.

Jude me mira con cierta curiosidad.

—Ha dejado de ponerse el amuleto. Ahora no hay nada que la proteja. Yo, por el contrario, jamás me quito el mío. —Me quedo callada un momento al recordar todas las veces que me lo he quitado en el pasado. Me corrijo de inmediato—: Ya no, al menos. Además, el plexo solar no es mi chakra débil. No voy a decirte cuál es, pero aun en el caso de que ya lo hubieras adivinado, aunque estuvieras tan desesperado por salir de aquí y disfrutar de la noche, y quisieras acabar conmigo, te lo impediría sin problemas antes incluso de que lograras acercarte.

Jude pone los ojos en blanco y suspira antes de levantar las manos en un gesto de rendición. Ya se ha dado cuenta de que no le queda más remedio que ceder.

—Vale. Está bien —me dice—. Adelante, dime qué es lo que quieres que haga. ¿Tengo que abalanzarme sobre ti o algo parecido?

—Claro, ¿por qué no? —respondo. Me parece una forma de empezar tan buena como cualquier otra.

Sin embargo, Jude se limita a mirarme.

—Pues porque esta es una situación totalmente irreal —me responde—. Jamás me abalanzaría sobre Haven ni sobre nadie. No a menos que me provocaran, y es posible que ni siquiera en esa situación. No es propio de mi carácter. Soy un pacifista, y lo sabes. Esas cosas no son propias de mí. Así que, siento decírtelo, pero si de verdad quieres que participe en esto, tendrás que motivarme con algo mejor.

—De acuerdo. —Asiento con la cabeza, decidida a no dejar que se escape—. Pero, para que lo sepas, yo tampoco pienso lanzarme sobre Haven. No tengo pensado provocarla de ninguna manera. Aun así, creo que ninguno de nosotros puede ignorar el hecho de que ha prometido destruirnos. Eso es algo que ha dejado bastante claro. Y no te equivoques: puede hacerlo, Jude. Sobre todo a ti, porque no estás preparado en absoluto. Puede acabar contigo sin inmutarse, ¡sin pestañear! Así que debemos prepararnos para la ocasión. Has dejado claro que no te interesa convertirte en inmortal, pero seguro que tampoco te apetece morir a manos de Haven. ¿Qué te parece si soy yo la que ataco primero? ¿Te sentirías mejor así? De todas formas, es probable que las cosas ocurran de ese modo.

Jude hace una mueca desdeñosa. Encoge los hombros y pone las manos bocarriba.

Y ese sencillo gesto me enfada tanto que, sin previo aviso, me abalanzo sobre él a toda velocidad.

Me muevo tan rápido que, en un segundo, ha pasado de estar en el centro del gimnasio, tan fresco e indiferente, a estar aplastado contra la pared del otro lado de la sala, igual que Haven hizo conmigo en los aseos. Y, como le ocurrió a ella, mi respiración no se ha alterado ni lo más mínimo a causa de semejante esfuerzo.

—Esto es lo que pasará —le digo mientras le aferro la parte delantera de la camisa. Tiro del tejido con tanta fuerza que al final se desgarra un trozo. Consciente de su aliento fresco sobre mi mejilla, de que mi rostro se halla a escasos centímetros del suyo, clavo la mirada en sus ojos aguamarina—. A esta velocidad. No tendrás tiempo para reaccionar.

Jude aguanta mi mirada. Su respiración se acelera, su frente se llena de gotitas de sudor y su corazón se pone a mil por hora.

Sin embargo, esa reacción no es el resultado del miedo o de la sorpresa. No, es el resultado de algo muy diferente.

Algo que reconozco de inmediato.

Tiene la misma expresión que la noche en que estuvimos a punto de besarnos en el jacuzzi.

La misma expresión que tenía la noche en que me dijo que me amaba, que me había amado en todas nuestras vidas, y que no pensaba renunciar a mí bajo ningún concepto.

Y aunque es cierto que quiero hacerlo, aunque mi mente racional me dice que le suelte la camisa y que me aleje de él todo lo posible, no lo consigo.

En lugar de eso, me aprieto más contra su cuerpo, aliviada por la oleada de calma que emana de su piel, y me lanzo en picado hacia esos ojos del color del océano.

La vocecilla de mi cabeza me recuerda todas las razones por las que debería salir pitando (mi larga lista de sospechas y todas las preguntas sin respuesta), pero mi cuerpo se niega a escucharlas. Responde a él del mismo modo que en mi vida sureña como esclava.

Levanto la mano hasta su rostro. Me tiemblan los dedos, y de pronto lo que más deseo en el mundo es fundirme con él.

Desaparecer bajo su piel.

Sus labios pronuncian mi nombre en una especie de gemido. Como si le doliera decirlo. Como si le doliera tenerme tan cerca.

Pero no dejo que continúe; no le dejo hablar. Aprieto los dedos contra su boca para acallarlo. Noto su calidez, cómo se ablandan bajo la presión, y me pregunto qué sentiría si los apretara con mis propios labios.

Siento los fuertes latidos de su corazón contra el mío, cada vez más intensos. Y aunque intento evitarlo, aunque me esfuerzo por no hacerlo, hay algo que debo comprobar por mí misma. Algo que necesito averiguar de una vez por todas para desterrar la pregunta que me reconcome por dentro.

Mi única esperanza es que su beso destierre todas mis dudas, del mismo modo que ocurrió con el de Damen en su día.

¿De verdad existe una conexión entre nosotros?

¿Nuestro destino es estar juntos y Damen se interpone a propósito en nuestro camino?

Sé que solo hay una forma de descubrirlo, así que respiro hondo, cierro los ojos y aguardo el contacto de sus labios sobre los míos.

Capítulo quince

—Ever, por favor… —Me acaricia la barbilla con los dedos para animarme a abrir los ojos y a mirarlo.

Y lo hago. Abro los ojos a regañadientes para afrontar los suyos. El asombroso color verde azulado de su mirada contrasta de forma muy llamativa con el tono bronceado de su frente, con las rastas doradas que rodean su rostro y con sus dientes blancos algo torcidos.

—Llevo deseando esto mucho tiempo…, muchos años. Pero primero, antes de hacerlo, necesito saber.

Espero la pregunta casi sin respiración.

Aunque jamás me habría esperado sus palabras.

—¿Por qué yo? ¿Por qué ahora?

Entorno los párpados y me aparto un poco. El hechizo, el impulso irresistible que me empujaba hacia él hace apenas unos segundos comienza a desvanecerse. Cuando niego con la cabeza, ya no queda más que un tenue vestigio.

—Ni siquiera sé qué es lo que me preguntas —le digo.

Le suelto la camisa y observo cómo cae al suelo el pequeño trozo de tejido mientras me sigo apartando.

Pero Jude no me lo permite. Me agarra las manos y me las aprieta con fuerza.

—Lo que te pregunto es: ¿qué ha ocurrido? ¿Qué ha pasado entre Damen y tú para que hayas empezado a tenerme en cuenta?

Respiro hondo y me fijo en sus manos, en sus dedos entrelazados con los míos, en su muñeca apoyada sobre la pulsera de herradura que Damen me regaló aquel día en las carreras. Esta vez, cuando intento apartarme, lo consigo. Mi respiración vuelve poco a poco a la normalidad, y el hechizo se debilita más y más a medida que aumenta la distancia que nos separa.

Sé que se merece una respuesta, que no puedo dejar las cosas como están, así que tomo una profunda bocanada de aire antes de hablar.

—He descubierto algo. —Lo miro de reojo un instante antes de apartar la vista de nuevo—. Algo del pasado. Algo que… —Trago saliva con fuerza y empiezo de nuevo con una voz más firme, más segura—. Algo que me ha ocultado durante mucho tiempo.

Jude me mira sin rastro de sorpresa. Él mismo me ha insinuado en más de una ocasión que Damen tenía secretos. Siempre ha asegurado que no era una lucha justa, sobre todo cuando luchaban por mí. Pero lo cierto es que Damen también lo ha admitido. De hecho, se sentía tan mal, tan culpable, que decidió hacerse a un lado durante un tiempo, para permitirme que tomara una decisión sin presiones.

Y lo hice.

Lo elegí a él.

Para mí, nunca hubo ninguna competición. Desde el momento en que nos conocimos, solo me importó él.

Pero ¿y si me equivoqué?

¿Y si Jude siempre hubiera sido mi destino?

Ha estado a mi lado en todas mis vidas..., incluyendo la que descubrí hace poco. Y, pese a todo, siempre ha sido el perdedor, siempre ha sido el rechazado. Siempre ha sido el que acaba solo.

Pero ¿y si no era eso lo que debía pasar?

¿Y si la magia de Damen logra cautivarme de tal forma que siempre tomo la decisión equivocada?

¿Por qué seguimos encontrándonos una y otra vez? ¿Para que podamos tener otra oportunidad de enmendar las cosas, de estar juntos, por fin, después de tanto tiempo?

Miro a Jude, que está justo delante de mí. Es cautivador. No tanto como Roman, con su resplandor brillante y dorado. Tampoco cuenta con el atractivo moreno de Damen, ni con el sexy hormigueo de calidez que este produce. No, Jude es un tío sano y soñador; por fuera parece un tipo normal, pero por dentro es mucho más.

—Ever... —Veo en su expresión que se debate entre agarrarme para darme un beso y mostrar un poco de control para hablar conmigo primero—. Ever, ¿qué es lo que viste? ¿Qué fue tan malo como para empujarte hacia mí?

Y la forma en que lo dice, tan consciente de su posición como el eterno rechazado, hace que se me parta el corazón en dos.

Me doy la vuelta y paseo la mirada por las gradas, por el suelo de madera lleno de rozaduras, por la red de la canasta, que tiene un agujero en uno de los lados. Dejo que lo que queda del hechizo desaparezca para que la larga lista de preguntas pueda regresar a su lugar.

Decido mostrarme firme y contar las cosas como son para ver adónde me lleva eso.

—Hace un tiempo, insinuaste... —Niego con la cabeza—. No, no insinuaste, dijiste a las claras que sabías algún secreto sobre nuestro pasado en común. Fue después de que entraras en el Gran Templo del Conocimiento por primera vez. Después de eso, cambiaste por completo. Y cuando te pregunté qué había ocurrido allí, respondiste con evasivas. Sin embargo, más tarde mencionaste que Damen no había jugado limpio en el pasado, y que todo eso iba a cambiar, porque, según me dijiste, «El conocimiento es poder y, gracias a Summerland, eso es algo que tienes a raudales». O algo así, da igual. El caso es que necesito saber qué querías decir.

Permanezco delante de él, callada, a la espera de que me conteste. Jude cierra los ojos con fuerza y se frota el entrecejo; luego baja las manos a los costados y me mira a los ojos.

—¿Por dónde quieres que empiece? —Encoge los hombros y suelta una risotada que está más cerca del enfado que de la alegría.

Estoy a punto de responder «Por donde quieras. Empieza por donde te dé la gana», ya que supongo que es mejor dejarlo elegir y permitir que me cuente las cosas que considera que debo saber. Pero luego me lo pienso mejor. Aunque sé que Damen ha «editado» todas mis vidas, y eso significa que en todas ellas hay algo que él preferiría que no supiera, hay una única vida, un secreto, que necesito saber ahora.

Hay una vida en particular que me ha empujado a este momento, que me ha hecho querer besar a Jude para ver adónde me llevaba eso.

—El sur. El sur antes de la guerra. ¿Qué sabes de nuestras vidas por aquel entonces, cuando ambos éramos esclavos?

Jude se queda pálido. Blanco como la pared. La luz desaparece de sus ojos a tal velocidad que casi dudo de que sea real. Masculla algo ininteligible mientras clava la mirada en el dibujo de la mascota del instituto que hay en la pared, y retuerce las manos con ademanes nerviosos.

Al verlo reaccionar así, no puedo evitar preguntarme si he presenciado algo que él aún no sabe.

Sin embargo, esa idea se desvanece rápidamente cuando al final se vuelve hacia mí y empieza a hablar.

—Así que ya lo sabes. —Respira hondo y hace un gesto negativo con la cabeza—. Pensaba contártelo, Ever, y la verdad es que me deja alucinado que Damen te haya hablado de eso. Debo admitir que, sin importar lo que pueda pensar de él, mostró mucho valor. O quizá fuera un poco temerario, ¿quién sabe?

—Él no me lo contó —le digo sin poder contenerme—. No exactamente. Digamos que… presencié por casualidad algo que él no quería que viera.

Jude asiente y entrecierra los párpados mientras se acerca a mí muy despacio.

—No puedo culparlo —dice con voz seria—. Aquella fue sin duda de las peores ocasiones, quizá la peor de todas. —Encoge los hombros—. Al menos para mí, ya que mi final no fue muy agradable.

Capítulo dieciséis

Es lunes, y vuelvo a saltarme las clases para asistir al funeral de Lina.

Aunque eso solo es una excusa. Habría faltado de todas formas.

Muñoz afirma que el diploma me servirá para asegurarme un futuro mejor y más brillante, pero yo no estoy de acuerdo.

Quizá a la gente normal le sirva para garantizarse la consideración de las juntas de admisión de las universidades y de los futuros jefes, pero esas cosas no significan nada para mí. Hace apenas una semana sí me importaba, pero por fin me he dado cuenta de lo equivocada que estaba. Me he dado cuenta de que no tiene sentido seguir el curso normal de los acontecimientos cuando mi vida (y mi futuro) son cualquier cosa menos normales.

Y ya es hora de dejar de fingir lo contrario.

Y si quiero ser del todo sincera, también debo admitir que Damen juega un papel fundamental en esa decisión… si no el papel principal. Porque la cuestión es que no estoy preparada para enfrentarme a él. Todavía no. Quizá algún día, pronto, pero por el momento me da la sensación de que ese día aún está muy lejos.

En su favor debo decir que parece muy consciente de ello. Me concede mucho espacio y mucho tiempo para que resuelva esto por mí misma. Su única intromisión es algún tulipán rojo que aparece de la nada de vez en cuando, un recordatorio del amor que compartimos una vez.

Que todavía compartimos.

Creo.

Giro el tapón de mi botella de agua y echo un vistazo a la multitud del salón en busca de algún rostro familiar. Jude me dijo que Lina no andaba corta de amigos, y por lo que veo es cierto. Lo que olvidó mencionarme es lo distintos que son todos ellos. Aunque me encanta vivir aquí, no puede decirse que Laguna Beach sea un crisol de nacionalidades; sin embargo, en este lugar están presentes todas las etnias que a uno se le puedan ocurrir. Y a juzgar por la mezcla de acentos que suenan por todos lados, es evidente que muchas de estas personas han viajado desde muy lejos para despedirse de ella.

Me quedo donde estoy, jugueteando con el tapón de la botella de agua que tengo al lado, mientras me debato entre buscar a Jude para decirle que me marcho o quedarme un poco más en bien de las apariencias. De pronto, Ava me saluda desde el otro lado de la estancia y empieza a acercarse a mí. Calculo a toda prisa cuándo fue la última vez que nos vimos y me pregunto si ella pertenece al pequeño grupo de personas que piensan que las he abandonado.

—Hola, Ever. —Sonríe y se inclina para darme un cálido abrazo. Se aparta un poco para recorrer mi rostro con sus suaves ojos castaños, pero me sujeta los brazos con sus dedos cargados de anillos—. Tienes buen aspecto. —Suelta una risotada alegre—. Pero tú siempre tienes buen aspecto, ¿verdad?

Bajo la vista para contemplar el largo vestido púrpura que he diseñado y manifestado para esta ocasión, ya que Jude prohibió expresamente las prendas negras. Según él, Lina habría detestado ver a toda la gente vestida con el mismo color deprimente. No quería que nadie llorara su muerte; quería que se celebrara. Y puesto que su color favorito era el morado, nos pidió que lleváramos alguna variante de ese tono.

—Bueno, ¿ella está aquí? —pregunto. Ava entorna los párpados y se coloca un ondulado mechón de pelo caoba tras la oreja, dando por hecho que me refiero a Haven—. Lina —añado antes de que tenga la oportunidad de continuar con ese tema—. Me refiero a Lina. ¿La has visto? —Observo el colgante de cuarzo citrino que lleva siempre, la túnica de algodón malva, los vaqueros blancos ceñidos y sus preciosas sandalias doradas antes de volver a mirarla a los ojos—. Ya sabes que no puedo ver a los que han cruzado; solo veo a los que aún andan por aquí.

—¿Has intentado hablar con ellos alguna vez, convencerlos de que sigan adelante? —Ava se coloca el bolso morado que le cuelga del hombro.

La miro como si estuviera loca. Nunca se me habría ocurrido hacer algo así. Tardé tanto en aprender a ignorarlos, a desintonizarlos por completo, que ahora no me hago a la idea de volver a interaccionar con ellos. Además, ya tengo problemas de sobra; lo último que necesito es relacionarme con una panda de fantasmas descarriados.

Sin embargo, Ava se echa a reír y pasea la mirada por el salón.

—Créeme, Ever, todos encuentran siempre el camino hasta su funeral. ¡Aún no he conocido un espíritu que haya resistido esa tentación! La oportunidad de ver quién aparece, qué lleva puesto cada cual, quién llora su muerte de verdad y quién no... Resulta demasiado tentador.

—¿Tú lloras su muerte de verdad?

En realidad no pretendo insinuar que esté fingiendo, que es lo que parece dar a entender la pregunta. Yo estoy aquí sobre todo para apoyar a Jude y para honrar a alguien que me ayudó cuando lo necesité. Pero aunque sé que Lina fue la jefa de Ava durante un tiempo, no estoy al tanto de si su relación era más profunda, de si llegaron a convertirse en amigas.

—Si lo que me preguntas es si me apena la muerte de un alma generosa, compasiva e iluminada —Me mira sin parpadear—, la respuesta es sí, por supuesto. ¿Cómo podría ser de otra manera? Pero si me preguntas si lloro por ella más que por mí, me temo que en ese caso la respuesta es no. La mayor parte de mi tristeza tiene un carácter completamente egoísta.

—Eso es justo lo que dijo Jude —murmuro con voz triste a la vez que examino la estancia para intentar localizarlo.

Ava asiente y luego se aparta la masa de rizos de los hombros.

—Cuando perdiste a tu familia, ¿por quién lloraste más?

La miro fijamente, atónita ante su pregunta. Y aunque quiero decirle que lloré por mis padres, por Buttercup y por el hecho de que mi hermana Riley jamás llegó a realizar su sueño de cumplir los trece y convertirse en una adolescente... no puedo hacerlo. Porque no es cierto. Aunque su pérdida me resulta desgarradora y horrible, debo admitir que la mayor parte de mi tristeza se debe a que ellos avanzaron y yo me quedé atrás. Lejos.

—Da igual. —Ava encoge los hombros—. En respuesta a tu primera pregunta: sí, la he visto. En realidad la he visto un brevísimo instante, pero ha sido algo muy hermoso. —Sonríe. Su rostro se ilumina, sus mejillas se ruborizan y sus ojos brillan mientras lo recuerda. Y estoy a punto de pedirle que se explique mejor cuando añade—: Fue justo cuando Jude se levantó para hablar. ¿Recuerdas el momento en que titubeó y estuvo a punto de desmoronarse? ¿Cuando se le rompió la voz y tuvo que tomarse un instante antes de empezar de nuevo?

Asiento con la cabeza. Lo recuerdo muy bien. Recuerdo que se me encogió el corazón al verlo así.

—Bueno, pues fue entonces cuando ella apareció detrás de él. Flotaba a su espalda, le colocó las manos en los hombros con delicadeza, cerró los ojos y lo envolvió con una preciosa burbuja de luz y amor. Y te aseguro que un segundo después, Jude se recuperó y terminó con el panegírico sin problemas mientras ella desaparecía.

Suspiro mientras me lo imagino. Desearía haberlo visto con mis propios ojos.

—¿Crees que él notó su presencia? —le pregunto a Ava—. Bueno, es evidente que notó algo, ya que pudo continuar con el discurso, pero ¿crees que sabe que fue ella quien lo ayudó a superarlo?

Ava alza los hombros una vez más y señala la zona de césped que hay más allá de las puertas de cristal, donde Jude charla con unos amigos de Lina. Las largas rastas se extienden sobre su espalda y sobre los tirantes de la camiseta malva, estampada con una famosa deidad india.

—¿Por qué no se lo preguntas tú misma? —me dice—. Según tengo entendido, estos días habéis intimado mucho.

Doy un respingo y vuelvo a mirarla de inmediato. Me pregunto si ha insinuado lo que creo, y quién se lo habrá contado.

—Bueno, es evidente que te has saltado las clases para atender la tienda, a pesar de que yo he dejado muy claro, y muchas veces, que me encantaría poder hacerlo. Además, Damen está muy desanimado últimamente; al menos, eso me ha parecido en las pocas veces que lo he visto, y las gemelas me lo han confirmado. Ellas le ven mucho más que yo, ¿sabes? Se las lleva a menudo al cine, o a la pista de karts, o de compras a Fashion Island, o a las atracciones acuáticas de Disneyland… En realidad, las ha llevado a todos los lugares de Orange County al menos un par de veces. A ellas les encanta, y está claro que es un gesto muy amable y generoso por parte de Damen, pero no hace falta ser muy listo para intuir qué hay detrás de tan súbito estallido de altruismo. —Hace una pausa y me mira a los ojos—. Está claro que busca una distracción. Que intenta desesperadamente mantenerse ocupado para no obsesionarse contigo y con el hecho de que ya no estás a su lado como antes.

Se me hunden los hombros. Mi mundo se hunde. La antigua yo se habría cabreado mucho y ya habría soltado alguna ridícula protesta para defenderse o, al menos, para interrumpirla antes de que tuviera oportunidad de terminar de hablar.

Sin embargo, ya no soy esa persona. Por no mencionar que no hay forma de negar nada de lo que ha dicho.

Soy la causante de la tristeza de Damen.

Y de su soledad.

Y no sirve de nada negarlo.

No obstante, las cosas no son tan sencillas. Es un asunto muy complicado, y dudo mucho que Ava sepa algo de eso.

Aun así, como bien ha dicho, he intimado bastante con Jude. Aunque no de la forma romántica que ella cree.

No hay duda de que existe una especie de atracción innegable que nos une desde hace una eternidad, pero por irónico que resulte, ahora es Jude quien echa el freno. Ha dejado muy claro que no le interesa conseguirme temporalmente.

Me quiere de verdad.

Me quiere para siempre.

Quiere estar seguro de que he roto con Damen y con todo lo que compartía con él.

Quiere estar seguro de que me acerco a él sin echar un solo vistazo atrás, sin compararlo con lo que tenía antes.

Según él, no quiere arriesgarse a que le rompan el corazón otra vez.

El hecho de que haya ocurrido un montón de veces en el curso de los último siglos no lo hace más fácil.

Pero todavía no puedo darle lo que busca. A pesar de que su versión sobre nuestra vida sureña confirma mis peores sospechas, sobre que Damen me compró, me separó de mi familia, y les dio la espalda para siempre con la intención de tenerme para él solo, todavía no estoy preparada para hacerlo.

Ni siquiera después de escuchar el resto de la historia: que poco después de marcharme, Jude y el resto de mi familia murieron en un terrible incendio del que podrían haberse salvado si Damen se hubiera tomado la molestia de comprarlos. Una cadena de muertes trágicas para la que no existe una excusa lógica.

Dada su inmensa riqueza y su formidable poder... Bueno, un acto tan frío y calculador, un acto vil que terminó en tragedia, es del todo inexcusable.

Y aun así, todavía no estoy dispuesta a renunciar a él.

Aunque tampoco estoy dispuesta a verlo aún.

Con todo, no pienso contarle eso a Ava, así que me limito a negar con la cabeza.

—Hay muchas cosas que tú no sabes. —La miro a los ojos de manera deliberada.

Ella asiente y estira el brazo hacia mí para apretarme la mano con delicadeza.

—De eso no me cabe ninguna duda, Ever. Ninguna en absoluto. —Se queda callada un momento para asegurarse de que cuenta con toda mi atención—. Pero no hagas nada apresurado. Tómate el tiempo que necesites para profundizar, para pensar bien las cosas. Y cuando tengas dudas, bueno, ya conoces mi remedio favorito…

—La meditación —murmuro con una risotada. Pongo los ojos en blanco, agradecida por el estallido de luz que siempre me proporciona en los momentos más oscuros. Tiro de ella para retenerla cuando hace ademán de marcharse. No quiero que se vaya todavía, y le suplico con la mirada que se quede—. ¿Sabes algo, Ava? —Agarro su brazo con fuerza. De pronto, siento que necesito sus consejos, sus palabras de ánimo—. ¿Sabes algo sobre lo que está ocurriendo? ¿Sobre lo que nos pasa a Damen, a Jude y a mí? ¿Sabes a quién se supone que debo elegir?

Ella me mira con calidez, pero niega con la cabeza muy despacio. Un mechón de cabello caoba se desliza desde su frente hacia los ojos y los tapa durante un instante, hasta que ella lo aparta.

—Me temo que ese es un camino que solo tú puedes recorrer, Ever. Tú y nadie más que tú. Solo tú puedes descubrir qué sendero debes tomar. En esto lo único que puedo ofrecerte es mi amistad.

Capítulo diecisiete

—Gracias por tu ayuda. —Jude se coloca sobre el hombro el paño húmedo de secar la vajilla y apoya la espalda en la vieja nevera.

No se parece en nada al frigorífico de Damen ni al de Sabine (no es de acero inoxidable y no tiene el tamaño de un armario ropero); es solo una vieja nevera verde que tiende a hacer extraños y ruidosos gorgoteos.

Engancha el pulgar en la trabilla vacía del pantalón. Tiene las piernas cruzadas con aire informal a la altura de los tobillos y observa cómo meto las últimas tazas y vasos en el lavaplatos antes de cerrar la puerta y pulsar el botón de encendido.

Me incorporo y me quito la goma del pelo para dejar que las ondas caigan casi hasta la cintura mientras intento pasar por alto su mirada penetrante. Entorna los párpados para observarme, como si me comiera con los ojos, y su mirada hambrienta sigue mis manos cuando las paso por la parte delantera del vestido y me subo el tirante que se me ha bajado. Me contempla durante tanto tiempo que siento la necesidad de romper el hechizo, de encontrar una forma de distraerlo.

—Fue un funeral muy bonito. —Lo miro un instante antes de apartar la vista. Empiezo a ordenar la encimera de azulejos y el fregadero de porcelana blanca—. Creo que a Lina le habría gustado.

Él sonríe, se quita el paño del hombro y lo deja sobre la encimera. Luego se dirige al salón y se deja caer sobre el viejo sofá marrón, dando por hecho que lo seguiré. Y, después de un instante, lo hago.

—En realidad, le gustó mucho. —Se quita las chanclas de una patada y apoya los pies en los cojines.

—¿La viste, entonces? —Tomo asiento en la silla que hay frente a él y apoyo los pies en la vieja puerta de madera que hace las veces de mesa de café.

Jude se vuelve y me recorre muy despacio con la mirada.

—Sí, la vi. —Dice con la cicatriz de la frente arrugada por la sorpresa—. ¿Por qué? ¿Tú también la viste?

Hago un gesto negativo para descartar de inmediato esa posibilidad. Jugueteo con el grupo de gemas que cuelgan de mi cuello, dedicándole más tiempo a las rugosas que a las suaves.

—Pero Ava, sí. —Encojo los hombros y suelto el amuleto para que las piedras entibien mi piel—. Todavía soy incapaz de ver a los que son como Lina.

—¿Sigues intentándolo? —Me mira con los ojos entrecerrados, incorporándose durante un instante para aferrar un cojín pequeño con los pies. Se lo coloca detrás de la cabeza y vuelve a reclinarse.

—No —digo con un suspiro. Mi voz se vuelve melancólica, y mi mirada, distante—. Ya no. Renuncié a ello hace un tiempo.

Jude asiente sin dejar de mirarme, aunque ahora sus ojos tienen un brillo más pensativo, menos intenso.

—Bueno, si eso hace que te sientas mejor, te diré que yo tampoco la he visto. A Riley, me refiero. Porque estamos hablando de ella, ¿no es así?

Apoyo la cabeza sobre el respaldo acolchado y cierro los ojos. Recuerdo a mi adorable, vivaracha y fastidiosa hermana pequeña, a la que tanto le gustaba ponerse pelucas y disfraces. Espero que, esté donde esté, lo esté pasando genial.

—Ever, estaba pensando… —dice Jude, que me saca de mis ensoñaciones y eleva la mirada hacia el techo de madera—. Ahora que las cosas empiezan a calmarse, bueno, quizá sea un buen momento para que empieces a ir a clase otra vez.

Me pongo rígida y contengo la respiración.

—Resulta que Lina me lo ha dejado todo. La casa, la tienda… Todo. Y puesto que los papeleos parecen estar en orden, supongo que puedo dejar que el abogado se encargue de las cosas, así que dispongo de mucho tiempo libre. Además, Ava se ha ofrecido a atender la tienda en las horas en que yo no pueda hacerlo.

Trago saliva, pero no digo nada. Su expresión me dice que lo tiene todo controlado, preparado. Que ya se ha encargado de todo.

—Por mucho que aprecie tu ayuda, y créeme que lo hago —Me mira de soslayo un instante antes de volver a clavar la vista en el techo—, creo que lo mejor para ti es que…

No dejo que termine de hablar.

—Pero en realidad da… —Igual. Lo que quiero decir es que en realidad da igual. Empiezo a explicarle la conclusión a la que he llegado con respecto al instituto y a la vida normal que se espera que siga todo el mundo, a decirle que ya no me cuento entre esa gente, que ya no le encuentro sentido.

Pero no llego muy lejos antes de que me interrumpa con un gesto de la mano.

—Ever, si crees que esto es fácil para mí, olvídalo. —Suspira y cierra los ojos—. Créeme, hay una enorme y ruidosa parte de mí que me exige que deje de hablar ahora que por fin te tengo aquí, en mi casa, al alcance de la mano y más que dispuesta a pasar el tiempo conmigo. —Se queda callado y agita los dedos con movimientos nerviosos, una señal de la batalla que se libra en su interior—. Pero también hay una parte, una parte mucho más racional, que me dice que haga justo lo contrario. Y aunque lo más probable es que sea una locura decirte esto, siento que debo hacerlo, que... —Hace otra pausa y traga saliva antes de continuar—. Creo que esto es lo mejor si tú...

Contengo el aliento, segura de que no quiero oír lo que viene a continuación, pero resignada a hacerlo.

—Creo que deberías... No sé, mantenerte alejada un tiempo, eso es todo.

Abre los ojos y me mira mientras sus palabras flotan entre nosotros como una especie de barrera imposible de sortear.

—Me encanta tenerte cerca, te lo aseguro, y creo que ya lo sabes. Pero si queremos tener alguna posibilidad de avanzar, si quieres tener alguna esperanza de tomar pronto una decisión con respecto a tu futuro (a nuestro futuro), sea el que sea... Bueno, tendrás que alejarte de aquí. Tendrás que dejar de... —Respira hondo y se remueve con incomodidad. Es obvio que le está costando mucho pronunciar las palabras—. Tendrás que dejar de esconderte en la tienda y enfrentarte a la vida de ahora en adelante.

Me quedo sentada, muda de asombro y algo confundida. No sé cómo debo tomarme esto, y mucho menos cómo responder.

¿Ocultarme?

¿Eso es lo que cree que he estado haciendo toda la semana?

Y, lo que es peor, ¿es posible que esté en lo cierto? ¿Que se haya dado cuenta de algo de lo que yo no he sido consciente o me he esforzado por ignorar?

Niego con la cabeza y bajo los pies de la mesa antes de volver a ponerme las sandalias.

—Supongo que no me había dado cuenta de que…

Sin embargo, antes de que pueda añadir algo más, Jude se incorpora de pronto y sacude la cabeza.

—Por favor, no pretendía insinuar nada —me dice—. Solo quiero que pienses en ello, ¿vale? Porque lo cierto es que ya no sé si puedo seguir mucho más tiempo así, en punto muerto, Ever.

Se aparta las rastas de la cara para poder verme bien y luego deja las manos sobre su regazo, abiertas, relajadas, en una especie de gesto de oferta. Me mira a los ojos durante tanto tiempo que se me acelera el corazón y noto un mariposeo en el vientre. Empiezo a marearme un poco, como si de repente la habitación se hubiese quedado sin aire.

La energía entre nosotros aumenta de tal modo que resulta casi palpable, tanto que puedo ver el torrente que forma entre su cuerpo y el mío. Se trata de una banda gruesa y palpitante de deseo que se extiende y se contrae; una banda que nos anima a acercarnos, a fundirnos en un solo ser.

No sé muy bien de quién procede, si de él, de mí o de alguna fuerza universal. Lo único que sé es que el impulso es tan abrumador, tan fuerte y demoledor, que me levanto de un salto de la silla y me cuelgo la mochila al hombro antes de hablar.

—Tengo que irme.

Estoy ya junto a la puerta, con el picaporte en la mano, cuando Jude se anima a decir algo.

—Ever, va todo bien entre nosotros, ¿verdad?

Me limito a seguir adelante. No puedo evitar preguntarme si él ha visto lo que yo, si ha sentido lo mismo, o si es solo una estupidez que ha creado mi mente.

Cuando salgo al exterior, inhalo una profunda bocanada de aire fresco, que llena mis pulmones con la brisa cálida y salada del mar. Levanto la vista al cielo nocturno cuajado de estrellas, y me fijo en una especialmente brillante.

Una estrella cuyo brillo consigue eclipsar a las demás, como si me rogara que le pidiera un deseo.

Así que lo hago.

Contemplo mi estrella nocturna y le pido que me guíe, que me indique una dirección, que me ayude de algún modo. Y si por alguna razón no puede hacer eso, que al menos me dé un empujoncito hacia el camino correcto.

Capítulo dieciocho

Conduzco por Laguna durante lo que me parecen horas, sin saber muy bien qué hacer conmigo misma ni adónde ir. Una parte de mí (una enorme parte de mí), desea ir directamente a casa de Damen, arrojarme a sus brazos, decirle que todo está perdonado e intentar empezar justo donde lo dejamos. Pero desecho la idea tan rápido como aparece.

Estoy sola y confundida, y lo que busco en realidad es un hogar cálido en el que aterrizar. Por más enfadada que esté con él, me niego a utilizarlo como muleta.

Los dos nos merecemos algo mejor que eso.

Así pues, conduzco por la autopista de la Costa, dando vueltas arriba y abajo, antes de aventurarme hacia las calles del pueblo, más pequeñas, estrechas y retorcidas. Me limito a vagar sin rumbo, sin ningún destino en mente, hasta que me encuentro frente a la puerta de la casa de Roman. O, mejor dicho, la casa de Haven, ya que según Miles es ella quien vive allí ahora.

Dejo el coche lo bastante lejos para que ella no lo vea y cruzo la calle en silencio. Escucho la música mucho antes de haber llegado al sendero que conduce hasta la puerta. Los altavoces retumban al ritmo de una canción de uno de esos grupos de rock de garaje que tanto le gustan. Los mismos que Roman no soportaba y que siempre se negaba a escuchar.

Me abro camino hasta la ventana de la fachada, que tiene un enorme saliente bordeado por setos en la parte exterior y un asiento en la parte interior. Me agacho junto a los arbustos, ya que no tengo ninguna intención de entrar y no quiero que me vean. Me interesa mucho más observar, descubrir qué está tramando y en qué ocupa su tiempo libre. Cuanto más sepa sobre sus costumbres, mejor podré planear las cosas; y si al final no se me ocurre ningún plan, al menos sabré cómo reaccionar cuando llegue el momento.

Haven está frente al fuego rugiente de la chimenea, veo su cabello largo y ondulado, y su maquillaje, tan exagerado como el de la última vez que la vi. No obstante, el largo vestido vaporoso que llevaba el primer día de clase ha sido sustituido por uno cortísimo y ceñido de color añil; y en vez de los tacones de aguja que suele ponerse, tiene los pies descalzos. Lleva al cuello un montón de collares, pero no el amuleto, por supuesto. Cuanto más la miro, cuanto más observo cómo habla y cómo se mueve por la estancia, más empiezo a preocuparme.

Hay algo obsesivo, exaltado y frenético en ella. Como si apenas pudiera controlar su propia energía y estuviera a punto de estallar.

Cambia el peso de su cuerpo de un pie al otro sin cesar. Da numerosos tragos de la copa que tiene en la mano, y aún no se ha vaciado cuando vuelve a rellenarla con el elixir de Roman.

El mismo elixir que, según ella, es mucho más poderoso que el que fabrica Damen. Y, a juzgar por su aspecto y por lo que pude ver en los aseos del instituto, no me cabe duda de que es cierto.

Aunque sus palabras quedan ahogadas por la música y la estruendosa vibración que sacude las paredes, no me hace falta escucharla para saber lo que está ocurriendo.

Está peor de lo que pensaba.

Está perdiendo el control de sí misma.

Puede que sea capaz de dominar a su extasiado grupo de admiradores, mantenerlos hechizados, embrujados y felices con el hecho de poder concentrarse en ella; pero está demasiado inquieta, está demasiado alterada para mantener ese control durante mucho más tiempo.

Coge de nuevo la copa, inclina la cabeza hacia atrás para dar un buen trago y se pasa la lengua por los labios, desesperada por atrapar hasta la última gota. Sus ojos casi resplandecen mientras repite la secuencia otra vez, y otra. Bebe y se sirve más, bebe y se vuelve a servir. No me cabe ninguna duda de que se ha vuelto adicta.

Puesto que yo también sé lo que es eso, reconozco las señales. Sé cómo identificarlo.

Sin embargo, no me sorprende. Esto es justo lo que esperaba desde el momento en que se volvió contra mí y decidió seguir por su cuenta. Lo que sí me sorprende es que su nuevo grupo de amigos esté formado sobre todo por los alumnos del instituto Bay View que siempre han sido despreciados por Stacia, Craig y cualquier otro miembro del grupo de los guays… Mientras que el grupo guay propiamente dicho, el mismo grupo con el que la vi intimando el primer día de clase, brilla por su ausencia.

Estoy a punto de entenderlo, a punto de empezar a comprender lo que trama, cuando alguien me llama.

—¿Ever?

Me doy la vuelta y veo a Honor, que se detiene de camino a la puerta.

—¿Qué estás haciendo aquí? —Entorna los párpados y me mira con expresión sorprendida.

Paseo la mirada entre la casa y ella, consciente de que mi escondite cerca de los arbustos y mi gesto de sorpresa revelan mucho más de lo que me gustaría.

El silencio se alarga durante tanto tiempo que al final decido romperlo, pero ella se me adelanta.

—No te he visto por el insti desde hace bastante. Empezaba a creer que lo habías dejado.

—Solo he faltado una semana.

Encojo los hombros. Sé que es una defensa muy pobre, pero lo cierto es que podría haber estado enferma, podría haber pillado la mononucleosis o una gripe fuerte, así que ¿por qué todo el mundo asume que lo he dejado?

¿De verdad les parezco tan lerda, tan fracasada?

Apoya la mano sobre la cadera y tamborilea con los dedos mientras me mira de arriba abajo.

—¿De verdad? ¿Una semana? ¿Nada más? —Asiente con la cabeza muy despacio mientras sopesa mis palabras—. Ya. Pues me ha parecido mucho más tiempo. Debe de haber sido la revolución social más rápida de toda la historia.

La miro con los ojos entrecerrados. No me gusta nada cómo suena eso, pero estoy decidida a no abrir la boca… al menos por el momento. Espero que mi silencio la anime a continuar. Con un poco de suerte, estará tan ansiosa por impresionarme con lo que ha hecho que al final me contará mucho más de lo que desea.

—¿No te has enterado? —Se aparta el cabello hacia la espalda y empieza a avanzar hacia mí—. Creí que por eso estabas aquí espiando a Haven. Pero da igual, lo único que te hace falta saber es que ha funcionado. Stacia es historia, y Haven ha ocupado su lugar. —Aparece un brillo en sus ojos y sus labios se curvan un poco. Sin duda se siente muy complacida consigo misma—. Las cosas son muy, muy diferentes en Bay View estos días. Pero no tienes por qué aceptar mi palabra al respecto. ¿Por qué no te pasas por el instituto y lo compruebas tú misma?

Respiro hondo para resistir el impulso de reaccionar, de concederle importancia a su tono de burla y su aire de superioridad. Eso es justo lo que ella quiere, y no pienso darle el gusto.

Con todo, tengo la esperanza de bajarle un poco los humos.

—Perdona, ¿has dicho que Haven ha tomado el lugar de Stacia?

Honor asiente con una sonrisilla desdeñosa; todavía se siente orgullosa y triunfante.

—Entonces… —Entorno los párpados y alargo la palabra mientras la recorro de arriba abajo con la mirada. Me fijo en sus bailarinas de diseño, en sus leggings negros y en la camiseta holgada de manga larga que le llega por debajo de las caderas. Y luego vuelvo a mirarla a los ojos antes de añadir—: ¿Cómo te sientes?

Honor echa un vistazo a la ventana y observa a Haven, que sigue entreteniendo a sus secuaces, antes de volver a mirarme. Su aplomo empieza a vacilar, a desvanecerse, igual que su aura. Se pregunta adónde quiero llegar.

—Bueno, eso no es lo que habías planeado, ¿no es cierto?

Honor resopla con fuerza mientras fija la vista en la calle, en el patio. En cualquier cosa que no sea yo.

—Porque, si no recuerdo mal, me dijiste que estabas harta de ser la número dos… Y, bueno, por lo que me acabas de decir, debes de haberte perdido la revolución, porque sigues siendo la número dos. Piénsalo bien, Honor. Según lo que me has contado, el único cambio que se ha producido es que ahora eres la sombra de Haven, y no la de Stacia. O esa sensación me ha dado a mí.

Cruza los brazos en un gesto tan rápido y tan violento que el bolso que llevaba al hombro se desliza hasta el codo y le golpea el muslo con fuerza. Sin embargo, ella ni se fija. Se limita a mirarme con los ojos entrecerrados.

—Estaba hasta las narices de aguantar todas las mierdas de Stacia. Y ahora, gracias a la ayuda de Haven, ya no tengo que hacerlo. Nadie tiene que hacerlo. Stacia no es más que una antigua gloria a la que nadie le presta atención. Ya no le importa a nadie, y no deberías sentirlo por ella. —Enarca una ceja y luego frunce el ceño.

Pero puede hacer todas las muecas que quiera y decir lo que le dé la gana. Yo ya he hecho mi trabajo. La he vencido. Le he recordado cuál era su verdadero objetivo: ocupar el lugar de Stacia. Y a juzgar por lo que me acaba de contar, ha fracasado estrepitosamente.

Ya puedo volver a casa, pero antes quiero dejar clara una cosa.

—La verdad es… —Encojo los hombros con aire indiferente, como si tuviera todo el tiempo del mundo para explicarle las cosas—. La verdad es que Haven, o al menos esta versión nueva y mejorada de Haven, es bastante parecida a tu vieja amiga Stacia. De hecho son clavaditas, salvo por una cosa muy importante…

Honor se mira las uñas en un intento por parecer aburrida, desinteresada, pero no le sirve de nada. Su aura se extiende y flamea; su energía fluye como un torrente hacia mí, como si me suplicara que terminara de hablar. Es una especie de baremo de su estado de ánimo del que ella no es consciente, y que no podría controlar aunque lo fuera.

—Haven es mucho más peligrosa de lo que Stacia podría llegar a serlo jamás. —La miro fijamente.

—Por favor… —me dice después de poner los ojos en blanco—. Puede que eso sea cierto para ti, pero no para mí.

—¿En serio? ¿Y por qué estás tan segura de eso? —Inclino la cabeza hacia un lado, como si necesitara oírselo decir, como si no pudiera penetrar en su mente.

—Porque somos amigas. —Encoge los hombros—. Compartimos un interés común. Un enemigo común.

—Ya, claro, pero estoy segura de que recordarás que hace poco Haven y yo también éramos amigas. —Echo un vistazo a la ventana y veo que Haven sigue hablando y bebiendo, sin dar muestras de ir a parar pronto—. Y ahora está decidida a matarme —aseguro en voz tan baja como si hablara conmigo misma mientras me vuelvo hacia Honor.

Ha sido un susurro casi inaudible. Pero ella lo ha oído. Lo sé por la forma en que resopla, por sus movimientos nerviosos y porque intenta fingir que no he dicho lo que acabo de decir.

Su postura se vuelve más rígida y su resolución se hace más firme mientras se dirige hacia la puerta.

—Escucha, Ever —me dice—, a pesar de lo que puedas creer, la única enemiga que comparto con Haven es Stacia. No quiero tener problemas contigo. Sea lo que sea lo que ocurre entre vosotras… es entre ella y tú. Lo que significa que no le diré que te he encontrado aquí fuera espiándola, ¿vale? Será nuestro secreto.

Me quito una hojita seca del vestido. No creo ni una palabra de lo que ha dicho. Sé muy bien que será incapaz de resistirse, que lo contará todo en cuando atraviese la puerta.

Sin embargo, quizá no sea tan malo. Quizá haya llegado el momento de que Haven se entere de que se le ha acabado la diversión. De que mañana volveré a la carga. No puede seguir aterrorizando a la gente, ni siquiera a la gente como Stacia. Al menos, no mientras yo siga aquí.

—Sabes lo que dicen sobre los secretos, ¿verdad? —pregunto con los ojos clavados en Honor.

Ella se encoge de hombros e intenta fingir indiferencia, pero no le sirve de nada. Su rostro está lleno de miedo y confusión.

—Que dos personas guardan un secreto solo si una de ellas está muerta.

Honor sacude la cabeza mientras se esfuerza por desechar mis palabras, pero está asustada, eso es evidente.

Estira el brazo hacia la puerta, pero me mira por encima del hombro cuando empiezo a hablar de nuevo.

—Así que si decides contarle que he estado aquí, también puedes decirle que estoy deseando verla mañana en el instituto.

Capítulo diecinueve

Si tuviera que hacer una suposición basándome solo en el aspecto y la sensación que da el aparcamiento del instituto, probablemente daría por hecho que las cosas marchan con tanta normalidad como siempre.

También daría por hecho que la sesión de entrenamiento de esta mañana, la que me ha dejado un temblor en los músculos, ha sido un desperdicio de tiempo. Que debería haberme quedado durmiendo.

Sin embargo, si tengo en cuenta lo que me ha contado Miles, no puedo basarme solo en el aspecto del aparcamiento abarrotado, que se parece más a un concesionario de automóviles de lujo que a una zona destinada a los coches de los alumnos.

Debo atravesar las puertas de hierro de la verja y aventurarme en el interior del instituto, donde, según Miles, se desarrolla la verdadera historia.

Y por lo que cuenta, lo más probable es que lo que voy a ver solo sorprenda a quienes conocen la verdad, ya que ninguno de los profesores y los administrativos se ha dado cuenta del nuevo orden social.

—Y una cosa, Ever —dice mientras me dirijo a mi plaza, la mejor de todas, la que Damen reservaba para mí y que ahora, por alguna extraña razón, ha ocupado Haven—. Eso no es todo. Hay más. Algo que deberías saber.

—Suéltalo ya. —Sonrío, pero se me acelera el pulso al ver el brillante Aston Martin rojo de Roman que ahora conduce mi ex amiga.

—Nada es lo que parece a primera vista. —Me estudia con detenimiento, con mucho cuidado, para asegurarse de que le presto atención antes de continuar—: Así que… intenta recordarlo, ¿vale? No hagas juicios rápidos. No saques ninguna conclusión apresurada si… o mejor dicho «cuando» veas algo sorprendente. ¿De acuerdo?

Entorno los párpados y me aparto el pelo de la cara.

—Desembucha ya, Miles. En serio, no sé por qué te andas por las ramas, pero dilo ya y punto. Porque si te soy sincera no tengo ni la menor idea de adónde quieres ir a parar. —Lo miro con suspicacia e interpreto su energía. Su aura, trémula y vacilante, es una señal inequívoca de que ocurre algo, pero mantengo mi promesa de respetar su privacidad y no indago más. Ni siquiera me planteo la posibilidad de echar un vistazo a sus pensamientos.

Sin embargo, él no lo sabe. Lo único que ve es mi mirada penetrante, y eso hace que le entre el pánico.

—¡Oye! ¡Ni se te ocurra! —grita—. Prometiste que no lo harías sin mi permiso, ¿lo recuerdas?

—Tranquilízate. —Descarto la idea con un gesto de la mano—. No te estaba leyendo la mente. Ni de lejos. ¡Venga, hombre! ¡Tienes que confiar un poco en mí!

La última frase es casi un murmullo entre dientes, pero por alguna razón, Miles se anima a intervenir.

—La confianza debe ser mutua, Ever. Lo sabes, ¿verdad? Ahí es donde quería llegar antes.

Encojo los hombros y hago caso omiso de la tímida y sutil advertencia de Miles para poder centrarme en mi verdadero objetivo. Cierro los ojos el tiempo suficiente para demostrar a cierta persona quién manda aquí. Visualizo el Aston Martin rojo aparcado en un rincón lejano y, en cuanto desaparece, aprieto el acelerador para ocupar el espacio vacío.

Miles ahoga una exclamación y se vuelve hacia mí.

—Vaya. Había olvidado lo mucho que me gusta buscar aparcamiento contigo. —Sacude la cabeza y se echa a reír—. De hecho, la verdad es que lo echaba de menos. Bueno, no me entiendas mal, me muero de ganas de que el coche salga del taller para poder recuperar mi libertad y todo eso, pero aun así, es increíble ver cómo manipulas los semáforos para que se pongan en verde cuando lo necesitas y en rojo cuando no, cómo convences a los demás conductores de que se aparten de tu camino y se pasen a otro carril para que puedas ocupar su lugar, y cómo te apropias de la zona de aparcamiento que te da la gana, esté ocupada o no. Como ahora, por ejemplo. —Hace un gesto negativo con la cabeza y suelta un suspiro—. Tengo que admitirlo, Ever. Esas cosas nunca me pasan cuando voy solo.

Sin embargo, aunque lo dice en broma, hay algo en sus palabras que me preocupa. Todas esas cosas que acaba de mencionar, todas esas maniobras trampa, las aprendí del maestro del pilotaje. De Damen. Y no puedo evitar preguntarme dónde estará.

—Miles… —Me quedo callada, ya que mi voz ha sonado mucho más débil de lo que me gustaría. Aparto las manos del volante, las enlazo sobre el regazo y le digo—: ¿Dónde se ha metido Damen últimamente? —Me doy la vuelta y veo la preocupación que nubla su mirada—. La verdad es que me gustaría saber por qué ha permitido que Haven haga estas cosas, que aparque aquí y cualquier otra cosa que esté tramando. ¿Por qué no está luchando de alguna manera?

Miles aparta la mirada, se toma un momento para recomponerse y pensar bien lo que quiere decir antes de volverse hacia mí. Me pone la mano en el brazo y me da un leve apretón.

—Créeme, está luchando. A su forma civilizada y con buen rollo kármico. A eso me refería cuando te pedí que no sacaras conclusiones apresuradas. Nada es blanco o negro, como podría parecer a primera vista.

Lo miro fijamente, a la espera de que diga algo más, pero Miles aprieta los labios con fuerza y los cierra con una cremallera imaginaria. No puedo creer que vaya a dejarlo así, que me vaya a dejar así.

—¿Eso es todo? —Sacudo la cabeza en un gesto de exasperación—. ¿No piensas añadir nada más? ¿Sueltas un comentario de lo más vago y dejas que me monte la historia solita? ¿Sin pistas?

—El comentario ha sido la pista —asegura, determinado a dejar las cosas como están.

Suspiro y cierro los ojos, pero no me enfado, no le leo la mente ni lo presiono más. Quiere lo mejor para mí, y está convencido de que de este modo me ahorra dolores innecesarios. Así que lo dejo pasar. Sé algo que él no sabe: que sea lo que sea, podré enfrentarme a ello.

Ya nada puede romperme.

Miles baja el espejo del parasol y contempla su reflejo con los párpados entornados al tiempo que se peina con los dedos el cabello castaño brillante y ondulado (el nuevo look al que empiezo a acostumbrarme). Comprueba sus dientes, los agujeros de la nariz y su perfil (desde ambos lados) antes de darse el visto bueno y volver a subir el parasol.

—¿Listos? —Cojo la mochila y abro la puerta. Al ver que asiente, añado—: Pero antes dejemos una cosa clara, ¿de qué lado estás tú?

Se cuelga la mochila al hombro y me mira. El brillo de sus ojos combina a la perfección con su sonrisa.

—Del mío. Yo estoy de mi lado.

Bueno, debo decir que no bromeaba. Y tampoco exageraba. En primer lugar, todo es completamente diferente. Se ha producido un cambio radical. En segundo lugar, para los menos observadores (a saber: los profesores y los administrativos), todo parece igual.

Las mesas de los «mayores» siguen ocupadas por los «mayores», solo que ahora están ocupadas con gente que antes no podía ni acercarse a ellas, y mucho menos sentarse.

En estos momentos el centro de atención no es una zorra rubia loca por la moda, sino una zorra morena fascista.

Una zorra morena fascista que clava los ojos en mí en cuanto atravieso la puerta en compañía de Miles.

Aparta la vista de su grupo de adoradores el tiempo suficiente para mirarnos de arriba abajo con los ojos entrecerrados y la mandíbula apretada. Luego vuelve a concentrarse en sus fans, pero esa mirada ha bastado para asustar a Miles.

—Genial —masculla, negando con la cabeza—. Parece que ahora he elegido un bando de manera no oficial. —Da un respingo—. O eso es lo que ella cree, está claro.

—No te preocupes —susurro mientras examino la zona en busca de Damen, aunque trato de que parezca que solo intento volver a familiarizarme con el instituto—. Te prometo que no...

Lo veo.

A Damen.

—Te prometo que no dejaré que ella…

Trago saliva con fuerza y me lo como con los ojos.

Está en un banco. Se ha reclinado hacia atrás, apoyado en las manos y con las piernas extendidas hacia delante, para que su glorioso rostro pueda disfrutar del sol.

—Te prometo que no permitiré que te haga daño…

Me esfuerzo por terminar la frase, pero es inútil. Lo sé en el instante en que me doy cuenta de que es esto de lo que Miles me ha advertido tan sutilmente.

No quería soltarlo sin más porque imaginaba que me cabrearía (y lo estoy); pero tampoco quería que me lo encontrara de buenas a primeras y me llevara un chasco de aúpa.

Miles ha hecho todo lo posible, eso debo reconocérselo. Ha hecho todo lo posible para librarme del dolor. Sin embargo, por más que haya intentado prepararme, no hay forma de negar lo que estoy viendo.

Cuando dije que nada podría romperme, me equivocaba.

Me equivocaba de extremo a extremo.

No obstante, jamás imaginé que lo encontraría así.

Habla con ella en susurros, con una expresión dulce y amable, para aislarla de los crueles comentarios y las miradas desdeñosas que le dirigen todos los que pasan cerca. Porque mientras Damen esté ahí, eso es lo único que podrán hacerle. Nadie se acercará más. Su mera presencia basta para mantenerlos a todos alejados. Para que ella esté a salvo.

Mientras esté a su lado, ella no sufrirá la ira de nadie.

Sin embargo, comprender su objetivo no hace que resulte más fácil verlo. Y una parte de mí se marchita más y más con cada segundo que pasa.

Una parte de mí muere.

Miles me agarra del codo, decidido a alejarme, pero no le sirve de nada. Soy más fuerte que él, y me niego a moverme.

Sé que él notará mi presencia, mi energía, en cuestión de segundos. Y aunque noto retortijones en las tripas, aunque me aterroriza lo que pueda ver en su mirada una vez que me localice, necesito saberlo.

Necesito saber lo que significa.

Necesito saber si ahora ella ocupa el lugar de su vida que una vez fue mío.

Cuando me mira por fin, cuando sus ojos se abren y sus labios se separan de una forma que transforma su expresión por completo, el aliento se me queda atascado en la garganta.

El instante parece durar una eternidad, como si el tiempo se hubiera detenido. Sin embargo, no pasa mucho antes de que ella también me vea. Sigue la mirada de Damen hasta mí y luego aparta la vista a toda velocidad. Su antiguo aplomo ha desaparecido.

—Ever, por favor —me susurra al oído Miles, impaciente—. Recuerda lo que te dije. Nada es lo que parece. Ahora todo está patas arriba. El viejo grupo de los marginados es ahora el grupo de los guays. Y el viejo grupo de los guays… Bueno, casi todos están desperdigados, escondidos. Algunos incluso se han marchado. Ya nada es lo mismo.

Oigo lo que me dice, pero sus palabras parecen atravesarme sin más.

Ya no me importa nada de eso. Ahora lo único que me importa es Damen y la forma en que me recorre con la mirada.

Y aunque espero un tulipán, real o imaginario, o alguna otra señal, no ocurre nada.

Nada salvo el silencio infinito que se extiende entre nosotros.

Así pues, me vuelvo hacia Miles y dejo que me aleje de este lugar.

Dejo que me aleje hacia un lugar donde no pueda verlos.

Que me aleje del dolor.

Capítulo veinte

Grita mi nombre desde algún lugar a mi espalda. Está justo detrás de mí. Me doy la vuelta por instinto, de manera automática, y avanzo hacia él sin pensármelo dos veces.

—Has vuelto. —Sus palabras son una afirmación, pero su mirada es un interrogante.

Asiento. Y luego encojo los hombros. Y luego me esfuerzo por ocultar cualquier posible señal de nerviosismo mientras intento decidir qué hacer a continuación.

Sin embargo, está claro que a él se le dan mucho mejor estas cosas que a mí, porque apenas tarda un instante en empezar a hablar.

—Me alegro de verte.

—¿De verdad?

Lo miro con los ojos entrecerrados, pero me arrepiento de inmediato, tanto del tono como de las palabras, al ver cómo se encoge, el dolor que muestran sus ojos. Pero ya lo he dicho, y no hay forma de retirarlo.

—Te he echado de menos. —Estira el brazo y eleva la mano hacia mí, pero vuelve a bajarla hasta el costado un segundo después—. He echado de menos verte, tu esencia. He echado de menos todo lo que hay en ti. —Me recorre con la mirada muy despacio, en el más cálido de los abrazos—. Y aunque decidas no volver a hablarme nunca, eso no cambiará. Nada cambiará jamás lo que siento por ti.

Mis entrañas se convierten en gelatina, en una masa informe de indecisión. Mi dilema es salir pitando (y alejarme de él todo lo que pueda) o arrojarme hacia el refugio de sus brazos cálidos y maravillosos. Me pregunto cómo es posible que me sienta tan capaz de enfrentarme a Haven y a todas sus mierdas, de hacer lo que haga falta para controlarla, si esto..., esto de Damen... Verlo con ella... Bueno, ha hecho resurgir al instante hasta la última de mis antiguas inseguridades.

Entrenar el cuerpo resulta siempre mucho más fácil que entrenar el corazón.

De entre todas las chicas del instituto, ¿por qué ella? ¿Por qué Stacia? Estoy segura de que podría haber jugado al caballero de la brillante armadura con cualquier otra.

Sin embargo, en cuanto lo pienso un instante la razón resulta de lo más obvia. La veo apartarse, avanzar por el pasillo con la cabeza gacha, los hombros hundidos y los ojos fijos en un punto distante por delante de ella, sin atreverse a cruzar la mirada con ninguno de sus torturadores. Veo cómo se encoge ante los ataques de odio: ante las palabras sarcásticas, las miradas crueles y las botellas de agua que le arrojan.

Y aunque mi mente detesta admitir el hecho de que Damen es el único capaz de protegerla, mi corazón sabe que no tengo nada de lo que preocuparme, nada que temer.

—Tal y como están las cosas, ella necesita más protección que cualquier otro —dice Damen, que señala la escena que acabo de contemplar con un gesto de la cabeza—. Han cambiado muchas cosas desde la última vez que estuviste aquí. Todo el instituto se ha vuelto contra ella. Y aunque tal vez pienses que se lo merece… Créeme, nadie se merece algo así. Nadie merece lo que Haven le está haciendo pasar.

Asiento con la cabeza. Sé que es cierto, y quiero que él sepa que sé que es cierto, pero soy incapaz de pronunciar las palabras. Hablar resulta demasiado doloroso.

—Pero solo estoy cuidando de ella aquí en el instituto, Ever. —Hace una pausa y me mira a los ojos—. Eso es todo. No es lo que crees, o lo que temes. Solo estás tú. Creí que ya lo sabías.

—Lo sé —digo cuando por fin recupero el habla—. Pero ¿lo sabe ella?

Me encojo por dentro al escuchar la pregunta. Detesto cómo suena, el repugnante y vergonzoso matiz de debilidad que revela. Aun así, no puedo evitar recordar cómo lo miraba ella. Igual que lo ha mirado siempre. Igual que lo miran la mayoría de las chicas. La única diferencia es que con Stacia tengo un asunto pendiente.

—Lo sabe. —Su expresión es seria. No aparta los ojos de mí mientras abre las manos a los costados—. Se lo he dicho, Ever, créeme. Ella lo sabe.

Trago saliva con fuerza y contemplo esas manos mientras recuerdo las cosas maravillosas que pueden hacer. Me muero por sentirlas de nuevo. Al ver que tiemblan ligeramente, sé que le cuesta un esfuerzo sobrehumano permanecer donde está. Sé que lo único que tengo que hacer para cruzar el puente del gigantesco abismo que hay entre nosotros es dar un paso hacia él. Alejarme un paso del pasado, de Stacia y de todo lo demás.

Ojalá fuera tan fácil.

Aunque sé que nuestras vidas pasadas no nos definen, no puedo pasar por alto algunos hechos innegables. Como su tendencia a alejarme de mis seres queridos para poder tenerme para él solo. Que yo sepa, ya lo ha hecho dos veces. Y no puedo evitar preguntarme en cuántas ocasiones más ha ocurrido lo mismo; cuántas personas han sufrido por eso.

Suena el timbre. El ruido es agudo y estridente, pero ninguno de los dos nos movemos.

Permanecemos juntos y dejamos que el torrente de alumnos pase a nuestro lado en una mezcla de colores y sonidos. Nos miramos a los ojos, inmóviles, mientras su mente me envía un millar de tulipanes que me rodean en un glorioso halo que tan solo yo puedo ver.

El hechizo se rompe cuando alguien choca contra mí... con mucha fuerza. Una de las secuaces de Haven, que me ha subestimado. Me dirige una mirada insultante y unas cuantas palabras a juego, hasta que ve la expresión de Damen y se aleja a toda prisa, atemorizada.

—Lo entiendo. —Hago un gesto afirmativo mientras observo a Stacia, que recibe el golpe de una bola de papel en la cabeza mientras entra en clase. Vuelvo a mirar a Damen antes de añadir—: De verdad que lo entiendo. Eres muy bueno. Muy amable. Haces lo correcto, así que no te preocupes por mí. Sigue protegiéndola, y yo... —Examino el vestíbulo, que se queda vacío a medida que todo el mundo corre hacia las aulas—. Yo haré lo que esté en mi mano para evitar que las cosas empeoren. Para mantener a raya a Haven.

—¿Y qué pasará con nosotros? ¿Hay alguna esperanza? —pregunta.

Pero dejo esas preguntas atrás.

Sus pensamientos me persiguen, me rodean, se arremolinan en mi interior mientras me doy la vuelta y avanzo por el pasillo.

Me recuerdan que está ahí.

Que siempre estará ahí.

Que lo único que tengo que hacer es permitirle estar a mi lado.

Capítulo veintiuno

Supuse que ella intentaría evitarme hasta el almuerzo.

Supuse que querría evitar cualquier tipo de confrontación hasta que tuviera a sus fans alrededor y pudiera demostrarme lo mala que es ahora.

Supuse que se tomaría mi semana de ausencia, mi deseo y mi necesidad de aclararme las ideas con respecto a Damen, como una muestra de miedo.

De temor hacia ella y a todo lo que ha conseguido.

Y esa es la razón por la que me aseguré de encontrármela mucho antes de ese momento.

Aparezco a su lado sin previo aviso. Me sitúo junto a ella, le doy un toquecito en el hombro y contemplo sus ojos sorprendidos y cargados de maquillaje.

—Hola, Haven. —Mantengo una expresión amable, aunque no del todo amistosa. Quiero que sepa que he vuelto, que ha llegado el momento de que se controle, pero no quiero desafiarla directamente, ya que no conseguiría nada bueno con eso—. Me pareció que debías saber que tu coche ya no está donde lo aparcaste. Necesitaba mi sitio.

Me mira con una mueca en los labios, más divertida que enfadada. Parece de lo más complacida por el hecho de que el juego continúe.

—Aunque eso no debería sorprenderte, ya que ese sitio no era tuyo. Es de Damen y mío. Lo ha sido durante casi un año.

Se echa a reír. Suelta una breve carcajada que termina casi al mismo instante de empezar. Se quita los pantalones cortos y la camiseta, y los arroja al interior de la taquilla antes de coger el vestido azul marino, que empieza a meterse por la cabeza.

—Ya, bueno, tú no estabas aquí, y a Damen no pareció importarle mucho. Aunque, claro, por lo que he visto, últimamente está un poquillo ocupado.

Tira del vestido hacia abajo y me mira a los ojos en cuanto su rostro emerge por el cuello de la prenda. Luego se contonea de un lado a otro para ponérselo bien. Se toma un instante para mirarme con los ojos muy abiertos y me recorre de la cabeza a los pies con una mirada desdeñosa en busca de una reacción que no va a aparecer.

Porque su comentario me resbala. No me afecta en absoluto. Damen y yo hemos llegado a un entendimiento, y este enfrentamiento con ella, bueno, es para lo que me he entrenado.

—Creí que odiabas la clase de educación física. —Me dejo caer en el banco de madera lleno de arañazos, cruzo las piernas y apoyo las manos sobre las rodillas. Echo un vistazo al vestuario de las chicas, un lugar que ella evitaba desde después de una novatada particularmente brutal que sufrió a comienzos del primer año.

—Bueno, es cierto que antes la odiaba. —Encoge los hombros y se coloca el revoltijo de collares con los que ha sustituido el colgante que le di. Sus ojos brillan y su rostro tiene un aspecto radiante cuando añade—: Pero, como bien sabes, las cosas han cambiado, Ever. O, mejor dicho, yo he cambiado. Y resulta que me he dado cuenta de algo que antes solo podía imaginar.

Hace una breve pausa para ponerse los zapatos. Se enrolla las tiras alrededor de los tobillos un par de veces y luego las ata en un lazo a la altura de sus bien contorneadas pantorrillas.

—Una vez que llegas a la cima de la pirámide —continúa—, una vez que eres hermosa, poderosa y posees una fuerza y una velocidad sobrehumanas, no hay razón para que odies nada. Salvo, quizá, a los fracasados patéticos que están decididos a fastidiarte. Pero, aparte de eso, todo lo demás es genial. Ni te imaginas lo estupendo que es ser yo en estos momentos. —Se atusa el pelo, se alisa con las manos la parte delantera y los laterales del vestido, y luego se admira en el espejo que hay enfrente para asegurarse de que todo está en su lugar.

Aparta un instante la mirada de su reflejo para observarme, y suelta un largo suspiro.

—Y no hablaba en sentido figurado, para que lo sepas. Ni te imaginas lo que es estar en mi piel ahora. Lo que es estar en la cima del mundo... ser lo máximo que puedes ser. —Esboza una sonrisa burlona y estira la mano hacia el estante superior de su taquilla, donde guarda todos sus anillos—. Hay que admitirlo: no es por ser cruel ni nada de eso, pero tú has sido una fracasada toda tu vida e incluso ahora, cuando técnicamente hablando podrías tener cualquier cosa que quisieras, sigues siendo una gilipollas. —Niega con la cabeza mientras se pone los anillos en los dedos, y, puesto que son muchos, tarda un tiempo considerable—. En serio, si no fuese tan divertido, resultaría patético. Con todo, debo admitir que hay una pequeña parte de mí que siente lástima por ti.

—¿Y la otra parte? —La miro mientras se arregla el pelo, mientras se lo alisa alrededor de los hombros y la cara.

Se echa a reír. Una vez satisfecha con el peinado, busca en el bolso el brillo de labios y me echa una miradita.

—Bueno, la otra parte es la que va a matarte. Pero eso ya lo sabías, claro.

Hago un gesto afirmativo con la cabeza, tan indiferente que cualquiera diría que Haven acaba de soltar un comentario inofensivo y no una amenaza de muerte.

—No me entiendas mal, al principio pensé matar primero a Jude. Ya sabes, hacerle mucho daño mientras tú mirabas… ese tipo de cosas. Pero luego, después de sopesarlo bien, comprendí que sería mucho más divertido invertir el orden y acabar contigo primero. Eso lo dejará solo e indefenso, sin nadie capaz de salvarlo… o, más bien, sin nadie dispuesto a hacerlo. Porque seguro que Damen no se ofrecerá voluntario para eso. Y no solo porque está muy ocupado protegiendo a Stacia, sino porque, bueno, admitámoslo, por más bueno y noble que se crea, dudo mucho que se entristezca al verlo desaparecer, teniendo en cuenta cómo están las cosas de un tiempo a esta parte. —Encoge los hombros y se pasa un par de veces el aplicador del brillo por los labios; luego se los frota entre sí, le lanza un beso al espejo y sonríe mientras vuelve a guardar el brillo en el bolso—. No sé, es solo una idea. ¿Tú qué piensas?

—¿Que qué pienso?

Arqueo una ceja y ladeo la cabeza, dejando que el pelo caiga sobre la parte delantera de mi vestido.

Haven me mira, a la espera.

—Pues pienso que… adelante.

Suelta una carcajada profunda y estruendosa, y luego vuelve a atusarse el pelo a la vez que se esfuerza por recuperar el aliento. Se contempla en el espejo una vez más y gira la cabeza de un lado al otro para admirarse.

—No puedes hablar en serio —me dice—. ¿De verdad quieres empezar esto aquí? ¿Ahora? —Me mira con expresión escéptica.

—Me parece un lugar tan bueno como cualquier otro. —Hago un gesto indiferente con los hombros—. ¿Por qué retrasar lo inevitable?

No me quita los ojos de encima mientras me levanto del banco y me pongo de pie ante ella sin el menor rastro de miedo, confiando plenamente en mi fuerza. Me tomo un momento para rememorar la promesa que hice, la de dejar que ella diera el primer paso. No la animo, no hago nada más que quedarme de pie, a la espera. Las consecuencias son demasiado serias, demasiado permanentes para algo así. Mi único objetivo es darle una lección, bajarle un poco los humos. Demostrarle que soy más fuerte de lo que se cree, que ha llegado el momento de que desista y se retire. Quiero que se replantee la situación, que se dé cuenta de que su malvado plan no es un movimiento muy inteligente.

Haven niega con la cabeza, pone los ojos en blanco, murmura algo incomprensible entre dientes e intenta empujarme para abrirse paso. Descarta todo lo que le he dicho con un gesto de la mano.

—Pasará cuando tenga que pasar, créeme. —Me mira por encima del hombro y entorna los párpados—. Lo único que te hace falta saber es que no lo controlarás, no lo elegirás y no lo verás venir. Eso lo hace todo mucho más divertido, ¿no te parece?

Sin embargo, cuando llega a la puerta, segura de que ya no corre peligro, aparezco delante de ella y le bloqueo el paso.

—Escucha, Haven: si te atreves a ponerle un dedo encima a Jude, a Miles o a cualquier otra persona, las consecuencias no te gustarán nada de nada.

Frunce los labios en una mueca de desprecio y sus ojos se oscurecen. Se vuelven más negros que nunca.

—¿Y si voy a por Stacia? —Sonríe, aunque es más bien una mueca desdeñosa—. ¿Qué harás entonces? ¿Arriesgarías tu vida, tu alma, para protegerla a ella también? —Se queda callada el tiempo suficiente para que asimile sus palabras y luego se cubre la boca con la mano en un fingido gesto de vergüenza—. Ay, déjalo. Había olvidado que Stacia ya tiene a Damen para protegerla. Qué poca memoria tengo. —Sonríe con sorna y me aparta de un empujón para atravesar la puerta.

Me deja aquí, sola.

Tal vez haya sido una victoria pequeña, pero está claro que he logrado transmitirle mi mensaje.

El próximo movimiento es suyo.

Capítulo veintidós

Resulta difícil acostumbrarse a la nueva rutina de la hora del almuerzo, con Haven presidiendo la mesa de los VIP, mientras que Miles y yo nos sentamos en nuestra mesa de costumbre. Ambos fingimos no fijarnos en la mesa intermedia, donde están Damen y Stacia, pero lo cierto es que solo nos falta mirarlos con la boca abierta.

Sin embargo, por más duro que resulte verlo, Damen y yo hemos llegado a un nuevo acuerdo, uno en el que hemos aceptado nuestras responsabilidades presentes mientras yo me tomo el tiempo necesario para intentar aceptar los pecados que él cometió en el pasado. Sé que merece la pena. Merece la pena el dolor que me provoca verlo ahí (ver la forma en que me mira, la forma en que la mira a ella), porque mientras yo esté aquí, mientras Damen esté ahí, Haven se contendrá.

Está fuera de control, pero se contendrá.

Y nadie saldrá herido.

Giro el tapón de mi botella de elixir y doy un buen trago. Examino la estancia y veo que Honor trabaja horas extra para mantener su puesto al lado de Haven; se esfuerza mucho más de lo que jamás tuvo que esforzarse con Stacia. Craig y algunos de sus amigos, en cambio, parecen aliviados de haberse librado, relativamente ilesos, y se contentan con sentarse en una mesa de categoría inferior. La cosa podría ser peor, sin duda. De no ser por su relación con Honor y por el hecho de que ella aún siente algo por él, estoy segura de que Craig estaría tan mal como Stacia.

—Es como si hubiésemos aterrizado cabeza abajo en un mundo extraño —dice Miles mientras se toma su yogur de vainilla y examina la sala con una expresión tan desasosegada como la mía—. En serio, está todo patas arriba. Todo lo que creía saber sobre este instituto (lo bueno, lo malo y lo horrible) es ahora completamente diferente. Y todo es por su culpa. —Hace una señal con la cabeza hacia nuestra antigua amiga y la observa durante un instante antes de volverse hacia mí—. ¿Esto es lo que veías tú cuando Roman controlaba la situación?

Lo miro con los ojos como platos. Me ha pillado completamente desprevenida. Nunca antes habíamos hablado de esa época, de la época en la que Roman utilizó su hechizo para volver a todo el mundo contra mí. Aquellos fueron de los peores días de mi vida. Al menos, de esta vida.

Asiento con la cabeza.

—Sí, se parecía bastante. —Miro a Damen y recuerdo que por aquel entonces también se sentaba con Stacia—. De hecho, la situación es muy similar.

Jugueteo con el tapón del elixir y lo hago girar de un lado a otro mientras revivo el pasado en mi mente. Elijo las escenas más dolorosas y las visualizo una y otra vez para recordarme que si superé esa época, también superaré esta. Como suele decir Ava: «Esto también pasará».

No obstante, ella siempre me recuerda también que esa frase sirve para los buenos y los malos tiempos.

Todo pasa. Todo experimenta el ciclo de la vida y de la muerte. A menos, por supuesto, que uno sea como Damen o como yo, en cuyo caso permanece atrapado en la misma danza eterna.

Desecho ese pensamiento y me bebo lo que queda de elixir. Guardo la botella vacía en la mochila y después me la cuelgo al hombro bajo la atenta mirada de Miles.

—¿Vas a alguna parte? —pregunta mientras bate el yogur.

Asiento, y me basta con echar un vistazo a su cara para saber que no le parece bien.

—Ever… —empieza a decir, pero lo interrumpo de inmediato.

Sé lo que está pensando: que me marcho porque me duele demasiado ver a Damen con Stacia. Pero no está al tanto del trato que hemos hecho Damen y yo.

—Se me ha ocurrido algo, algo de lo que debo ocuparme mientras aún tenga la posibilidad —murmuro, consciente de que no lo he convencido.

Contemplo la representación de Haven en la mesa guay. No deja de reírse y de coquetear; es evidente que está encantada con su nuevo papel de reina.

—¿Ahora nos ponemos enigmáticos? —Miles me mira con suspicacia.

Pero me limito a encogerme de hombros. Estoy impaciente por marcharme, ya que no quiero que Haven se dé cuenta y decida seguirme.

—¿Puedo ir contigo, al menos? —Me mira con la cuchara a medio camino de la boca.

Hago un gesto negativo con la cabeza sin apartar la vista de Haven.

—No.

Ni siquiera me tomo un momento para pensarlo, algo que Miles no se toma muy bien.

—¿Y por qué no? —Alza la voz al tiempo que frunce el ceño.

—Porque tienes que ir a clase. —Doy un respingo al oír mi tono de voz, que ha sonado más como el de una profesora que como el de una amiga.

—¿Y tú no?

Suspiro y niego con la cabeza. Eso es diferente. Yo soy diferente. Y ahora que Miles lo sabe, no debería hacer falta que se lo repitiera.

Aun así, no piensa rendirse. Sigue escrutándome con sus enormes ojos castaños, durante tanto tiempo que al final me rindo.

—Oye, sé que crees que quieres acompañarme —le digo—, pero en realidad no es así, te lo aseguro. Ni por asomo. Y no es que no quiera que vengas conmigo. No quiero dejarte tirado ni nada de eso. Es solo que... bueno, lo que planeo hacer no es del todo legal. Así que, la verdad, es que solo intento protegerte.

Miles me mira y se mete una cucharada de yogur en la boca. No le ha afectado en lo más mínimo lo que le acabo de decir. Se cubre la cara con una mano y me mira.

—¿Protegerme de quién? ¿De ti?

Suspiro y me esfuerzo por mantener una expresión neutra, aunque me resulta bastante difícil cuando él me mira de esa forma. Sus cejas se elevan en un gesto de suspicacia y el mango de la cucharilla se balancea por fuera de su boca.

—Protegerte de la ley —respondo al final. Suena muy dramático, pero es verdad.

—Vale… —Arrastra la palabra y entorna los párpados mientras lo considera con seriedad—. ¿Y de qué ilegalidad estamos hablando? —Me observa de la cabeza a los pies. Es evidente que no va a dejar el interrogatorio hasta que conozca todos los detalles—. ¿Latrocinio, cohecho, usura o algún otro delito más importante?

Suspiro de nuevo, aunque esta vez más fuerte.

—Está bien —le digo al final—. Tengo pensado hacer un pequeño A. M., si tantas ganas tienes de saberlo.

—¿Un allanamiento de morada? —Intenta no mirarme boquiabierto, pero no lo consigue del todo—. Pero será de los inofensivos, ¿no?

Asiento con la cabeza. Y vuelvo a encoger los hombros, y a poner los ojos en blanco. Los minutos corren y el descanso para el almuerzo llega a su fin. Va a sonar el timbre y, de no ser por tantas preguntas, ya me habría marchado hace rato.

Miles lame la cuchara hasta dejarla limpia, la arroja a la basura y se levanta del asiento.

—Está bien, cuenta conmigo. —Empiezo a protestar, pero enseguida veo que no servirá de nada. Levanta la mano y añade—: Y ni se te ocurra intentar detenerme. Voy a ir contigo, tanto si te gusta como si no.

Titubeo un poco, ya que detesto la idea de involucrarlo en esto; pero también pienso que será agradable tener un poco de compañía, para variar. Estoy harta de jugar siempre sola.

Aunque ya me he decidido, lo miro con los párpados entornados, como si estuviera sopesando las opciones. Luego le echo una miradita a Haven para asegurarme de que sigue ocupada y absorta en su pequeño mundo privado.

—Está bien —le digo a Miles—. Pero compórtate con normalidad, ¿vale? Actúa como si recogieras las cosas porque sabes que el timbre va a sonar de un momento a otro y no quieres llegar tarde a clase…

Suena el timbre y me interrumpe. Miles me mira de hito en hito.

—¿Cómo sabías…?

Niego con la cabeza, le hago un gesto para que me siga y le advierto que no se acerque a la mesa de Haven mientras miro de reojo a Damen.

—Y recuerda: ocurra lo que ocurra, tú lo has querido —añado mientras nos acercamos a las puertas.

Soy consciente de la mirada inquisitiva de Damen, que no tiene ni idea de lo que pienso hacer. Claro que, si me salgo con la mía, nuestras vidas podrían cambiar para siempre.

A mejor.

Y si no, si no consigo lo que quiero… Bueno, quizá eso en sí mismo me proporcione la respuesta que busco.

—¿Ves? A eso justamente me refiero. —Miles sonríe, y su rostro casi resplandece a causa del entusiasmo—. Así se supone que debe ser el último año de instituto. Ya sabes, saltarse las clases, hacer novillos, pasarlo bien, recrearse con actividades ilegales…

Lo miro de reojo para asegurarme de que está bien acomodado antes de pisar con fuerza el acelerador. Ya no hay necesidad de fingir, puesto que él sabe lo que soy y de lo que soy capaz. Y después de unos instantes en los que Miles permanece en silencio y se agarra como un poseso al reposabrazos, llegamos a nuestro destino.

O, más bien, casi llegamos. Aparco al final de la calle, igual que la última vez que estuve aquí, porque me parece más seguro (y más inteligente) caminar el resto del camino. No hay necesidad de dejar el coche en la entrada para anunciar mi presencia.

—Tu última oportunidad para echarte atrás. —Miro a mi amigo, que está pálido y jadeante a mi lado, esforzándose por recuperar la compostura.

—¿Cómo puedo echarme atrás? —jadea, aún sin aliento—. ¿Cómo puedo echarme atrás si aún no sé qué vamos a hacer?

—La casa de Roman, que ahora es la casa de Haven, está calle arriba. Y tú y yo vamos a entrar.

—¿Vamos a colarnos en casa de Haven? —exclama. Por fin empieza a darse cuenta de la gravedad de todo este asunto—. ¿En serio?

—En serio. —Me subo las gafas de sol hasta la frente—. Y también he dicho en serio lo de echarte atrás. En realidad no hay ninguna necesidad de que tomes parte en esto. Me parecería estupendo que me esperaras aquí sentado. Puedes ser mi centinela. Creo que no me hará falta un centinela, pero por si las moscas.

Sin embargo, antes de que termine de hablar Miles cambia de opinión y se baja del coche.

—Ay, no, de eso nada. No vas a convencerme de que no participe en esto. —Niega con la cabeza con tanta vehemencia que el pelo le cae sobre los ojos—. Si alguna vez tengo la oportunidad de interpretar a un ratero, a un ladrón de obras de arte o algo parecido, esta experiencia me vendrá de perlas. —Se echa a reír.

—Ya, pero en realidad no buscamos obras de arte. —Le hago un gesto para que me siga mientras me encamino a la puerta principal. Echo un vistazo por encima del hombro y añado—: Y, créeme, lo del allanamiento no es tan emocionante cuando puedes abrir el cerrojo de la puerta con la mente. Aunque, como técnicamente no nos han invitado, el término puede aplicarse de todas formas.

Miles frena en seco y su rostro muestra una enorme decepción.

—Espera un momento, ¿hablas en serio? ¿Eso es todo? ¿No tendremos que rodear la casa sigilosamente para entrar? ¿No tendremos que colarnos por una ventana entreabierta o discutir quién entra por la puerta del perro para dejar pasar al otro?

Me detengo un instante al recordar el día que me colé en casa de Damen de esa forma; fue al principio, cuando me intrigaba tanto su extraño comportamiento que no podía esperar a averiguar qué era... Y resulta que al final descubrí que soy igual que él.

—Lo siento, Miles, pero no será nada tan emocionante. Será algo más bien... directo. —Me sitúo frente a la puerta, visualizo en mi mente cómo se retira el cerrojo y contengo el aliento mientras espero a que suene el chasquido. Pero no suena.

—Qué raro. —Frunzo el ceño, giro el pomo y, para mi sorpresa, la puerta se abre de par en par.

O bien Haven se siente demasiado segura y ha dejado la casa abierta, o bien no somos los únicos que estamos aquí.

Miro a Miles por encima del hombro y le indico que no haga ruido y que se quede detrás de mí. Permanezco en el umbral y me tomo un momento para dejar que mis ojos se acostumbren a la oscuridad antes de examinar el interior. Me aseguro de que la zona está despejada y luego le hago una señal a Miles para que me siga.

Sin embargo, en el momento en que mi amigo pone un pie en el vestíbulo, el suelo emite un crujido estrepitoso. Ambos nos quedamos paralizados y escuchamos el inconfundible sonido de cristales rotos, susurros, pasos apresurados y el portazo estruendoso de la puerta trasera, que hace vibrar las paredes.

Salgo disparada. Corro hacia la cocina y llego a la ventana justo a tiempo para ver la huida de Misa y Marco. Marco avanza a trompicones, ya que va cargado con una bolsa con la cremallera abierta llena de elixir; Misa lo sigue con su propia bolsa vacía colgada del hombro. Ella se vuelve el tiempo suficiente para mirarme, y no deja de hacerlo hasta que salta la valla detrás de Marco, después de lo cual, ambos desaparecen en el callejón.

—¿Qué coño ha pasado aquí? —pregunta Miles cuando me alcanza por fin—. ¿De verdad te has movido tan deprisa como me ha parecido?

Me vuelvo hacia él y me fijo en los trozos de cristal roto esparcidos por el suelo y en el líquido rojo oscuro que se extiende sobre las baldosas y se filtra en el yeso de las juntas.

—Bueno, ¿qué ha pasado? ¿Qué me he perdido? —pregunta mientras observa el desastre.

Encojo los hombros. No tengo ni la menor idea de lo que ha ocurrido. No tengo ni idea de por qué Misa y Marco han robado el elixir. Ni de por qué estaban tan aterrorizados que han llegado a romper una botella. Tampoco sé por qué Misa se asustó tanto al verme.

Solo hay una cosa que está clara: no tenían permiso para coger el elixir.

Con todo, nada de eso tiene que ver con la razón por la que estamos aquí. Así que tan pronto como limpio el estropicio con el simple gesto de «desear» que desaparezca, me vuelvo hacia Miles.

—Bueno, buscamos una camisa —le digo—. Una camisa de lino blanca. Con una enorme mancha verde en la parte delantera.

Capítulo veintitrés

Las semanas pasan, pero todo sigue más o menos igual. Jude piensa evitarme hasta que tome mi decisión; Damen sigue protegiendo a Stacia en el instituto; Miles continúa intentando que no me duela ver a Damen protegiendo a Stacia en el instituto; Haven sigue gobernando en las aulas, y yo continúo en alerta máxima, a la espera del momento en que decida atacarme.

Sin embargo, eso es solo lo que parece a primera vista.

Porque si uno se fija bien, está claro que han empezado a aparecer algunas grietas.

Para empezar, resulta evidente que Honor se siente tan miserable siendo la número dos de Haven como cuando era la de Stacia. Quizá incluso más.

Además, aunque de eso no estoy muy segura, ya que no hemos hablado ni nada por el estilo, a juzgar por la determinación y el anhelo con los que Stacia mira la mesa VIP, queda bastante claro que se está hartando de que la proteja un chico inmune a sus encantos y cuyo único objetivo es ese, protegerla.

En lo que respecta a Haven, después de haber salido con los chicos que la rechazaron en el pasado y de dejarlos a todos, empieza a aburrirse del juego. También le molesta que todo el mundo imite el look único que tanto le ha costado crear, ya que eso la obliga a idear nuevas y estrafalarias indumentarias… que al final todos copian también.

Supongo que ser la chica alfa no es tan divertido como ella se creía. La realidad empieza a revelarse como un trabajo que no le gusta mucho y para el que no está bien preparada.

A juzgar por las malas contestaciones que les da a sus supuestos nuevos amigos, la frecuencia con la que pone los ojos en blanco, sus enormes suspiros y la forma en que estampa el pie contra el suelo en medio de una rabieta, se siente bastante frustrada y quiere que todos lo sepan.

La vida en la cima le resulta agobiante, y, por lo que parece, Honor empieza a detestar el hecho de que ella ocupe ese lugar, tal y como supuse que ocurriría.

Sin embargo, también es evidente que ninguna de ellas planea intercambiar posiciones. Haven tiene mucho que demostrar y Honor… Bueno, aunque no tengo ni idea de hasta dónde ha mejorado con su magia ahora que Jude ya no le da clases, tengo la certeza de que, por mucho que haya aprendido, todavía no es rival para Haven. Y ella también lo sabe.

Aunque Miles y yo no hablamos del tema, aunque estoy harta de hacer las mismas cosas aburridas día sí, día también (el entrenamiento de la mañana, la vigilancia en el instituto, el entrenamiento antes de irme a la cama, y luego levantarme para empezar con lo mismo otra vez), sé que no soy la única que se da cuenta.

Damen también lo nota.

Lo sé por la forma en que me observa… por cómo me sigue con la mirada allí donde voy. Está nervioso, preocupado por mí.

Le preocupa que ella esté perdiendo el control. Que ataque sin avisar y decida ir a por mí.

Le preocupa que no le avise cuando eso ocurra, a pesar de que prometí que lo haría.

Y lo más probable es que tenga buenos motivos para preocuparse. Haven está histérica. Desaforada. Es un absoluto y completo desastre.

Como una bomba a punto de estallar.

Una cuerda tensa a punto de romperse.

Y cuando eso ocurra, será a mí a quien busque primero.

Al menos, eso espero.

Mejor a mí que a Jude.

Me paso por la tienda de camino a casa, a pesar de que Jude me ha pedido que me mantenga alejada con el pretexto de que no quiere verme hasta que haya tomado una decisión firme.

Con todo, me convenzo de que es mi deber, de que tengo la obligación de cuidar de él y de asegurarme de que está bien.

Sin embargo, cuando me descubro manifestando un bonito vestido nuevo con zapatos a juego para ir a verlo, a punto de examinarme el pelo y el maquillaje en el espejo retrovisor, sé que esa excusa únicamente me sirve en parte. La otra parte es que necesito verlo. Necesito descubrir si estar cerca de él enciende alguna chispa en mi interior.

Algo que pueda ir a mayores.

Algo fuerte, palpable y definido que baste para encaminarme en la dirección correcta.

Me detengo justo al lado de la puerta para arreglarme otra vez la ropa y el pelo. Luego respiro hondo y entro en la tienda. Casi espero encontrarme a Ava al otro lado del mostrador, ya que hace un día cálido y soleado, y supongo que Jude no habrá podido resistir el canto de sirena del surf, pero me emociono al verlo detrás de la caja registradora. Ríe y bromea como si no le preocupara nada; su rostro está relajado, su aura es verde y alegre mientras atiende a una clienta.

Una clienta muy mona.

Una cuya llameante aura rosa me dice que los libros que ha comprado son solo una excusa para ver a Jude.

Me detengo y me pregunto si debería marcharme y volver más tarde, pero la puerta se cierra de golpe detrás de mí y hace sonar la campana. Jude aparta la vista de la clienta y me descubre a unos pasos de distancia. Sus ojos se oscurecen, su sonrisa se congela y su aura se vuelve ondulada y oscura… todo lo opuesto a como estaba cuando hablaba con ella.

Como si el mero hecho de verme fuera suficiente para desvanecer toda la alegría de la estancia.

Jude mete las cosas en una bolsa y la despacha con tanta rapidez y brusquedad que la chica, por supuesto, nota el cambio. Me recorre de arriba abajo con un vistazo rápido, frunce el ceño en una mueca acusadora y murmura algo entre dientes cuando pasa a mi lado de camino a la salida. Jude, mientras, se dedica a hacer cosas detrás del mostrador, como si yo no estuviese aquí.

—Le gustas —le digo. Está tardando el doble de tiempo del necesario en archivar la copia del recibo.

—Le gustas, y es muy mona —añado, aunque solo consigo un gruñido por respuesta.

—Le gustas, es muy mona y desprende buena energía —insisto, animándolo a mirarme mientras me acerco a él—. Y eso hace que me pregunte una cosa: ¿qué problema tienes?

Jude se queda inmóvil. Deja lo que estaba haciendo, deja de fingirse ocupado y de hacer como si yo no estuviera aquí.

Lo deja todo y me mira antes de empezar a hablar.

—Tú. —Lo suelta sin más, con tanta franqueza que no sé muy bien qué hacer—. Tú eres mi problema.

Bajo la vista al suelo, incapaz de mirarlo. Me siento estúpida por haberme presentado aquí así. Pero apenas han pasado un par de segundos cuando Jude añade:

—¿No es eso lo que querías oír?

Asiento con la cabeza muy despacio, porque tiene razón. Eso era lo que quería oír. Por eso he venido aquí.

Se acomoda en el taburete con los hombros hundidos y la cara enterrada en las manos. Se frota los ojos apretando bien con la yema de los dedos antes de levantar la cabeza y mirarme con recelo.

—¿De qué va todo esto, Ever? En serio, ¿qué haces aquí? ¿Qué quieres de mí?

Trago saliva con fuerza. Sé que le debo una respuesta, que se merece conocer la verdad (las dos verdades), así que decido dársela.

—Bueno, en primer lugar, quería asegurarme de que estabas bien. Hace tiempo que no te veo y...

—¿Y? —me interrumpe. Está claro que no está de humor para jueguecitos.

—Y..., en realidad, quería verte. Necesitaba verte, podría decirse.

—¿«Podría decirse»?

Me recorre con la mirada, dejándome avergonzada, sensible y con la extraña sensación de estar traicionando a Damen. Aun así, necesito algo de él. Me estoy quedando sin opciones. No logro encontrar la camisa, el Gran Templo del Conocimiento se niega a ayudarme, el deseo que le pedí a mi estrella todavía no se ha cumplido, y hasta el momento no ha habido augurios ni señales de ningún tipo... Por eso estoy aquí, ya que solo se me ocurre una forma de llegar al fondo del asunto.

Una forma que ya he intentado, pero que nunca he llevado hasta el final.

Una forma que podría conducirme hacia el camino correcto.

—Jude —empiezo a decir con voz ronca—. Jude, yo...

Me acerco mientras pienso: «Esto es absurdo. Todo esto es una ridiculez».

En serio: él me ama, y sé que yo también lo amé una vez. Y si no fue exactamente «amor», sé que sentí algo por él. Quizá un beso sea lo único que hace falta para que tenga una revelación. Igual que cuando besé a Damen por primera vez, cuando nos sentimos tan conectados, tan unidos, mucho antes de que la cruel realidad hiciera su aparición en escena.

Rodeo el mostrador y busco su mano con un movimiento rápido. Mis dedos aprietan los suyos en apenas un instante y siento la corriente de su energía tranquila y suave a través de mi cuerpo. Todo mi ser se relaja mientras observo cómo se acerca su rostro, cómo se aproxima su mirada ardiente y suspicaz. Aprieto los dedos en torno al músculo esbelto y duro de su brazo.

Mi piel se sonroja a causa de la anticipación mientras lo atraigo hacia mí, mientras aguardo el contacto de sus labios sobre los míos.

Necesito experimentar esto de una vez por todas; necesito saber qué me he estado perdiendo todos estos siglos.

Al principio, la sensación me resulta chocante. Su beso es firme y carnoso, muy diferente a la mezcla perfecta entre cosquilleo y calidez del de Damen. Oigo el gruñido ronco que escapa de su garganta cuando me sujeta la nuca para apretarme contra él. Su boca se abre ligeramente y su lengua busca la mía en el preciso instante en que la puerta se abre de par en par y choca con fuerza contra la pared. La campanilla se rompe y cae al suelo.

Nos damos la vuelta.

Y nos separamos, anonadados.

Con la luz del día a su espalda, Haven tiene un aspecto oscuro, siniestro y cruel. Bloquea la salida y nos mira con odio.

Sonríe con los ojos entrecerrados y pone los brazos en jarras.

—Vaya… Mira por dónde… Este debe de ser mi día de suerte. Dos pájaros de un tiro, y ninguno de ellos tiene la menor oportunidad de escapar.

Capítulo veinticuatro

Me vuelvo hacia Jude y le ordeno que huya, que se esconda, que haga lo que sea necesario para alejarse de ella. Sé que solo tenemos un segundo, dos como máximo, antes de que nos ataque. Antes de que sea demasiado tarde.

No bromeo en absoluto y le dirijo una mirada penetrante para asegurarle de que hablo en serio, pero él se queda donde está. Plantado detrás del mostrador, justo a mi lado. Piensa, equivocadamente, que nuestro breve beso lo obliga de algún modo a quedarse conmigo y protegerme.

Estoy a punto de repetirle la orden cuando Haven atraviesa la estancia y se sitúa delante de nosotros con una mirada salvaje y desquiciada. Una mirada que dice a las claras que está fuera de control.

Me muevo para cubrir a Jude mientras observo cómo sonríe, cómo se pasa la punta de la lengua por los labios y mira a mi amigo por encima de mi hombro.

—Hazte un favor y no escuches a Ever. Te irá mucho mejor si te quedas donde estás. Nunca conseguirás ganarme en velocidad, sin importar lo mucho que te esfuerces. Además, te aseguro que necesitarás toda tu energía más tarde.

Da un paso rápido hacia la derecha, como si planeara rodearme y apartarlo de mí, pero la bloqueo a toda velocidad sin apartar la vista de ella. Recuerdo muy bien nuestro desafortunado encuentro en los aseos, con cuánta facilidad me controló y me aplastó contra la pared. Puede que yo tenga alguna oportunidad de vencerla, pero Jude jamás sobreviviría.

—Siento interrumpir vuestro rollito. —Se echa a reír, y sus ojos hinchados y rojos nos miran primero a uno y luego al otro—. No tenía ni idea de que habíais decidido tomar «esa» dirección.

Extiende el brazo hacia mí y me clava sus largas uñas pintadas de azul en el hombro antes de apartar la mano. Siento el escozor frío y amargo de su energía, aunque es evidente que le cuesta mucho esfuerzo disimular el temblor de sus manos.

Haven inclina la cabeza hacia un lado, coge la masa de pelo que cae sobre su hombro y la retuerce alrededor del dedo índice.

—Antes de que te emociones demasiado por haber llegado hasta la primera base —dice sin apartar la vista de Jude—, deberías saber que la única razón por la que Ever te ha permitido llegar tan lejos es que Damen la ha dejado por Stacia. Otra vez. —Niega con la cabeza y frunce los labios mientras nos mira a ambos—. Y, bueno, supongo que busca a alguien para sustituirlo. Tú ya me entiendes.

Le echo un vistazo rápido a Jude con la esperanza de que no le esté prestando atención, de que no la tome en serio, pero veo que tiene una mirada intranquila, tan conflictiva que resulta imposible descifrarla.

—¿No te hartas de eso? —Deja de retorcerse el pelo para admirar el montón de anillos que lleva en cada dedo—. Ya sabes, de que Ever te use continuamente como hombro sobre el que llorar, para que le hagas el trabajo sucio. En serio, si te paras a pensarlo, un beso es... no sé, lo menos que puede hacer cuando ella es el motivo principal por el que tu vida está destinada a un fin trágico y temprano.

Sé que Haven sería capaz de seguir y seguir, de alargar esto hasta que le dé la gana, pero yo ya he oído suficiente. Jude ya ha oído suficiente. No quiero que se distraiga o, peor aún, que empiece a creerla.

—¿Qué quieres? —Controlo la respiración, me concentro y me preparo para cualquier cosa que vaya a hacer.

—Creo que lo sabes. —El iris de sus ojos, que una vez fue un precioso remolino de tonos dorados y broncíneos, es ahora un punto oscuro moteado de rojo, siniestro y amenazador—. Creo que eso ya lo he dejado bien claro. —Sonríe con desprecio—. Pero no sé a quién matar primero. Así que quizá tú puedas ayudarme, ¿a quién prefieres que mate en primer lugar, a ti o a Jude?

Me enfrento a su mirada mientras hago todo lo posible por calmar la agitación de la energía de Jude y, al mismo tiempo, concentrar la atención y la furia de Haven en mí.

—¿Eso es todo? —Enarco las cejas mientras miro a mi alrededor—. ¿Este es tu gran plan? ¿El plan aterrador con el que llevas amenazándome... cuánto tiempo... meses, semanas? —Encojo los hombros, como si no mereciera la pena esforzarme en recordarlo—. ¿Tu plan es atacar en una pintoresca librería local?

Niego con la cabeza, como si me decepcionara su pobre elección del escenario del crimen.

—Si te digo la verdad, Haven, estoy un poco sorprendida —continúo—. Lo cierto es que esperaba que hicieras algo mucho más dramático. Ya sabes, un movimiento atrevido en un centro comercial abarrotado o algo así. Pero, claro, pareces un poco... ¿Cómo lo diría

Roman? —Entorno los ojos para fingir que intento recordarlo y luego me doy una palmada en la frente—. Ah, sí, eso es: «necesitada». Pareces un poco necesitada últimamente. —La miro a los ojos—. Estás extenuada, agobiada, incluso un poco tensa. Como si necesitaras desesperadamente una buena comida... y, sí, quizá también un abrazo.

Haven frunce el entrecejo. Frunce el ceño y pone los ojos en blanco. Y luego avanza con cierta dificultad hacia mí.

—Bueno, ahora me abrazan mucho, por eso no te preocupes. Y si necesito otro abrazo, siempre puedo pedírselo a Jude.

Sonríe con desdén y su rostro se transforma en una máscara espeluznante, con una mirada tan agresiva que siento cómo se contrae la energía de Jude a mi espalda.

—En cuanto a la falta de dramatismo —añade—, no te inquietes, Ever. Habrá más que de sobra. Además, no es el escenario lo que importa, sino la escena que se representa en él. Y aunque no estoy dispuesta a revelar los entresijos de la trama, porque será mucho más divertido pillarte desprevenida, te aseguro que voy a hacerte pagar por todas las cosas horribles que me has hecho, incluyendo tu último...

La miro con los ojos entrecerrados, porque no tengo ni idea de qué va a decir.

Sin embargo, ella frunce otra vez el entrecejo.

—Sí, sí... ¿Crees que no sé que entraste en mi casa y me robaste el elixir?

Me deja atónita que crea que he sido yo.

—¿Crees que no sé cuánto tengo? —Alza la voz, indignada—. ¿Crees que no me daría cuenta cuando viera la nevera casi vacía? ¿Piensas que soy idiota? —Hace un gesto negativo con la cabeza—. Está bastante claro por qué lo hiciste. Crees que es la única forma de poder estar a mi altura. Pero tengo que darte una noticia, Ever: nunca serás igual que yo. Nunca. Y beber mi elixir no cambiará eso.

—¿Para qué querría tu elixir si ya tengo el mío? —La miro con recelo, consciente de que Jude sigue detrás de mí, consciente de sus músculos tensos y del titubeo de su energía.

Dos malas señales que indican que planea alguna estupidez que no puedo permitirle hacer.

Retrocedo un poco para empujarlo. Intento que Haven no se dé cuenta, pero utilizo la fuerza suficiente para que él capte el mensaje y me deje manejar la situación.

—Admítelo, Ever. —Me recorre con la mirada mientras sus piernas empiezan a temblar—. El mío es mejor, más fuerte y muy superior al tuyo. Aun así, no te ayudará. Por mucho que bebas, jamás conseguirás ser igual que yo.

—¿Y para qué querría ser igual que tú? ¿Has visto en lo que te ha convertido? —pregunto con un tono cargado de desprecio—. En serio, Haven, mírate bien.

Señalo sus ojos inyectados en sangre, el tic de sus dedos y la piel pálida de su rostro. Trazo una línea con el índice para señalar su cuerpo escuálido y encogido. Y, de repente, después de observarla con detenimiento, me doy cuenta de que no puedo seguir adelante con esto.

No puedo, sin importar con qué me amenace.

Esta es Haven.

Mi vieja amiga Haven.

La misma con la que solía salir, con quien solía reírme. La única, aparte de Miles, que se mostró dispuesta a sentarse conmigo en mi primer día.

Es evidente que tiene problemas, que necesita ayuda, y mi deber es tratar de llegar hasta ella, ayudarla, intentar convencerla de que no haga lo que está a punto de hacer antes de que sea demasiado tarde. Antes de perderla para siempre.

—Haven, por favor. —Levanto las palmas de las manos y suavizo mi voz y mi mirada. Quiero dejar claro que estoy cambiando el chip, que soy sincera y que no quiero hacerle daño—. No tiene por qué ser así. No tienes por qué hacer esto. Podemos parar aquí y ahora. Tu plan acabará en tragedia, y las cosas se pondrán peor. Así que, por favor, piénsalo un momento al menos.

Respiro hondo y me lleno con toda la luz posible antes de soltar el aire hacia ella. La envuelvo con ondas suaves de energía verde sanadora. Veo cómo flotan esas ondas y cómo intentan penetrar... Pero rebotan, repelidas por la coraza de odio y furia de su interior.

—No es demasiado tarde para hacer las paces —le digo en voz baja y firme, como si intentara convencerla. Mi esperanza es lograr calmar también a Jude, evitar que lleve a cabo el plan suicida que pueda tener en mente—. No tienes buen aspecto. Has perdido el control, y lo sé porque a mí también me pasó. No tiene por qué ser así. Hay una forma de salir de esto, y me encantaría ayudarte a encontrarla, si me lo permites.

Sin embargo, a pesar de mis palabras firmes y tranquilas, ella se ríe en mi cara. La carcajada es cruel, abrasiva, y sus ojos bailotean de manera demencial, como si fueran incapaces de quedarse quietos.

—¿Ayudarme? ¿Tú? Por favor. —Pone los ojos en blanco y mueve la cabeza de un lado a otro—. ¿Cuándo me has ayudado tú? Lo único que has hecho es quitarme cosas. Una y otra vez. Pero ¿ayudarme? Sí, claro. Debes de estar de coña.

—Vale. —Encojo los hombros, decidida a pasar por alto sus palabras, a llegar hasta ella para evitar que se autodestruya—. Si crees que no puedes confiar en mí, deja al menos que otra persona te ayude. Todavía tienes una familia, ¿sabes? Todavía tienes amigos. Amigos de verdad. Gente que se preocupa por ti, no como esos a los que has manipulado para que sean tus amigos.

Me mira y parpadea rápidamente. Se balancea de un lado a otro de una forma casi imperceptible. Mete la mano en el bolso en busca del elixir, pero solo encuentra unas cuantas botellas vacías que arroja al suelo.

Sé que tengo que darme prisa. Debo moverme rápido. No contamos con mucho tiempo, ya que Haven estallará en cuestión de segundos.

—¿Qué pasa con Miles? —me apresuro a decir—. Él estaría más que dispuesto a ayudarte. ¿Y tu hermanito Austin? Él te admira; depende de ti. Mierda, incluso Josh sigue loco por ti. ¿No me dijiste que incluso te había compuesto una canción para reconquistarte? Eso significa que todavía está colado por ti. Estoy segura de que vendría de inmediato si lo llamaras. Y…

Estoy a punto de mencionar a sus padres, pero me muerdo la lengua. Sus padres nunca la han ayudado, y esa es una de las razones por las que estamos aquí ahora mismo.

Sin embargo, vacilo durante demasiado tiempo. Lo bastante como para que ella me fulmine con la mirada.

—¿Y quién más, Ever? ¿A quién ibas a añadir a la lista? ¿Al ama de llaves? —Vuelve a poner los ojos en blanco mientras sacude la cabeza—. Lo siento, pero todo eso ha quedado en el pasado. Me arrebataste a la única persona que me ha importado de verdad, a la única persona a quien yo le importaba. Y ahora vas a pagar por ello. Los dos pagaréis por ello. Hay algo que debéis tener muy claro: ¡los dos saldréis de aquí en una bolsa para cadáveres! Bueno, en tu caso, Ever, en un cubo de basura.

—Eso no traerá a Roman de vuelta.

Sin embargo, las palabras llegan demasiado tarde. La he perdido. No está aquí. Ya no escucha. Se ha hundido en el rincón más oscuro de su mente perturbada.

Lo sé por su mirada, que se vuelve vidriosa, y porque todo su cuerpo se queda inmóvil, como si estuviera poniéndose en sintonía con la ira incandescente que arde en su interior.

Lo sé por la forma en que empiezan a temblar las paredes.

Porque los libros comienzan a caerse de las estanterías.

Porque un puñado de figurillas de ángeles vuela a través de la estancia y se estrella contra las paredes antes de hacerse añicos en el suelo.

Ya no hay forma de llegar hasta ella.

Ya no hay vuelta atrás.

Está delante de mí, con los ojos en llamas, el cabello flotando, presa de los temblores de furia. Aprieta los puños con fuerza mientras se pone de puntillas y estira el brazo hacia Jude.

Intento decir: «¡Corre!».

Intento decir: «¡Crea el portal y lárgate de aquí a toda leche!».

Sin embargo, antes de que pueda pronunciar las palabras, Jude se aleja de mí.

Se abalanza contra ella.

La ataca como un estúpido para protegerme a expensas de su propia vida.

Y cuando intento agarrarlo, desesperada por detenerlo antes de que siga adelante, Haven estira el brazo hacia mí y me arranca el amuleto del cuello.

Me mira con un brillo sádico en los ojos y el rostro contraído en una mueca sonriente.

—Bueno, Ever, ¿cómo vas a defenderte ahora?

Capítulo veinticinco

Balancea el amuleto delante de mí con aire burlón, y ver el brillo de los cristales hace que me sienta vulnerable, expuesta, indefensa y desnuda. Luego lo arroja por encima del hombro mientras el eco enfermizo de su carcajada resuena en la estancia.

Jude suelta un grito de guerra. Tiene las manos y los pies bien posicionados, preparados para el ataque, pero no es rival para ella. Haven lo empuja a un lado con un simple giro de la muñeca y deja de prestarle atención mientras él vuela a través de la tienda y se estrella contra la pared.

Ni siquiera oye el horrible crujido de los huesos que se rompen y se astillan cuando Jude cae al suelo hecho un guiñapo.

Desearía correr a su lado para ver si está bien, pero no lo hago. No puedo hacerlo. Con eso solo conseguiría que ella me siguiera, y no puedo permitir que se acerque a él. Por el bien de su salud, tengo que conseguir que se concentre solo en mí.

Aun así, le lanzo una breve mirada y lo animo mentalmente a crear el portal, ahora que aún puede. No sé muy bien si el hecho de que no lo haga se debe a la gravedad de las heridas (su rostro se ha convertido en una espeluznante máscara de agonía, y de su boca mana un reguero de sangre), o a que se niega a dejarme sola con ella, a que está decidido a quedarse aquí conmigo le cueste lo que le cueste.

Haven avanza hacia mí con lo que pretende que sean pasos lentos y amenazadores, pero en realidad son zancadas torpes y temblorosas. Y eso, para ser sincera, resulta mucho más horripilante que si se moviera con decisión. Me resulta imposible interpretar su energía, adivinar qué hará a continuación, porque ni siquiera ella lo sabe.

Prepara un golpe. Alza el puño y arquea el brazo hasta que me apunta directamente. Pero me agacho con rapidez y lo esquivo antes de correr hacia el otro lado de la sala. Eso la obliga a darse la vuelta y a perseguirme otra vez. Aprieta con la lengua la parte interior del carrillo; su energía rabiosa crece y se expande de tal modo que las luces empiezan a parpadear, el suelo se comba y todas las cosas de cristal, incluido el mostrador, se quiebran hasta hacerse añicos.

Me sigue hasta el extremo opuesto de la tienda.

—Buen intento, Ever. Pero, créeme, no haces más que retrasar lo inevitable. Esquivándome solo consigues que las cosas sean más divertidas. Aun así, no tengo prisa. Puedo jugar a esto todo el día, si quieres. Pero deberías saber que cuanto más alargues el asunto, más tiempo estará él… —Mueve el pulgar por encima del hombro para señalar la zona donde se encuentra Jude, que apenas respira—. Bueno, más tiempo sufrirá él.

Aprieto los dientes y los labios con fuerza. Se acabó lo de intentar razonar con ella. He hecho todo lo que he podido. Ha llegado el momento de sacarle provecho a todas las horas de entrenamiento.

Me ataca de nuevo, pero tiene tan poca estabilidad que solo tengo que apartarme en el último momento. Se estrella contra el expositor de música y cae al suelo entre un revoltijo de CD, y sobre las esquirlas de los cristales que rompió antes. Los fragmentos se le clavan profundamente y dejan salpicaduras de sangre en las paredes.

Sin embargo, se echa a reír y rueda sobre su espalda. Se toma un momento para sacarse algunos vidrios de la carne desgarrada y contempla con ojos brillantes cómo se curan los cortes. Luego se pone en pie, se sacude la ropa un poco y me mira de nuevo.

—¿Qué sientes al saber que morirás pronto? —pregunta con una voz ronca y entrecortada que revela la magnitud de su esfuerzo.

—No lo sé —le respondo con un encogimiento de hombros—. Dímelo tú.

Retrocedo un poco y me doy cuenta demasiado tarde de que estoy contra la pared. No es el mejor lugar cuando lo que más necesito es mantenerme en campo abierto, tener espacio de sobra para escapar. Pero solo pienso quedarme aquí un momento, hasta que pueda moverme hacia el otro lado, donde se encuentra mi amuleto. Tan pronto como lo recupere, volveré a colgármelo del cuello y haré lo que haga falta para acabar con esto de una vez.

Haven se encuentra delante de mí, con los brazos sueltos a los costados y moviendo los dedos con frenesí. Tiene los pies bien separados y las rodillas ligeramente flexionadas. Está preparándose para atacar, para abalanzarse sobre mí.

Aprovecho el momento para estudiarla con detenimiento, para percibir su energía e intentar determinar por qué lado atacará. Pero ella está tan trastornada, tan desconectada de sí misma y de todo lo demás, que es como intentar ver algo a través de una nube de electricidad estática. Es imposible interpretar sus intenciones.

Cuando ataca, mantiene el puño en alto apuntándome al estómago, así que me muevo de inmediato para bloquearlo.

Jamás imaginé que cambiaría de objetivo en el último momento.

Jamás imaginé que alguien tan colgado e inestable pudiera maniobrar de esa manera.

Veo el brillo demente y triunfal de sus ojos cuando su puño me acierta en la garganta.

Me ha dado en el punto más débil: en mi quinto chakra, el centro de la falta de discernimiento, del uso indebido de la información y de la confianza en la gente equivocada.

Lo ha golpeado con tal fuerza y rapidez que tardo un instante en darme cuenta de lo que ha ocurrido.

Un segundo después me siento abrumada por un dolor insoportable.

Un segundo después, estoy fuera de mi cuerpo, flotando, girando, observando la mirada desdeñosa de Haven y el cuerpo abatido de Jude.

Y luego me encuentro en medio de una hermosa y efímera expansión de cielo azul. Al momento siguiente, todo desaparece, se desvanece, y el mundo entero se vuelve negro.

Capítulo veintiséis

¿Sabes eso que dicen sobre que cuando mueres toda tu vida pasa ante tus ojos?

Bueno, pues es cierto.

Es justo lo que me ocurrió a mí.

Aunque no la primera vez. La primera vez que morí fui directamente a Summerland.

Esta vez, sin embargo, ha sido diferente.

Esta vez puedo verlo todo.

Cada momento importante y decisivo de mi vida actual, así como de todas las anteriores.

Las imágenes giran a mi alrededor mientras caigo a través de un sólido espacio carente de toda luz. Me abruma una sensación aterradora y familiar a un tiempo, así que me esfuerzo por recordar cuándo experimenté esto antes.

Y entonces lo recuerdo.

Shadowland.

El hogar de las almas perdidas.

El abismo eterno que aguarda a los inmortales como yo.

Ahí es justo donde me dirijo, y siento lo mismo que cuando lo experimenté a través de Damen.

Salvo por lo de las imágenes.

Esa parte no me la enseñó.

Y no tardo mucho en descubrir por qué.

Ahora entiendo por qué se sentía tan asustado cuando regresó de Shadowland.

Por qué volvió tan diferente, tan humilde y tan cambiado.

Caigo a toda velocidad, pero me veo afectada por una especie de gravedad inversa tan fuerte que me da la sensación de que se me van a salir las tripas por los hombros y la cabeza. Y, entretanto, las imágenes se desarrollan a mi alrededor.

Al principio solo son atisbos, imágenes efímeras en las que me veo con los atuendos de mis vidas anteriores, pero en cuanto me acostumbro a la sensación, en cuanto me acostumbro al movimiento y a la velocidad, aprendo a aminorar, a concentrarme. Las observo una a una mientras pasan como un arroyo a mi lado.

Limpio.

Sin cortes.

Un arroyo en el que se aprecian todas las partes que Damen no quería que viese.

Empieza por el principio, en mi primera vida en París, cuando era una sirvienta pobre y huérfana llamada Evaline. Se me encoge el corazón al contemplar algunas de las tareas más desagradables que me vi obligada a realizar; la clase de cosas horribles que Damen impidió que viera.

Todo se desarrolla tal y como él me lo contó hasta que veo a Jude, que por entonces era un joven encargado de los establos con un cuerpo delgado y musculoso, una mata de pelo color arena y unos penetrantes ojos castaños. Contemplo cómo empezamos a acercarnos el uno al otro, muy despacio al principio (una mirada por aquí, una breve conversación por allá); luego, cuando nos sentimos más cómodos, comenzamos a coquetear, a hacernos promesas. Promesas que pretendo cumplir hasta que aparece Damen y el mundo se abre bajo mis pies.

Estaba convencida de que usó algún truco, de que utilizó sus encantos inmortales o algo así. Porque siempre consigue aparecer en el momento apropiado, en el lugar adecuado. Siempre consigue impresionarme con algo espectacular. Pero lo cierto es que nada de eso resulta necesario, porque la verdad (esa verdad que no he podido ver con claridad hasta ahora) es que no fue la magia lo que atrapó mi corazón. La magia no tuvo absolutamente nada que ver.

Damen me conquistó desde el primer momento. Desde que lo vi por primera vez.

Damen me conquistó mucho antes de que llegara a saber quién era o de qué era capaz.

Su poder de atracción, el motivo por el que me enamoré de él tan rápido, no era cosa de magia. Se debía a que Damen era…, bueno, sencillamente Damen.

Después de presenciar todo nuestro cortejo (las escenas que revivimos en Summerland y las que no, incluida mi horrible muerte a manos de Drina), paso a mi siguiente vida. Vuelvo a ser la puritana con un padre estricto, una madre fallecida mucho tiempo atrás, un guardarropa consistente en tres vestidos deprimentes y una existencia más deprimente aún. El único punto luminoso en el horizonte de mi anodina vida es un parroquiano devoto con una oscura melena desgreñada, una sonrisa generosa y unos ojos amables que reconozco de inmediato como los de Jude. Es un feligrés a quien mi padre aprueba y con quien me anima a intimar... Pero solo hasta el día en que aparece Damen sentado en un banco de la iglesia y todo mi mundo, todo mi futuro, se queda patas arriba. Poco después de verlo, poco después de conocerlo, hago la promesa de abandonar mi vida de humilde obediencia para abrazar la suya, mucho más glamurosa. Hasta que, por supuesto, Drina le pone fin.

Drina siempre le pone fin.

Mi padre queda desolado; Jude, se encierra en sí mismo; y Damen vaga por el plano terrestre en un eterno estado de agonía, esperando a que mi alma regrese para poder reunirnos de nuevo.

Contemplo también mis otras vidas. Veo cómo mi alma se integra en el cuerpo de una niña mimada y extremadamente consentida que crece como la hija frívola y sonriente de un terrateniente adinerado. Abandono sin miramientos a Jude, un conde británico con quien todos daban por hecho que me casaría, en favor de un desconocido alto y moreno que ha aparecido de la nada. Pero una vez más, gracias a Drina, mi vida termina de un modo trágico antes de tener la oportunidad de dar a conocer mi elección. No obstante, mi corazón sabe cuál era el resultado final.

Es el turno de Amsterdam, donde viví como la hermosa, tórrida y provocativa musa de asombrosa melena de pelo rojo. Coqueteo con Jude, al igual que he hecho con tantos otros antes de él, hasta que llega Damen y me roba el corazón.

No utiliza ningún tipo de truco, nada de magia. Me consigue siendo quien es. Ni más ni menos. Desde el momento en que pongo los ojos en él, ninguno de los demás tiene la menor oportunidad.

Sin embargo, la vida que más me interesa es la vida que se muestra en último lugar.

Mi vida sureña.

Cuando viví y trabajé como esclava.

Cuando Damen me liberó a expensas de mi felicidad.

Contemplo cómo se desarrolla mi miserable existencia desde una infancia que en realidad nunca mereció ese nombre. Lo único bonito de esa vida fue… un breve beso de Jude.

Ambos nos escabullimos para reunirnos en el granero justo cuando el sol empieza a ponerse. No sé muy bien qué me acelera más el corazón: si el nerviosismo del que espero sea mi primer beso o el miedo a que descubran que he descuidado el trabajo. Sé que el castigo por una cosa así es una tremenda paliza… o algo peor.

Con todo, estoy decidida a mantener la promesa de reunirme con él. Me siento abrumada por una extraña sensación de alegría, un inesperado estallido de felicidad, cuando veo que él ya está allí.

Me sonríe con torpeza y yo asiento con la cabeza en respuesta. De repente me siento muy tímida y temo parecer demasiado ansiosa. Sin embargo, me fijo enseguida en que le tiemblan las manos, en lo mucho que mueve los ojos, y entonces comprendo que no soy la única que se siente así.

Intercambiamos unos cuantos halagos, las cortesías de rigor a las que ninguno de los dos les prestamos demasiada atención. Entonces, justo cuando empiezo a pensar que ya me he ausentado demasiado tiempo, que debo regresar antes de que alguien se percate de mi ausencia, él se lanza.

Se inclina hacia mí y sus ojos castaños me miran con tanto amor, con tanta calidez, que me dejan sin aliento. Luego los cierra despacio, y puedo ver sus oscuras pestañas rizadas apoyadas sobre una piel oscura y brillante, y también un par de labios encantadores que se acercan a los míos. El tacto fresco de su boca me resulta suave y familiar, y me provoca una maravillosa sensación de calma que recorre todo mi cuerpo.

El beso perdura incluso después de acabar. Perdura incluso cuando aparto a Jude de un empujón, me doy la vuelta y me levanto las faldas para correr hacia la casa.

Sigo notando su contacto y su sabor mientras repito en silencio la promesa susurrada de encontrarnos al día siguiente, en el mismo sitio y a la misma hora.

No obstante, unas horas antes de la cita acordada se presenta Damen.

Aparece de la nada, al igual que en mis vidas anteriores. En esta ocasión, sin embargo, no malgasta el tiempo con cortejos prolongados, ni siquiera me hace ningún cumplido. Tiene demasiada prisa.

Está decidido a comprarme. A liberarme de una cruel vida de brutalidad y servidumbre, y a sustituirla por una existencia opulenta llena de privilegios, muy distinta a la que estoy acostumbrada.

Estoy convencida de que me miente, de que es un truco. Me parece imposible que algo así sea cierto.

Tan segura estoy de que mi vida ha dado un cambio a peor que lloro por mi madre, por mi padre, y estiro los brazos hacia Jude. Quiero que me sujete, que me proteja, que impida que me lleven lejos. Tengo la certeza de que me están apartando de la única felicidad que he conocido para darme algo mucho peor. Estoy aterrorizada, sumida en un torbellino de agitación y miedo. Desconfío de este nuevo amo de voz dulce que me habla con susurros amables, que me trata con respeto y me mira con una adoración que no he conocido antes y que no considero real.

Me muestra con delicadeza mi nueva habitación, para mi sola, en mi propia ala de una casa mucho mayor y más hermosa de la que solía limpiar. Mis únicas tareas son dormir, comer, vestirme y soñar, sin la amenaza de tareas extenuantes ni de dolorosas palizas.

Mientras me señala las características de mis nuevos aposentos (con mi propio baño privado, una cama con dosel, un armario lleno de preciosos vestidos y un tocador lleno de las más lujosas cremas de importación, perfumes y brochas con mango plateado), me dice que me tome el tiempo que necesite, que la cena estará lista cuando yo esté preparada.

Nuestra primera comida juntos transcurre en el más absoluto silencio. Estoy sentada frente a él, ataviada con el vestido más elegante que he visto en toda mi vida. Estoy absorta en el suave tacto del tejido sobre mi cuerpo, en la forma en que reposa sobre mi piel perfumada, mientras picoteo de la comida y él da sorbos de su bebida roja. Tiene la mirada perdida y parece sumido en sus pensamientos, aunque me observa de reojo de vez en cuando, cuando cree que no me doy cuenta. Tiene el ceño fruncido, un rictus serio en la boca y una mirada penetrante y confusa que me dice que hay algo que le preocupa, que debe tomar una decisión.

Y aunque espero lo peor, nunca llega. Termino de cenar, le deseo buenas noches y regreso a un cuarto entibiado por una chimenea bien atendida y una cama con sábanas del algodón más fino.

Me despierto temprano a la mañana siguiente y corro hacia la ventana, justo a tiempo para ver cómo se aleja a caballo. Mis ojos lo siguen con desesperación. Estoy convencida de que todo se ha acabado, de que me ha traído aquí solo para dejarme en manos de alguien que me golpeará hasta la muerte solo para divertirse.

Sin embargo, estoy equivocada, porque él regresa esa misma tarde. Sonríe al saludarme, pero sus ojos revelan una trágica historia de derrota.

Le gustaría contarme la verdad, pero no quiere enfadarme ni asustarme más de lo que ya lo estoy, así que al final decide mantener en secreto las noticias, enterrar la horrible verdad que acaba de descubrir. En su opinión, si no llego a enterarme, no me hará daño.

Pero aunque nunca llegué a descubrir la verdad en esa vida, Shadowland me revela generosamente todo aquello que él me ocultó.

Me muestra lo que ocurrió cuando se marchó a caballo aquel día. Dónde fue, a quién vio, con quién habló. Toda la sórdida escena.

Regresó a la plantación con la intención de comprar a mi madre, a mi padre, a Jude y a todos los demás. Quería traerlos a la casa para que disfrutaran de la libertad, y ofreció una exorbitante suma de dinero, una cantidad desconocida incluso para los más ricos del lugar. Pero la rechazaron sin tomarse siquiera tiempo para pensárselo. Lo despacharon al instante. Estaban tan impacientes por librarse de él que enviaron a un capataz para que lo acompañara fuera de la propiedad.

Un capataz que, sin ningún género de dudas, no es en absoluto lo que aparenta.

Resulta evidente por su modo de moverse, por la manera en que se comporta. Muy seguro de sí mismo. Casi perfecto en todo.

Es un inmortal.

Pero no es de los buenos (no es como Damen). Es un renegado. Y esto ocurrió mucho antes de que Damen se enterara de que Roman seguía con vida, de que había fabricado su propio elixir y lo ofrecía libremente. Aun así, sé por la mirada preocupada de Damen que él también ha notado algo.

Como no quiere causar problemas, montar una escena ni hacer algo que ponga las cosas más difíciles a mi familia y a Jude, Damen se marcha. Percibe el miedo que me provoca estar a solas en la mansión y está impaciente por consolarme, aunque jura que volverá a la plantación más tarde, al cobijo de la noche, para liberarlos a todos.

No tiene forma de saber que entonces ya será demasiado tarde.

No tiene forma de saber lo que yo veo: que Roman acecha mientras el amo está ausente, hace lo que tiene que hacer y escapa sin que nadie lo vea.

No tiene forma de saber que provocó el incendio después de que él partiera, que ya era demasiado tarde para detenerlo, demasiado tarde para rescatar a nadie.

El resto de la historia se desarrolla tal y como él dijo: me lleva a Europa y se toma muchas molestias a fin de concederme el tiempo y el espacio necesarios para que aprenda a confiar en él. Para que aprenda a amarlo. Y al final encuentro una verdadera, aunque efímera, felicidad con él.

Hasta que Drina lo descubre y se deshace de mí.

Y, de repente, soy consciente de lo que debería haber sabido siempre.

Damen es el Elegido.

Siempre lo ha sido.

Siempre lo será.

Un hecho que queda aún más claro mientras revivo las escenas de mi vida actual.

Lo veo cuando encuentra mi cuerpo a un lado de la carretera, justo después del accidente. No solo soy un testigo, en realidad puedo sentir y experimentar la insufrible agonía que siente por haberme perdido de nuevo. Su dolor se convierte en mi dolor. La tremenda intensidad de su dolor me deja sin aliento mientras suplica ayuda. Mientras batalla con la decisión de convertirme o no en alguien como él.

También siento su sufrimiento el día que reúne el coraje suficiente para decirme lo que ha hecho y quién soy, el día que le grito, que lo rechazo, que le digo que se vaya, que me deje en paz y que no vuelva a dirigirme la palabra.

Experimento toda la fuerza de su confusión cuando cae bajo el hechizo de Roman. Su entumecimiento, la incapacidad para controlar sus actos, sus palabras. Todo ha sido cuidadosamente orquestado por Roman, que lo manipula para que sea cruel, para que me haga daño. Aunque yo ya lo había imaginado, aquí en Shadowland puedo sentirlo y sé, ahora mejor que nunca, que sin importar lo que hiciera o dijera, no era él mismo.

Se limitaba a seguir acciones programadas. Su mente y su cuerpo bailaban al son de Roman, pero su corazón, que se negaba a dejarse controlar, jamás se apartó del mío.

Incluso cuando me permitió elegir entre Jude y él, me amaba igual que siempre. Tanto que no tenía claro si podría soportar el dolor de perderme de nuevo; sin embargo, estaba convencido de que hacía lo correcto, lo más noble, y se había preparado para perderme si esa era mi elección.

Veo cómo pasa los días sin mí; noto que se siente perdido, solo y desgraciado. Lo acosan momentos del pasado, y está seguro de que se merece lo que le ocurre. Aunque lo abruma la alegría cuando regreso a su lado, por dentro no tiene claro que se lo merezca.

Siento cómo mantiene a raya el miedo cuando la magia negra se apoderó de mí… y también siento sus ganas de perdonarme todas las cosas que hice mientras estaba bajo su influencia.

Experimento su amor de una forma tan profunda e intensa que me siento abrumada. Abrumada al ver que no ha vacilado ni una sola vez con el paso de los siglos, ni siquiera este último año tan tumultuoso.

Abrumada al ver que no se ha cuestionado nunca lo que siente por mí, aunque yo sí que me haya cuestionado lo que siento por él.

Y, aunque lo he apartado de mí de vez en cuando, ahora me doy cuenta de algo en lo que no había caído: mi amor por él siempre ha sido fiel.

Tal vez haya flaqueado, lo haya criticado y me haya desviado del buen camino, pero esa confusión existía solo en mi cabeza.

Dentro de mí, mi corazón sabía la verdad.

Y ahora sé que Haven se equivocaba.

No en todos los casos una de las personas ama más que la otra.

Cuando dos personas están realmente destinadas a estar juntas, se aman por igual.

De manera diferente…, pero por igual.

Lo más irónico es que, ahora que lo comprendo por fin, ahora que sé la verdad sobre él y sobre mí, me veo obligada a pasar el resto de la eternidad suspendida en el abismo, reflexionando sobre todo lo que he perdido.

Envuelta en una capa eterna de oscuridad, desconectada de todo y de todos los que me rodean. Acosada por los errores pasados, que siempre me acompañarán, como una película eterna que se repite una y otra vez para mostrarme lo que podría haber sido si hubiera tomado otras decisiones.

Si hubiera seguido los dictados de mi corazón en vez de los de mi cabeza.

Hay algo que ha quedado muy claro: si bien es cierto que Jude y yo siempre hemos estado cerca, que siempre ha sido amable, cariñoso y generoso conmigo, Damen es mi única y verdadera alma gemela.

Abro la boca, desesperada por pronunciar su nombre, desesperada por sentirlo en los labios y la lengua, desesperada por llegar hasta él de algún modo.

Pero no se escucha nada.

Y, si se escucha, nadie puede oírme.

Esto es todo.

Mi eternidad.

Desconectada.

A oscuras.

Atormentada sin cesar por un pasado que no puedo cambiar.

Consciente de que Drina está cerca. Y también Roman. Cada uno atrapado en su propia versión del infierno, sin poder acercarse, sin un final a la vista.

Así pues, hago lo único que puedo hacer: cierro los ojos y me rindo, pensando que, al menos, ahora ya lo sé.

Al menos he encontrado la respuesta que busqué durante tanto tiempo.

En el abismo, con un susurro inaudible, mis labios se mueven sin cesar, con rapidez y en silencio. Pronuncian su nombre, lo llaman.

Aunque no sirva de nada.

Aunque sea inútil.

Aunque sea demasiado tarde.

Capítulo veintisiete

El sonido de su voz flota hasta mí, a través de mí, a mi alrededor. Es un murmullo vago y distante que atraviesa océanos, continentes y galaxias para encontrarme.

Pero no puedo contestar. No puedo responder de ninguna forma. Es inútil. Irreal.

Un truco de la mente.

Una burla de Shadowland.

Nadie puede llegar hasta mí aquí.

Mi nombre suena como una súplica en sus labios.

—Ever, cariño, abre los ojos y mírame… por favor —me dice.

Palabras familiares que estoy segura de haber oído antes.

Y, al igual que en la ocasión anterior, me esfuerzo por obedecerlas.

Levanto poco a poco los párpados y lo descubro mirándome. Su frente se contrae con alivio mientras esos ojos oscuros se clavan en los míos.

Pero no es real. Se trata de alguna especie de truco. Shadowland es un lugar cruel y solitario, y no puedo permitirme el lujo de dejarme engañar.

Sus brazos me rodean y me acunan. Dejo que lo hagan, me hundo en sus profundidades porque, aunque no sean reales, me resultan demasiado agradables para resistirlos.

Lo intento una vez más, intento pronunciar su nombre, pero él me coloca los dedos sobre los labios y los aprieta con suavidad.

—No hables. No pasa nada —me susurra con suavidad—. Estás bien. Todo ha acabado.

Sin dejar de mirarlo, hago ademán de apartarme, ya que no estoy del todo convencida. En busca de alguna prueba, me llevo los dedos a la garganta para explorar el punto en el que me golpeó el puño de Haven.

Acabó conmigo.

Recuerdo que sentí mi muerte por segunda vez en esta vida.

Recuerdo que no se pareció en nada a la primera vez.

Recorro su rostro con la mirada y veo la preocupación que arruga su frente, el alivio que inunda sus ojos. Quiero que comprenda lo que ha ocurrido en realidad.

—Ella me mató —le digo—. A pesar de todas las prácticas y los entrenamientos, al final no fui rival para ella.

—No te mató —susurra—. De verdad, todavía estás aquí.

Me esfuerzo por incorporarme, pero él se limita a estrecharme con más fuerza. Así pues, contemplo la tienda y me fijo en los montones de cristales rotos, en las estanterías volcadas. Es la viva imagen de algún desastre, un terremoto, un tornado o una catástrofe brutal.

—Pero fui a Shadowland... Vi...

Cierro los ojos y trago saliva para deshacer el nudo que cierra mi garganta. Me quedo callada el tiempo suficiente para que él intervenga.

—Lo sé. Sentí tu desesperación. Pero aunque es probable que a ti te pareciera una eternidad (eso me pareció a mí cuando estuve en tu lugar), no pasó el tiempo necesario para que se rompiera el cordón plateado que une el alma al cuerpo. Y por eso pude traerte de vuelta.

Sin embargo, aunque habla con mucha confianza, aunque asiente y me mira a los ojos con una certeza absoluta, sé que se equivoca. Puede que mi cordón siga intacto, pero sé con seguridad que morí. Y solo hay una razón por la que estoy de vuelta.

Solo hay una razón por la que he vencido a mi chakra débil.

En el momento en que comprendí la verdad sobre mí, sobre nosotros... En el momento en que tomé la decisión correcta, me recuperé de algún modo.

—Ella me golpeó en mi talón de Aquiles, en el quinto chakra, y luego... lo vi todo. —Levanto la vista hacia él. Quiero que lo sepa, que me escuche de verdad—. Lo vi todo, hasta el último detalle de todas nuestras vidas. Incluyendo las cosas que tanto empeño pusiste en ocultarme.

Damen respira hondo y me mira con un millar de interrogantes, aunque hay uno en particular que se cierne sobre nosotros.

No pierdo el tiempo con respuestas. Le rodeo el cuello con los brazos y lo acerco a mí, vagamente consciente del velo de energía que separa nuestros labios, mientras mi mente se une con la suya para informarle de todo lo que vi. Para decirle que ahora lo entiendo.

Que he aceptado la verdad.

Que jamás volveré a dudar de él.

Nos quedamos así, apretados el uno contra el otro, convencidos de que acaba de ocurrir un milagro.

No solo he renacido. He despertado en todos los sentidos.

Me aparto un momento y le hago una pregunta con la mirada que él se apresura a responder.

—Noté tu angustia. Vine aquí en cuanto pude y me encontré la tienda destruida y a ti… muerta. Pero regresaste enseguida, aunque seguro que a ti te pareció una eternidad. Así funciona Shadowland.

—¿Y Jude? —Me da un vuelco el corazón cuando examino la sala y no logro encontrarlo por más que me esfuerzo.

Y la opresión es aún más fuerte cuando Damen me responde con un hilo de voz.

—Jude ya no está aquí.

Capítulo veintiocho

Lo primero que veo al llegar es lo último que esperaba ver. A las gemelas.

Romy y Rayne están de pie una junto a la otra. Romy va vestida de rosa de la cabeza a los pies, mientras que Rayne va de negro. Se quedan boquiabiertas al verme.

—¡Ever! —grita Romy, que corre a abrazarme. Su cuerpo delgaducho choca contra el mío con tanta fuerza que está a punto de derribarme. Me rodea con sus bracillos y me estrecha con fuerza.

—Estábamos seguras de que te habías quedado atrapada en Shadowland —dice Rayne al tiempo que hace un gesto negativo con la cabeza y parpadea para contener las lágrimas.

Avanza y se queda de pie en silencio junto a su hermana, que sigue aferrada a mí. Y cuando empiezo a dar por sentado que va a soltar algún comentario sarcástico, alguna pulla sobre lo decepcionante que resulta que haya vuelto de una pieza, me mira y añade:

—Me alegro muchísimo de que estuviéramos equivocadas. —Su voz tiembla tanto que apenas es capaz de articular las palabras.

Puesto que reconozco una oferta de paz cuando la veo, la rodeo con el brazo. Me asombra que me permita hacerlo, que se apoye contra mí. No solo me devuelve el abrazo, sino que lo alarga mucho más tiempo del que podría haberme imaginado. Se aparta unos momentos después, para aclararse la garganta, peinarse el flequillo con los dedos y limpiarse la nariz con la manga.

Y aunque me muero por saber cómo han llegado hasta aquí, tendré que esperar. Hay asuntos más importantes.

Sin embargo, ni siquiera tengo la oportunidad de manifestarlos en voz alta.

—Está aquí —dicen al unísono mientras hacen un solemne gesto afirmativo con la cabeza. Se dan la vuelta y señalan el Gran Templo del Conocimiento, que se encuentra a su espalda—. Está con Ava. Todo va bien.

—Entonces… ¿está curado? —pregunto con voz rota, esperando que sea eso lo que han querido decir. El alivio me inunda de inmediato cuando me lo confirman—. ¿Y vosotras? ¿Ahora vivís aquí otra vez?

Intercambian una mirada sombría que desaparece de inmediato cuando encogen los hombros y sueltan una carcajada. Se abrazan muertas de risa, disfrutando de alguna broma privada. Rayne es la primera que se calma.

—¿Quieres que vivamos aquí otra vez? —Alza una ceja y me mira de arriba abajo. Vuelve a ser la de siempre, al menos casi.

—Solo quiero que seáis felices —respondo de inmediato—. Sea donde sea.

Romy sonríe y alza los hombros.

—Seguimos viviendo con Ava. Ahora sabemos cómo venir de visita cuando nos da la gana y, bueno, no sentimos la necesidad de volver a vivir aquí. Además, nos gusta mucho el colegio.

—Sí, y al colegio le gustamos nosotras. —Rayne esboza una extraña y breve sonrisa que le da un brillo especial a sus ojos—. Nos han elegido como delegadas de clase.

Asiento con la cabeza. No me sorprende en absoluto.

—Y Romy se ha hecho animadora —añade al tiempo que pone los ojos en blanco.

—Creo que las prácticas con Riley… ya sabes, cuando vivía aquí y salía con nosotras…, me han ayudado mucho. —Romy hace un gesto de modestia con los hombros.

—¿Riley te enseñó a ser animadora? —La miro con los ojos entrecerrados. Eso me ha dejado asombrada, aunque no sé muy bien por qué.

Romy asiente con la cabeza.

—Quería ser como tú, eso ya lo sabes, ¿verdad? Memorizó cada una de las piruetas que hacías y nos las enseñó todas.

Aprieto los labios y me apoyo en Damen. Disfruto de su calidez, firme y fuerte, y del apretón que me da su mano. Sé con seguridad, ahora más que nunca, que puedo tener esto siempre que quiera, siempre que lo necesite. Él siempre estará a mi lado.

Me centro de nuevo en las gemelas.

—Hablando de gente desaparecida…

Romy y Rayne se miran de reojo antes de volver a clavar los ojos en mí.

—Conozco a alguien a quien le encantaría volver a veros.

Visualizo la imagen del viejo inglés con quien me topé en la cabaña donde ellas solían vivir, cuando descubrí la relación que tenían con mi hermana y con Ava, y se la envío telepáticamente a las gemelas.

—No obstante, el viejo parecía estar un poco confundido. Por alguna extraña razón, estaba convencido de que Romy era la testaruda y Rayne la que tenía mejor carácter, cuando creo que todos sabemos que eso no es cierto.

Ambas me miran a mí y después a Damen, y luego estallan en otro ataque de risas. No se molestan en explicarnos de qué se ríen, concentradas como están la una en la otra.

Y así es como nos encuentran Ava y Jude cuando salen del templo y empiezan a bajar las escaleras de mármol.

A las gemelas muertas de risa.

A Damen y a mí juntos, con mi cabeza apoyada en su hombro y las manos entrelazadas.

Y a Jude no le hace falta ver más para saber que la decisión está tomada.

Para saber que Damen y yo estamos destinados a estar juntos.

Que lo que ocurriera entre él y yo terminó hace mucho, antes incluso de empezar.

Se detiene en el último escalón y permite que Ava lo adelante mientras me mira. Me observa durante lo que parece una eternidad, aunque no pronuncia palabra ni intercambia ningún pensamiento conmigo.

Las palabras no son necesarias, ya que el mensaje está muy claro.

Luego respira hondo, se toma un momento para recuperarse y asiente para mostrar su resignación. Los dos sabemos que he tomado una decisión, y que jamás volveré a cuestionármela.

Se concentra en Ava y en las gemelas, y decide acompañarlas hasta su viejo hogar, aunque solo sea para no tener que pensar en lo que cree que acaba de perder.

Y están a punto de marcharse cuando hago una pregunta a las gemelas.

—Una cosa, chicas, ¿cómo lo hicisteis? ¿Cómo conseguisteis regresar aquí?

Ava resplandece de orgullo, y Romy, después de intercambiar otra miradita con su hermana, es quien me responde.

—Dejamos de concentrarnos en nosotras mismas y nos centramos en otra persona, para variar.

Entorno los párpados, no muy segura de haberlo entendido.

—Estábamos con Damen cuando te encontró —explica Rayne—. Y cuando vimos a Jude y lo mal que estaba… Bueno, supimos que solo había una forma de salvarlo y era traerlo aquí, a Summerland.

—Lo que significa que nuestro deseo de volver aquí ya no era por nosotras, sino por él. Nuestra única intención era ayudarle. —Romy sonríe—. Y funcionó.

—Tal y como dijo Ava —añade Rayne al tiempo que la mira con admiración—. Es lo que ella dice siempre… —Se queda callada y le hace un gesto a Ava—. Bueno, deberías decirlo tú, ya que es tu discursito y todo eso.

Ava se echa a reír y se toma un momento para alborotarle el pelo a Rayne. Luego estrecha a las gemelas, una a cada lado, y me mira fijamente.

—Todo se reduce a la intención. Cuando te obsesionas con un problema, lo único que consigues es atraer ese problema. Pero si te concentras en ayudar, tu energía se focaliza en la forma de ayudar y no en el problema. Antes, cuando las gemelas no podían volver a Summerland, se debía a que estaban demasiado absortas en sí mismas y en su problema para regresar aquí. Sin embargo, esta vez su única preocupación era Jude, así que volvieron aquí al instante. En resumen: siempre que buscas una solución, te llenas de una emoción positiva; y siempre que te centras en un problema, te llenas de emociones negativas que, como bien sabes, no te llevan a ninguna parte. Una vez que dejas de concentrarte en ti mismo y en tus deseos, una vez que te centras en conseguir lo que quieres para ayudar a otro, el triunfo está asegurado —dice con un tono de voz dulce y suave—. Esa es la clave del éxito.

Rayne encoge los hombros, sonríe y hace un gesto negativo con la cabeza.

—¿Quién lo habría imaginado? —dice.

Sí, ¿quién lo habría imaginado?, me pregunto con una sonrisa. Y cuando veo que Ava nos mira a Damen y a mí, sé de manera instintiva que aprueba mi elección. Luego me concentro en Jude, que gracias a la maravillosa magia sanadora de Summerland, está tan fuerte, tan mono y tan atractivo como siempre.

Como si Haven no hubiera estado a punto de acabar con él.

Como si yo no le hubiera roto el corazón.

Es el tipo de chico que sería una bendición para cualquier chica.

El tipo de chico a quien he tenido la fortuna de conocer.

Cierro los ojos y manifiesto mi propia estrella de los deseos en el cielo de Summerland, justo encima de su cabeza. Sé que los deseos no siempre se cumplen de la manera que pensamos, pero si tienes fe y no te cierras en banda, hay muchas posibilidades de que se hagan realidad. Porque, aunque en su momento no me di cuenta, eso es lo que hizo mi estrella por mí.

Me envió a Shadowland, donde pude encontrar las respuestas que buscaba.

Y antes de que se vayan, antes de que mi estrella se desvanezca, respiro hondo y pido un deseo para Jude.

Pido que no se encierre en sí mismo, que conserve las esperanzas y que tenga fe en que hay alguien ahí fuera que será mucho mejor para él de lo que yo podría haber sido jamás.

Deseo que encuentre a la persona que lo querrá tanto como él a ella.

Deseo que encuentre lo que yo he encontrado con Damen.

Y dejo que se vaya con ese deseo. Dejo que mi estrella brille en lo alto hasta consumirse. Ellos se marchan en una dirección, mientras que Damen y yo caminamos hacia la otra cogidos de la mano, felices y contentos. Vamos al pabellón.

—¿Estás segura? —me pregunta justo antes de entrar. Está claro que no sabe si es una buena idea volver a intentarlo.

Respondo con un asentimiento y tiro de él hacia el interior. Yo estoy muy segura. De hecho, estoy impaciente por empezar.

Hay muchas cosas de la vida sureña que aún no hemos explorado, y a juzgar por lo que vi en Shadowland, había ciertas partes muy hermosas que me encantaría revivir.

Le tiendo el mando a distancia mientras me sitúo frente a la pantalla con una sonrisa.

—Pásalo hacia delante, hasta las partes buenas. Hasta que aseguras mi libertad, te ganas mi confianza y me llevas a Europa…

Capítulo veintinueve

Cuando salimos de allí, no sé muy bien cuánto tiempo ha pasado. Puesto que Summerland existe en un estado perpetuo de neblina diurna en el que todo ocurre en un infinito tiempo presente, me resulta imposible averiguarlo.

Lo único que sé con seguridad es que tengo los labios doloridos e hinchados, y las mejillas ruborizadas y algo abrasadas por la barba incipiente de la mandíbula de Damen. Algo que desaparecerá en cuestión de segundos.

Mucho más rápido que el enfado de Sabine por haberme ausentado de casa durante tanto tiempo.

Mucho más rápido que la sonrisa triunfante de Haven, que cree que ha conseguido matarme.

Con todo, aunque sé que debo volver a casa y enfrentarme a esas dos cosas, no tengo ganas. No tengo ganas de abandonar la magia tan pronto. Y está claro que a Damen tampoco le apetece nada, porque hace aparecer un semental blanco para cabalgar. Dejamos que el caballo vaya hacia donde quiera mientras disfrutamos del paisaje.

Apoyo la barbilla en su hombro y le rodeo la cintura con los brazos mientras cabalgamos junto a arroyos de aguas rápidas, bajamos por senderos llenos de guijarros, cruzamos extensos prados cuajados del gorjeo de los pájaros y del delicioso aroma de las flores, seguimos la orilla de una hermosa playa de arena blanca y aguas turquesa, subimos por una senda serpenteante y empinada que conduce a una cima montañosa donde se aprecian unas vistas maravillosas, y descendemos por el otro lado antes de atravesar las arenas yermas del desierto.

Cabalgamos incluso por las calles de nuestras antiguas vidas. Damen hace aparecer réplicas de París, Nueva Inglaterra, Londres, Amsterdam y, sí, también de las tierras del sur antes de la guerra. Llega incluso a mostrarme un atisbo de su antigua vida en Florencia, Italia. Me señala la diminuta casa en la que vivía, el taller de su padre al otro lado del callejón, los tenderetes donde su madre y él solían comprar.

Me muestra breves imágenes de sus padres, formas sin alma que parecen enfocarse y desenfocarse ante nuestros ojos. Sé que los he visto antes, cuando escudriñé su vida en el Gran Templo del Conocimiento, pero la verdad es que quiero verlos tal y como él los ve. Quiero compartir todos los detalles de su vida, de las vidas que pasamos juntos, hasta que no quede ni un solo secreto entre nosotros. Hasta que por fin todo encaje a la perfección. Hasta que la historia de nuestras vidas esté completa.

Y puesto que me siento más cerca de él que nunca, puesto que estoy completamente segura de que estamos juntos en esto para bien o para mal, decido mostrarle algo que le había ocultado.

Cierro los ojos y animo a nuestra montura a llevarnos a ese lugar. Al lado oscuro de Summerland. El lugar que no había mencionado, que me había guardado para mí. Por alguna razón, tengo la certeza de que este es el momento apropiado para compartirlo con él.

El caballo sigue de inmediato mi orden y cambia de dirección.

—Hay algo que no te he contado —le digo a Damen mientras pego los labios a la curva de su oreja—. Algo que necesito que veas.

Él se gira para mirarme por encima del hombro. Su sonrisa se desvanece en cuanto ve mi expresión seria.

Me limito a asentir con la cabeza y a instar al caballo a avanzar. Me doy cuenta de que estamos cerca cuando el animal empieza a aminorar el paso y tengo que acicatearlo para que siga adelante. Lo sé por la forma en que cambia de repente la atmósfera, porque el cielo se oscurece, la neblina se hace más densa, y lo que antes era un bosque floreciente y lleno de plantas y flores empieza a convertirse en una zona pantanosa lóbrega, lluviosa y llena de barro.

Nuestro caballo se detiene. Mueve la cola de lado a lado y echa la cabeza hacia atrás a modo de protesta. Se niega a avanzar más. Como sé que es inútil obligarlo, me bajo de la montura y le hago una señal a Damen para que haga lo mismo.

—Encontré este lugar hace un tiempo —le digo en respuesta a la pregunta que veo en su mirada—. El día que estaba en Summerland con Jude y me encontré contigo. Extraño, ¿no crees?

Entorna los párpados y lo examina todo, desde el suelo embarrado hasta los árboles malnutridos. Las ramas, frágiles y quebradizas, no tienen ni el menor rastro de follaje. No hay ningún signo de crecimiento o de vida, a pesar de la constante lluvia.

—¿Qué es esto? —pregunta mientras sigue con su exploración visual.

—No lo sé. —Encojo los hombros y hago un gesto negativo con la cabeza—. La última vez que estuve aquí, lo encontré más o menos por casualidad. Supongo que en realidad no fue una casualidad, ya que las casualidades no existen aquí, pero la verdad es que no lo buscaba ni nada de eso. Solo quería matar el tiempo mientras esperaba a que Jude saliera del Gran Templo del Conocimiento. Y por eso, para mantenerme ocupada y tener algo que hacer, le pedí a Summerland que me mostrara lo único que no había visto antes, la única cosa que necesitaba saber. Y mi caballo me trajo hasta aquí. Sin embargo, cuando intenté avanzar para explorar un poco más, la yegua se negó en redondo, igual que ha hecho nuestro caballo ahora. Intenté seguir por mi cuenta, pero la capa de barro era tan profunda que me llegaba a las rodillas y me rendí al poco rato. No obstante, ahora me parece...

Damen me mira, intrigado.

—Bueno, me parece más grande que antes. Es como si... —Me quedo callada mientras miro a mi alrededor—. Como si estuviera creciendo o expandiéndose, o algo así. —Niego con la cabeza—. No sé, es muy difícil de explicar. ¿Tú qué piensas?

Respira hondo y me mira con preocupación, como si intentara protegerme de algo. Pero la expresión desaparece enseguida. Eso ocurría antes. Ahora no guardamos secretos.

Se toquetea la barbilla antes de empezar a hablar.

—¿Quieres que sea sincero? No tengo ni idea de qué pensar. Jamás había visto algo parecido; aquí no, al menos. Pero, si te digo la verdad, Ever..., no me provoca buenas sensaciones.

Asiento muy despacio. Observo una bandada de pájaros que alzan el vuelo. Ponen mucho cuidado en mantenerse fuera del perímetro de esta zona. Se niegan a acercarse a los lugares más oscuros.

—¿Sabes?, poco después de conocernos, Romy y Rayne me dijeron que Summerland contiene la posibilidad de todas las cosas. Tú mismo lo dijiste una vez también.

Damen se limita a mirarme.

—Bueno, pues si eso es cierto, quizá esto sea… no sé, ¿el lado oscuro? Puede que Summerland se parezca al yin y el yang. Ya sabes, que tenga partes iguales de oscuridad y de luz.

—Espero que no sean iguales —dice con expresión alarmada. Luego da un suspiro y añade—: Vengo aquí desde hace mucho tiempo. Desde hace muchísimo tiempo. Y te aseguro que creía haberlo visto todo, pero esto… —Sacude la cabeza—. Esto es totalmente nuevo. No se parece al Summerland sobre el que he leído y estudiado. No se parece en nada al Summerland que he experimentado. Y si esto no estaba aquí al principio, si este lugar es realmente nuevo… Bueno, algo me dice que no puede ser bueno.

—¿Exploramos un poco? ¿Echamos un vistazo rápido a los alrededores para ver si podemos descubrir más cosas?

—Ever… —Entorna los párpados. Está claro que no siente ni de lejos la misma curiosidad que yo—. No estoy seguro de que sea una buena…

Pero no dejo que termine. Ya he tomado una decisión, así que ahora solo tengo que convencerlo.

—Solo un vistacillo rápido y luego nos vamos —le digo. Veo la duda en sus ojos y sé que estoy a punto de lograr mi objetivo—. Pero debo advertirte de que la capa de barro es muy profunda, así que prepárate para hundirte hasta las rodillas.

Damen deja escapar un largo suspiro y duda un instante más, aunque ambos sabemos que ya está decidido. Al final, me da la mano y los dos nos adentramos en el barro. Echamos una ojeada por encima del hombro para ver a nuestro caballo. El animal ha erguido las orejas, patea inquieto el suelo con los cascos y no deja de resoplar mientras nos mira como diciendo: «Estáis locos si creéis que voy a seguiros».

Avanzamos bajo la lluvia incesante hasta que nuestra ropa se empapa y el cabello se nos pega a la cara y al cuello. Nos detenemos de vez en cuando para mirarnos con las cejas enarcadas en un gesto interrogante, pero seguimos andando hacia delante.

El barro ya nos llega hasta las rodillas cuando recuerdo una cosa que ocurrió la última vez que estuve aquí.

—Cierra los ojos e intenta hacer aparecer algo —le pido a Damen—. Cualquier cosa. ¡Rápido! Trata de manifestar algo que nos resulte útil, como un paraguas o un sombrero para la lluvia.

Puedo ver en sus ojos lo que piensa. Y aunque no es nada útil, es, sin duda, encantador. Un tulipán. Un tulipán rojo. Sin embargo, permanece tan solo en su mente. Se niega a materializarse ante nosotros.

—Pensé que a lo mejor solo me ocurría a mí. —Recuerdo la horrible y devastadora ocasión en que estuve aquí por primera vez—. En aquella ocasión me sentía tan confundida que creí que este lugar existía por mi culpa. Ya sabes, que era una especie de manifestación física de mi estado interior… o algo así. —Encojo los hombros. Me siento bastante estúpida por haberlo dicho en voz alta.

Estoy a punto de dar otro paso hacia delante cuando Damen estira el brazo por delante de mí y me frena en seco.

Sigo su mirada y la dirección que señala su dedo índice hasta el otro lado del fangoso pantano gris. Ahogo una exclamación cuando veo a una anciana que se encuentra a unos pasos de distancia.

El cabello le cuelga, en mechones blancos y empapados, hasta más abajo de la cintura, y se le pega a una túnica gris de algodón, que combina a la perfección con los pantalones grises que lleva metidos dentro de unas botas altas de lluvia marrones. Sus labios se mueven sin cesar en un murmullo inaudible. Se inclina hacia delante y hunde los dedos en el barro mientras Damen y yo la observamos en silencio, preguntándonos cómo es posible que no la hayamos visto hasta ahora.

Nos quedamos quietos, sin saber muy bien qué podríamos hacer o decir si ella nos viera. Por el momento está como ausente, concentrada en su tarea, sea cual sea. Al final, deja de escarbar, extiende la mano hacia una pequeña regadera de metal y empieza a regar la zona, que ya está empapada.

No es hasta que se da la vuelta, hasta que gira el rostro hacia nosotros, cuando me doy cuenta de lo anciana que es. Su piel es tan fina, tan delgada y transparente, que casi se puede ver lo que hay debajo. Sus manos son enjutas, con enormes bultos que parecen dolorosos al tacto. Sin embargo, son sus ojos los que cuentan la verdadera historia: tienen el color de los vaqueros desgastados. Parecen reumáticos, vidriosos, cuajados de cataratas. Pero incluso a esta distancia, no hay duda de que están clavados en mí.

Sus dedos se aflojan y dejan caer la regadera a sus pies; el barro se la traga a toda prisa, pero la mujer no le presta atención. Levanta el brazo muy despacio y su dedo tembloroso apunta en mi dirección.

—Tú —dice.

El instinto de protección lleva a Damen a situarse delante de mí para impedir que me vea.

Pero no sirve de nada. La mirada de la mujer no vacila mientras sigue apuntándome con el dedo.

—Tú. Eres tú de verdad. Llevamos tanto tiempo esperándote… —repite una y otra vez por lo bajo.

Damen me da un leve codazo para que le preste atención.

—No la escuches, Ever —me susurra con los dientes apretados—. Cierra los ojos e imagina el portal… ¡Ahora!

Pero, aunque lo intentamos, no funciona. No hay una forma rápida de escapar de esto. En este lugar no sirven de nada la magia ni la capacidad de manifestación.

Me agarra la mano y me anima a huir. Se da la vuelta y avanza por el barro, haciendo lo posible por arrastrarme con él. Tropezamos, caemos y nos ayudamos mutuamente mientras continuamos hacia delante. Hacemos cuanto está en nuestra mano para llegar hasta el caballo, para largarnos de aquí.

Para aumentar la distancia que nos separa de esa voz que no deja de perseguirnos.

De la voz que nos atormenta.

De la voz que repite lo mismo una y otra vez:

Se alzará desde el barro
y se elevará hacia los vastos cielos de ensueño.
Y tú-tú-tú te alzarás también…

Capítulo treinta

Empezamos a buscar a Haven desde el momento en que atravesamos el portal. Pero ella nos ve primero.

Lo sé porque deja todo lo que estaba haciendo (deja de hablar, de moverse y casi de respirar) y nos mira con la boca abierta.

Creyó que estaba muerta.

Dio a Jude por muerto.

Sin embargo, parece que las cosas no han salido como ella planeaba.

Asiento a modo de saludo y me tomo un momento para apartarme el pelo del hombro a fin de darle una visión despejada de mi cuello, que sigue sin el amuleto, tal y como ella lo dejó. Quiero que sepa que ya no soy vulnerable. Que ya no me gobierna un punto débil. Ya no me pone en peligro la falta de discernimiento, ni confiar en la gente equivocada, ni utilizar mal los conocimientos.

Lo he superado por completo.

No le dejo más opción que enfrentarse a mí ahora que no puede acabar conmigo.

Y cuando estoy segura de que ha tenido tiempo de sobra para asimilarlo, levanto la mano que está enlazada con la de Damen. La levanto lo justo para que ella lo vea. Quiero que sepa que seguimos juntos, que hemos capeado el temporal, que ni ella ni nada podrá derrotarnos y que será mejor que ni lo intente.

Y aunque se da la vuelta a toda prisa, aunque se gira de nuevo hacia sus amigos e intenta seguir como si todo fuera normal, ambas sabemos que no es así. He hecho una buena muesca en sus planes, y si todavía no ha visto lo grande que es, pronto lo hará.

Pasamos por su lado de camino al banco en el que está sentada Stacia, sola. Lleva la capucha puesta, los auriculares en los oídos y unas enormes gafas de sol que ocultan casi todo su rostro; trata de desviar y obviar el torrente de insultos que le dirigen todos los alumnos que pasan cerca. Espera a que aparezca Damen y la defienda de los demás.

Me detengo, asombrada por lo mucho que se parece a mí. O al menos a la antigua yo. Me pregunto si ella también se ha dado cuenta, si se ha fijado en la ironía del asunto.

Damen me da un apretón en la mano y me mira con expresión interrogante. Se ha tomado mi vacilación como una negativa a seguir adelante, aunque ya lo hemos hablado un millón de veces.

—Me las apañaré. —Asiento con la cabeza y lo miro de reojo antes de añadir—: En serio. No te preocupes. Sé exactamente lo que debo decir.

Sonríe y se inclina para besarme. Sus labios dulces y suaves me rozan la mejilla en un rápido recordatorio de que me ama, de que está conmigo y siempre lo estará. Es sin duda un detalle muy bonito y que aprecio mucho, pero ya no me cuestiono esas cosas.

Stacia aparta la vista del iPod y da un respingo al verme. Compone una mueca de horror y sus hombros se encorvan de manera involuntaria, como si quisieran reclamar el espacio que hay justo por delante de ella.

No tiene ni la menor idea de lo que pretendo, pero está convencida de que, sea lo que sea, no puede ser bueno. Se sube las gafas hasta la frente y mira a Damen con una expresión que dice «Ayúdame», pero él se sitúa a mi lado y no hace nada.

Niego con la cabeza.

—No lo mires a él. Mírame a mí —le digo sin apartar la vista de ella—. Lo creas o no, soy yo quien va a sacarte de este lío. Soy yo quien conseguirá que las cosas vuelvan a ser como eran. O, al menos, que sean «casi» como eran.

Nos mira mientras sus dedos juguetean con el bajo del vestido. No sabe si hablo en serio o si mi intención es vengarme de ella.

Está a punto de levantarse para marcharse, decidida a arriesgarse con las masas hostiles, cuando se lo impido con unas palabras.

—Pero, como seguro que ya has adivinado, hay una condición.

Me mira con recelo, dando por hecho lo peor.

—La condición es que cuando restaure tu posición como reina de la mesa VIP, utilices tu popularidad para hacer el bien, y no el mal.

Niega con la cabeza y estalla en un repentino ataque de risa que acaba casi tan rápido como empezó. Es incapaz de saber si hablo en serio o no, así que mira de nuevo a Damen en busca de una respuesta. Pero la única respuesta que obtiene es un encogimiento de hombros.

—No bromeo. Hablo completamente en serio. Igual lo habías olvidado, pero te has comportado como una auténtica zorra conmigo desde el día que llegué a este instituto. Te encantaba convertir mi vida en un infierno. Y apuesto a que pasabas más tiempo haciendo planes para fastidiarme que estudiando para las pruebas de acceso a la universidad.

Baja la vista hasta las rodillas, ruborizada, mientras enumero la lista de acusaciones. Aunque, cosa inteligente por su parte, decide no hablar. Todavía no he acabado con ella, ni por asomo. Tengo muchas más cosas que decirle.

—Por no mencionar que intentaste robarme el novio delante de mis narices… en más de una ocasión. —La miro con los ojos entrecerrados, sin ninguna piedad—. Pero no vamos a fingir que fui la única a la que torturaste, porque creo que ambas sabemos que eso no es cierto. Cualquier persona a la que considerases más débil que tú en algún sentido…, o incluso a las que considerabas una amenaza, se convertía en un objetivo. Fuiste incluso a por tu supuesta mejor amiga.

Me mira con la nariz arrugada y los ojos entrecerrados, lo que me anima a continuar.

—¿Recuerdas a Honor? —Niego con la cabeza y me pregunto si no estoy perdiendo el tiempo, si es posible llegar hasta alguien tan vano, tan egoísta y tan insensible como ella—. ¿Por qué crees que se volvió en tu contra? ¿Crees que todo es culpa de Haven? Piénsalo bien. Honor llevaba planeando esto desde hace bastante tiempo. Principalmente porque la tratabas como si fuera una mierda (igual que tratas a todo el mundo), pero también porque intentaste robarle el novio, y eso, por lo que tengo entendido, eso fue la gota que colmó el vaso.

Traga saliva con fuerza y se peina el pelo con los dedos para colocarlo de un modo que oculte parte de su rostro. Se niega en redondo a mirarme y no quiere que yo la vea, pero al menos no intenta negar lo que ambas sabemos que es cierto.

—Sin embargo, también me he enterado de que tuviste tanto éxito con eso como cuando trataste de robarme a Damen. —La miro con desdén y hago un gesto de exasperación con la cabeza. Pero lo dejo ahí, suponiendo que ya me he regodeado bastante—. Y a pesar de que tu comportamiento ha sido cruel, calculador y del todo inapropiado, voy a ayudarte a recuperar tu antigua posición.

Estudia mi cara para tratar de averiguar si es verdad, pero vuelve a contemplar sus rodillas bronceadas artificialmente tan pronto como se lo confirmo.

—No lo hago porque me caigas bien, porque, créeme, no es el caso. Ni porque piense que te lo mereces, porque está claro que no es así. Lo hago porque lo que hace Haven, lo creas o no, es peor que lo que hacías tú. Y puesto que yo no tengo ningún interés en convertirme en la reina del instituto, he decidido devolverte esa posición. Pero, como he dicho, hay ciertas condiciones.

Hago una pausa antes de seguir adelante.

—La principal es que a partir de ahora, desde este mismo momento, tendrás que buscar otra manera de subirte la autoestima. Vas a dejar de atormentar a todo el mundo para sentirte mejor, porque eso es lo más rastrero y vil que una persona puede hacer. Y si esta experiencia, este revés social, no te lo ha demostrado, entonces no sé qué lo hará. Ahora que has experimentado lo que es estar al otro lado, ahora que sabes de primera mano lo que se siente cuando te dan de lado y te tratan tan mal como tú solías tratar a todo el mundo, supongo que no querrás que la gente vuelva a pasar por eso. Pero puede ser que sí que quieras. En realidad, contigo nunca se sabe.

Sigue sentada con los hombros encorvados, y su cabello forma una cortina entre nosotras. Su cabeza sube y baja mientras entrechoca las puntas de sus carísimas sandalias de diseño, la única señal de que me escucha, de que me toma en serio. Es todo lo que necesito para continuar.

—Porque la cosa es que eres lista, bonita y tienes todos los privilegios con los que todo el mundo sueña. Eso en sí mismo serviría para darte poder. Así que tal vez, solo tal vez, en lugar de comportarte como una pequeña avariciosa e intentar robar todo aquello que sabes que no puedes tener, podrías concentrarte en encontrar una forma de utilizar tus talentos para ser un buen ejemplo para los demás. Tal vez te parezca anticuado, quizá pienses que soy ridícula, pero hablo totalmente en serio. Si quieres volver a ser la estrella de este instituto, eso es exactamente lo que debes hacer. De lo contrario, no te ayudaré. Por lo que a mí respecta, puedes pasarte el resto del año así, y ni Damen ni yo moveremos un dedo para ayudarte.

Respira hondo y luego nos mira. Suelta un suspiro y hace un gesto negativo con la cabeza.

—¿Habla en serio? —le pregunta a Damen—. ¿Lo dice de verdad?

Damen responde con un asentimiento antes de rodearme la cintura con el brazo para acercarme aún más.

—Dice la verdad. Así que es mejor que la escuches y tomes nota, si crees que debes hacerlo.

Vuelve a suspirar y se toma un momento para observar el instituto que antes solía gobernar y que ahora le da miedo. Resulta evidente que no está convencida ni por asomo, que solo está dispuesta a acceder porque ha tocado fondo y no tiene nada que perder, pero al menos es un comienzo.

A mí me sirve.

Así pues, le concedo unos instantes para que asimile las cosas y espero a que se vuelva hacia mí y asienta con la cabeza.

—Vale —le digo—. En ese caso, tienes que empezar por…

Si me hubiera salido con la mía, habría empezado en aquel mismo momento. Y Damen y yo la habríamos visto acercarse a Honor para poner el plan en marcha.

Pero Stacia necesitaba más tiempo.

Tiempo para pensarse las cosas; tiempo para acostumbrarse a la idea. Aunque sin duda quería recuperar su posición en la cima, estaba tan poco acostumbrada a pedir disculpas que al final no solo tuvimos que esforzarnos para persuadirla, sino que hizo falta ayudarla a encontrar las palabras adecuadas.

La presioné un montón e intenté convencerla de que iba a hacer lo correcto, pero lo cierto es que no esperaba que funcionara. Al menos, no de inmediato. Me interesaba más que se acostumbrara a la idea de ser una persona mejor y, para ser del todo sincera, debo admitir que también quería que tuviese la certeza absoluta de que había hablado muy en serio.

Mi ayuda tenía ciertas condiciones. Si la quería, tendría que ganársela.

No estaba dispuesta a tener que soportar sus maldades otra vez.

Así pues, a la hora del almuerzo, cuando Haven y sus secuaces salen de clase y descubren que Damen, Miles, Stacia y yo estamos sentados en su mesa… bueno, no saben muy bien qué hacer.

Y es obvio que Haven no tiene ni idea de qué hacer conmigo.

Pero Honor tampoco, ya que estamos.

Se quedan de pie, incómodos, y observan con incredulidad cómo Craig y sus colegas avanzan despacio hacia nosotros para aceptar el sitio que Damen acaba de ofrecerles. Responden al gesto con un «Hola» y asienten, algo que en apariencia parece sencillo, pero que es algo que sin duda jamás habrían hecho antes.

Y aunque Haven sigue donde estaba, con las manos temblorosas a causa de la furia y los ojos rojos entornados, finjo no darme cuenta. Ignoro la nube tormentosa de odio que emana de ella.

—Puedes unirte a nosotros si quieres, siempre que te comportes, claro —le digo.

Pone lo ojos en blanco, murmura una retahíla de obscenidades entre dientes y se da la vuelta para marcharse. Da por hecho que su manada de esbirros la seguirá, pero el poder que ostenta sobre ellos ya no es el que era. Se debilita por momentos. Y, para ser sincera, resulta bastante claro que todos están más que hartos de ella. Así que cuando aceptan la oferta de Damen y se unen a nosotros, Haven se vuelve hacia Honor con los ojos en llamas, exigiéndole que haga su elección.

Y justo cuando Honor empieza a alejarse de nosotros para acercarse a ella, Stacia se levanta de su asiento de un salto.

—Honor, espera... Yo... ¡Lo siento mucho!

Las palabras son tan estridentes, tan incómodas, tan extrañas en ella que a Miles le da un ataque de risa y me veo obligada a darle un apretón (fuerte) en la rodilla para que se calle.

Stacia me mira con el ceño fruncido en una expresión suspicaz, como si dijera: «¿Ves? Lo he intentado, pero ¡no funciona!».

Sin embargo, yo me limito a señalar a Honor con la cabeza. Vemos cómo se detiene, cómo se da la vuelta, cómo inclina la cabeza y nos mira con expresión interrogante. Titubea entre sus dos supuestas mejores amigas, aunque ninguna le cae muy bien.

Duda durante tanto tiempo que Haven se marcha a toda prisa. Y aunque siento la tentación de ir tras ella, no lo hago. Quizá lo haga más tarde, pero ahora no. Porque ahora tenemos que acabar con esto.

Le hago una señal a Stacia con los ojos, con la mente. Empujo mi energía hacia ella y la animo a seguir adelante. No puede parar ahora, aunque el territorio le resulte desconocido y aterrador.

Y un momento después, se marchan juntas.

Caminan la una al lado de la otra mientras Honor enumera su larga lista de reproches, todas buenas razones por las que Stacia debería disculparse, y esta escucha con paciencia, tal y como le he dicho que debía hacer.

—¿Estás espiándolas? —dice Miles, que me golpea con el codo antes de señalarlas con el dedo.

—¿Debería? —le pregunto.

—Pues claro que sí. —Entorna los párpados—. ¿Y si no es lo que piensas? ¿Y si traman algo contra ti?

Me limito a sonreír mientras observo cómo cambia el aura de Stacia, que se vuelve más vibrante con cada paso que da. Sé que todavía tiene un largo camino por delante, y que es posible que nunca llegue a la meta, pero estoy segura de que las auras nunca mienten. Y la suya muestra un comienzo casi decente.

Doy un sorbo del elixir y miro a Miles.

—La confianza tiene que ser recíproca. ¿No fuiste tú quien me dijo eso?

Capítulo treinta y uno

Aunque tiene toda la pinta de convertirse en una situación de lo más incómoda, Damen insiste en que vayamos a Mystics & Moonbeams. Y esta vez, justo antes de bajar del coche y entrar, soy yo quien le plantea si de verdad quiere seguir adelante con esto.

—Llevamos cuatrocientos años eludiéndonos, Ever —me recuerda—. ¿No crees que ya es hora de establecer un alto el fuego?

Asiento con la cabeza. Por supuesto que ya es hora, pero no tengo nada claro que Jude vaya a pensar lo mismo. Es mucho más fácil ser lógico y razonable en estas cosas cuando formas parte del bando ganador.

Sostiene la puerta abierta para que yo pase. Veo a unos cuantos clientes habituales en la tienda: a la mujer que colecciona figuritas de ángeles; al chico que siempre nos pide que consigamos un equipo de grabación de auras, aunque, por lo que he visto de la suya, se sentiría decepcionado con los resultados; y a la anciana que siempre está envuelta en un hermoso resplandor morado, a quien Ava está ayudando con los CD de meditación. Jude está sentado tras el mostrador, dando pequeños sorbos de su café. Su aura llamea en el momento en que nos ve, en especial a Damen, pero se calma enseguida.

Suelto un suspiro de alivio. Sé que solo ha sido el resultado de una reacción antigua e instintiva, el tipo de reacción que tardará algún tiempo en desaparecer. Pero algún día, si Damen se sale con la suya, lo hará.

Damen avanza por delante de mí, impaciente por empezar con el asunto. Se dirige al mostrador con una sonrisa amable y suelta un suave «Hola» mientras Jude da otro sorbo de su café. Espero de verdad que no crea que hemos venido aquí para restregárselo por las narices.

—Me preguntaba si podríamos hablar. —Damen señala la parte trasera de la tienda—. En algún lugar privado.

Jude duda unos momentos. Da una serie de sorbos pensativos antes de tirar el vasito de plástico y conducirnos a la oficina. Se acomoda tras el viejo escritorio de madera mientras Damen y yo tomamos asiento en las dos sillas que hay enfrente.

Damen se inclina hacia delante con una mirada penetrante y una expresión vehemente, decidido a ir al grano.

—Supongo que debes de odiarme —dice.

Sin embargo, si a Jude le han sorprendido esas palabras, no lo demuestra. Encoge los hombros, se reclina en la silla y apoya las palmas de las manos sobre el abdomen. Sus dedos juguetean sobre el colorido símbolo del mandala estampado en su camiseta blanca.

—No te culparía si lo hicieras —añade Damen, que no aparta la vista de Jude—, porque no hay duda de que he cometido varios actos detestables en los últimos… —Me echa un vistazo rápido. Todavía no se ha acostumbrado a decirlo en voz alta, aunque cada vez lo hace mejor—. En los últimos seiscientos años. —Deja escapar un suspiro.

Los dos miramos a Jude, que se reclina al máximo en la silla y alza la vista hacia el techo. Une la yema de los dedos de ambas manos durante un instante y luego las separa para volver a incorporarse.

—En serio, colega, ¿cómo es? —pregunta mirando a Damen a los ojos.

Damen entorna los párpados, y yo me remuevo con incomodidad en mi silla. Ha sido una mala idea. Nunca deberíamos haber venido.

Pero Jude se inclina hacia delante, apoya los codos en el escritorio y se aparta las rastas de la cara.

—De verdad, ¿qué se siente? —añade.

Damen asiente y suelta un ruidillo entre un gruñido y una risotada. Se relaja al instante, y la tensión desaparece de su rostro mientras se apoya en el respaldo de la silla. Encoge los hombros, cruza las piernas a la altura de la rodilla y empieza a golpear la suela interna de la chancla contra el talón.

—Bueno, supongo que se podría decir que ha sido un poco... —Hace una pausa para buscar la palabra adecuada—. Largo. —Se echa a reír, con lo que aparecen arruguitas en las comisuras de sus ojos—. Se me ha hecho muy, muy largo, la verdad.

Jude lo mira y asiente con la cabeza para dar a entender que le gustaría oír más. Damen juguetea con el bajo deshilachado y roto de sus viejos vaqueros desgastados, decidido a complacerlo.

—Y, si te soy sincero, en ocasiones también ha sido agotador. A veces, más bien frustrante... en especial cuando te ves obligado a cometer los mismos viejos errores una y otra vez, con las mismas excusas pobres. —Niega con la cabeza, perdido en un torrente de recuerdos que la mayoría de la gente solo podría descubrir en los libros de historia. Su expresión se transforma al instante, se ilumina con una sonrisa—. Y me refiero solo a los errores que he cometido yo. —Mira a Jude a los ojos—. Sin embargo, también hay momentos de tal belleza y alegría que... bueno, que hacen que todo merezca la pena.

Jude mueve la cabeza arriba y abajo, en un gesto más pensativo que de afirmación. Es como si estuviera asimilando la información, sopesando la respuesta de Damen.

Pero eso basta para que Damen continúe.

—¿Por qué, te interesa? ¿Quieres probar?

Jude y yo lo miramos con los ojos abiertos como platos, sin saber si habla en serio o no.

—Porque puedo arreglarlo. Conozco a un tipo...

Y no es hasta que sus labios se curvan en una sonrisa cuando me doy cuenta de que está de guasa, y me permito soltar un suspiro de alivio.

—La cosa es... —dice Damen, ya serio de nuevo— que, al final, es casi lo mismo. Puede que yo haya vivido cientos de años y tú quizá vivas tres cuartos de siglo, pero al final ambos nos preocupamos por lo que tenemos justo delante... o, muy a menudo, por lo que parece fuera de nuestro alcance.

Nos quedamos en silencio mientras las palabras flotan entre nosotros. Me miro las rodillas, demasiado incómoda para posar la vista en cualquier otro lugar. Sé que hemos venido para esto, que Damen está dispuesto a ofrecer cualquier explicación o disculpa que Jude pueda exigir.

Pero Jude no se mueve más que para coger un clip perdido que encuentra encima del escritorio. Lo dobla y lo retuerce hasta que pierde por completo su forma original.

Al final levanta la vista, dispuesto a hablar.

—Lo entiendo. —Pasea la mirada entre nosotros, aunque se concentra en mí hasta que levanto la cabeza y lo miro a los ojos—. De verdad que sí. —Su expresión es tan sincera que tengo la certeza de que habla en serio—. Pero si habéis venido a disculparos o a intentar arreglar... lo que sea... será mejor que lo olvidéis.

Contengo la respiración, y Damen se queda completamente inmóvil, a la espera de que continúe.

—No voy a mentiros: para mí, esto es una mierda. —Intenta soltar una carcajada, pero no le sale muy bien. No le sale del corazón—. Aun así, lo entiendo, de verdad. Sé que no es una cuestión de jugar limpio o no. Sé que no es por tu inmensa riqueza o por tus trucos de magia. Y también sé que no fue justo por mi parte fingir que lo era. Porque lo cierto es que Ever no es tan superficial. Tampoco lo era Evaline, ni ninguna de las demás. —Me mira fijamente, y sus ojos están tan llenos de calidez y afecto que me resulta imposible apartar la mirada—. La única razón por la que jamás tuve la menor oportunidad con ella es que jamás estuve destinado a tenerla. El destino siempre estuvo de vuestra parte.

Suelto el aire muy despacio mientras mis hombros se hunden y mi vientre se relaja liberando la tensión que ni siquiera me había dado cuenta de que mantenía.

—Y el fuego... —empieza a decir Damen, desesperado por explicarle eso también.

Sin embargo, Jude hace un gesto con la mano para interrumpir sus palabras.

—También sé lo que ocurrió... gracias al Gran Templo del Conocimiento de Summerland. —Encoge los hombros—. Últimamente he pasado mucho tiempo allí, quizá demasiado, o al menos eso es lo que piensa Ava. Pero algunas veces me gusta más estar allí que aquí… bueno, al menos de un tiempo a esta parte. Supongo que por eso me fascina tanto la extraordinaria duración de tu vida. No entiendo cómo lo consigues, porque sin duda hay veces en las que la vida media normal parece más que suficiente.

Damen asiente para indicarle a Jude que está de acuerdo, que él lo sabe muy bien. Luego empieza con la historia de su primer viaje a Summerland, cuando se sentía perdido y solo y buscaba algún significado profundo, cuando acabó estudiando en la India con los Beatles. Y puesto que yo ya la conozco, me escabullo en silencio y regreso a la tienda para ver qué está haciendo Ava.

La encuentro en un rincón, reponiendo un estante lleno de cristales.

—Bien está lo que bien acaba, ¿no? —pregunta mientras se vuelve hacia mí.

Me encojo de hombros, ya que no sé a qué se refiere.

—Tu elección. —Sonríe y vuelve a girarse hacia la estantería—. Uno se siente muy bien cuando por fin se resuelve todo, ¿verdad?

Suspiro, porque aunque sin duda es agradable dejar las cosas atrás, lo malo de los problemas es que nunca se agotan. Tan pronto como se solucionan unos aparecen otros.

Ava mete la mano en una bolsa de cristales de cuarzo rosa, el cristal del amor, y sopesa un generoso montón de piezas en la palma de su mano antes de mirarme.

—Pero… —dice, arrastrando la palabra todo lo que puede.

—Pero… —Hago un gesto indiferente con los hombros y estiro la mano con rapidez para coger en el aire una piedra que acaba de caerse. Se la devuelvo y añado—: Todavía está el problema de Haven, que cada vez está más fuera de control; y luego, por supuesto, está el problema del antídoto, y de que Damen y yo no podemos tocarnos de verdad… —No fuera del pabellón, al menos, pero no pienso contarle eso—. Y también está…

Ava me mira con las cejas enarcadas, aguardando con paciencia mientras me pienso si es aconsejable o no contarle lo que he descubierto sobre el lado oscuro de Summerland, y lo de la anciana demente con la que Damen y yo nos topamos.

Pero hay algo que me impide hacerlo. Algo que me dice que no hable de eso con ella. Todavía no, al menos. No hasta que hayamos tenido la oportunidad de investigar un poco más.

Así pues, respiro hondo y cojo una amatista de la estantería para examinarla desde todos los ángulos.

—Bueno, ya sabes, aún no he solucionado las cosas con Sabine. —Niego con la cabeza y coloco la piedra en su lugar, consciente de que aunque no es una mentira, tampoco es la verdad. Pero eso no me molesta tanto como antes. Por desgracia, me estoy acostumbrando a vivir así.

—¿Quieres que hable con ella? —sugiere.

Descarto esa posibilidad de inmediato.

—Créeme, no serviría de nada. Es de ideas fijas, y me da la sensación de que la única cura es el tiempo.

Ava asiente, se limpia las manos en la parte delantera de los vaqueros y vuelve a examinar el estante. Inclina la cabeza a un lado y frunce los labios mientras intercambia la posición de la lágrima apache con la del cuarzo fantasma, y luego esboza una sonrisa de aprobación.

Y cuando la miro, cuando la miro de verdad, no puedo evitar preguntarme por qué siempre está sola. Bueno, tiene que cuidar a las gemelas, así que sola, sola, no está; pero aun así, no ha tenido pareja desde que la conozco, y por lo que sé, ni siquiera ha tenido una cita con nadie.

—¿Crees que todo el mundo tiene un alma gemela? —pregunto antes de darme cuenta.

Ella se da la vuelta y me mira con seriedad.

—¿Crees que todas las personas tienen alguien con quien están destinadas a estar… como Damen y yo?

Se queda callada un momento, como si se tomara su tiempo para considerarlo. Y justo cuando estoy convencida de que no va a responder, hace algo que no me esperaba en absoluto. Se parte de risa.

Me mira con el rostro iluminado y los ojos brillantes.

—¿Por qué? ¿Quién te preocupa más, Ever? ¿Jude o yo?

Me ruborizo. No me había dado cuenta de que resultaba tan obvia, pero dado que ella es una médium muy buena y todo eso, debería haber supuesto que vería mis intenciones.

—Los dos, la verdad.

Vuelve a darme la espalda para seguir con su trabajo. Dobla las bolsas, ya vacías, y las pone una encima de la otra antes de plegar a la mitad el montón y meterlo dentro de una bolsa más grande.

—Bueno, si de verdad quieres saberlo, te diré que sí, lo creo —asegura en voz baja, casi inaudible—. Pero otra cuestión muy diferente es si reconocen a esas personas o hacen algo al respecto.

Capítulo treinta y dos

—Bueno, ¿qué tal ha ido? —Echo un vistazo a Damen, que se acomoda en el asiento del acompañante y cierra la puerta mientras salgo del aparcamiento.

—Bien. —Asiente con la cabeza y cierra los ojos un instante para bajar la capota con la mente. Toma una honda bocanada del aire fresco de la tarde antes de mirarme y añadir—: Vamos a ir a hacer surf este fin de semana.

Lo miro boquiabierta, más que sorprendida de escuchar algo así. Creí que tendría suerte si conseguía el alto el fuego que deseaba, así que ni siquiera consideré la posibilidad de que se convirtieran en amigos.

—Vaya, ¿y eso es algo así como una cita? —bromeo mientras me pregunto cuánto tiempo hace que Damen no tiene un amigo, un amigo de verdad que sepa quién es en realidad.

—Nunca. —Me mira de reojo—. Nunca he tenido un amigo que supiera quién soy en realidad. Y, para serte sincero, ha pasado mucho, mucho tiempo desde la última vez que intenté conectar con alguien de esa forma. —Aparta la vista para contemplar las tiendas, los árboles, los peatones que se acumulan en los pasos de cebra y en las calles. Luego vuelve a mirarme y añade—: Para mí las amistades siempre son de corta duración, ya que no tengo más remedio que trasladarme cada cierto tiempo. La gente empieza a desconfiar cuando no cambias ni un ápice mientras los demás van envejeciendo; y, después de un tiempo, lo más fácil es evitar ese tipo de cosas.

Trago saliva y me concentro en la conducción. No es la primera vez que lo dice, pero no por eso me resulta más fácil oírlo. Sobre todo cuando lo relaciono conmigo, con mi vida y con la larga lista de despedidas a la que tendré que enfrentarme.

—¿Te importaría llevarme a casa?

La pregunta me saca de inmediato de mis pensamientos y hace que lo mire con la boca abierta. Estaba segura de que intentaría arrastrarme otra vez hasta el pabellón, y, a decir verdad, no pensaba negarme.

—Miles se reunirá conmigo en casa. Le dije que le ayudaría a repasar el diálogo de la audición que prepara.

Niego con la cabeza y me echo a reír. Tomo la salida a la derecha, hacia la autopista de la costa, y luego lo miro de reojo.

—¿Tienes algo de tiempo para mí entre todos esos compromisos tuyos? —pregunto, solo medio en broma, mientras piso el acelerador y trazo las curvas.

—Siempre. —Sonríe y se inclina para darme un beso, pero al final me distrae tanto que estoy a punto de salirme de la carretera.

Lo empujo y enderezo el volante de nuevo. Echo un vistazo al océano, a las olas que se convierten en espuma blanca cuando chocan contra la orilla.

—Damen… —le digo después de aclararme la garganta—, ¿qué vamos a hacer con lo del antídoto? —Veo que sus hombros se ponen rígidos y noto que su energía cambia, pero sigo adelante, porque sé que debemos hablar de esto—. Estoy totalmente comprometida contigo, con nosotros… creo que a estas alturas ya lo sabes. Y, aunque disfruto muchísimo de los ratos que pasamos en el pabellón, bueno… —Vuelvo a tragar saliva. Nunca se me ha dado bien hablar de estos temas, y siempre acabo con la cara roja de vergüenza y diciendo tonterías; pero, aun así, estoy decidida a llegar hasta el final—. Te echo de menos. Echo de menos poder tocarte en «esta» vida. Por no mencionar que esperaba que algún día pudiéramos romper la maldición de cuatrocientos años y…

Me detengo delante de la puerta de la urbanización y saludo a Sheila, quien nos hace un gesto para que pasemos. Asciendo por la colina siguiendo los giros que llevan hasta su calle. Aparco en el camino de entrada de su casa y cambio de posición en el asiento para poder mirarlo a la cara.

Estoy a punto de finalizar la frase cuando él me interrumpe.

—Lo sé, Ever. Créeme. —Estira el brazo y me cubre la mejilla con la mano sin dejar de mirarme a los ojos—. Y no me he rendido. Si quieres saber la verdad, he convertido la bodega en una especie de laboratorio químico… Y me he pasado allí todos los ratos libres disponibles con la esperanza de poder sorprenderte.

Abro los ojos como platos a la vez que intento calcular cuánto tiempo hace que no campo a mis anchas por su casa. La verdad es que hace bastante. Cuando no lo he evitado por una razón u otra, hemos estado entrenando o enrollándonos en el pabellón.

—Pero si la bodega es un laboratorio químico, ¿dónde almacenas ahora el elixir? —le pregunto con el ceño fruncido intentando adivinarlo sin su ayuda.

—En la nueva bodega, que antes era la sala de la colada.

—¿Y la sala de la colada?

—Ha desaparecido. —Se echa a reír—. Pero lo cierto es que en realidad nunca la consideré muy útil, ya que puedo manifestar ropa nueva y limpia siempre que lo necesito. —Sin embargo, su sonrisa desaparece cuando añade—: Pero no quiero que te hagas muchas ilusiones, Ever, porque aunque no me he rendido, hasta ahora la cosa va muy despacio. No tengo ni idea de qué puso Roman en esa bebida, pero todo lo que he probado hasta el momento no ha funcionado.

Suspiro y apoyo la mejilla sobre su palma para disfrutar del «casi» contacto de su piel contra la mía. Me digo que con eso basta, que siempre bastará, pero no puedo evitar desear más.

—Tenemos que conseguir esa camisa. —Lo miro a los ojos—. Tenemos que encontrarla. Sé que ella aún la tiene. Seguro que no se ha deshecho de ella. La guarda por razones sentimentales o porque sabe lo que significa para mí. O por las dos cosas. Pero, de cualquier forma, es nuestra única esperanza.

Me mira como lo hizo la última vez que hablamos del tema: está de acuerdo conmigo en que es muy importante, pero no está dispuesto a depositar todas sus esperanzas en eso.

—Seguro que no es nuestra única esperanza —dice.

Niego con la cabeza. No tengo tanta paciencia como él. No quiero pasarme los próximos años disfrazada con la ropa de mis vidas anteriores para poder darnos un besito casto de vez en cuando mientras él chapucea en su antigua bodega convertida en laboratorio. Quiero disfrutar de esta vida. De la vida que tengo ahora.

Quiero disfrutarla con tanta plenitud y normalidad como cualquier otra chica.

Y quiero disfrutarla con él.

—No puedo quitarte esa idea de la cabeza, ¿verdad? —pregunta con voz resignada antes de soltar un suspiro.

Niego con la cabeza.

—En ese caso, voy contigo.

—¿Que vienes conmigo? ¿Adónde? No tengo pensado ir a ningún sitio.

—Ya, puede que todavía no, pero seguro que estás ideando un plan. Lo veo en tus ojos. Así que será mejor que dejes espacio para uno más, porque pienso acompañarte.

—No, tú has quedado con Miles. Estaré bien, de verdad.

Sin embargo, a pesar de mis protestas, coge el teléfono móvil y le envía un mensaje a Miles para decirle que tiene que arreglar un asunto y que llegará un poco tarde.

—Bueno, ¿por dónde empezamos? —pregunta mientras se guarda el móvil en el bolsillo.

—Por la tienda. —Acabo de decidirlo—. Pero en realidad no hace falta que vengas. Me las apañaré bien sola —añado, dándole una última oportunidad para retirarse.

—Olvídalo. —Se pone de nuevo el cinturón de seguridad—. Voy a ir contigo, tanto si te gusta como si no. Y, para que lo sepas, tanto rechazo empieza a provocarme ciertos complejos.

Lo miro fijamente, porque no sé a qué se refiere.

—¿Recuerdas la última vez? ¿Cuando te colaste en casa de Haven y decidiste arrastrar contigo a Miles en lugar de a mí?

Me deja atónita. La verdad es que no puede decirse que obligara a Miles, y no podía pedírselo a él, ya que estaba protegiendo a Stacia. No obstante, esa no es la cuestión. Lo que en realidad quiero saber es cómo ha llegado a enterarse de eso si yo aún no le he dado los detalles.

—Miles lo mencionó —dice en respuesta al pensamiento que me ronda la cabeza.

—¿Así van a ser las cosas ahora que eres don Popular y tienes tantos amigos nuevos? —Miro por la ventanilla con los ojos entrecerrados antes de volverme hacia él—. ¿Vas a intentar convencerlos a todos de que te cuenten mis secretos?

—Solo los buenos. —Sonríe y me da un beso rápido mientras salgo del camino de entrada de la casa y me dirijo a la salida de la urbanización—. Solo las cosas que de verdad necesito saber.

Capítulo treinta y tres

Pasamos junto a la antigua tienda de Roman, ¡Renacimiento!, aunque no tengo planes de entrar, ya que todavía es demasiado temprano. Lo último que me hace falta es tener otro enfrentamiento con Haven o con algún otro de los inmortales que trabajan ahí. Aun así, aminoro la marcha al acercarme mientras calculo cuánto tiempo ha pasado desde la última vez que estuve aquí. Siento mucha curiosidad por saber en qué se ha convertido la tienda ahora que Roman ya no está.

Esperaba notar algún tipo de cambio, pero no estaba preparada para encontrarla en ese estado. Los escaparates están vacíos y han desmantelado todo lo que en su día formó elaboradas exposiciones. La puerta tiene un cartel que reza «¡Cerrado!», y alguien ha escrito a mano por dcbajo: «¡Para siempre!».

—Sé que no debería sorprenderme, pero la verdad es que no me esperaba algo así —dice Damen con voz grave sin apartar los ojos del cartel—. Estaba seguro de que Haven seguiría con el negocio, o Marco, o Misa, o Rafe.

Asiento para mostrarle que estoy de acuerdo, y aparco el coche pegado al bordillo de la acera. Salimos y atravesamos la calle para situarnos delante de la tienda. Miro a través del escaparate y veo algunos de los muebles más grandes (los sofás, las mesas y las vitrinas) que, por alguna razón, alguien ha dejado atrás. La mayor parte de las cosas pequeñas, como la ropa y las joyas, han desaparecido, con algunas excepciones aquí y allá.

No puedo evitar preguntarme quién ha tomado esta decisión; quién ha decidido cerrar la tienda para siempre. Y también a quién pudo dejar Roman al cargo.

Aunque, puesto que era inmortal y todo eso, dudo mucho que alguna vez se planteara hacer un testamento.

Echo un vistazo rápido por los alrededores para asegurarme de que nadie nos presta atención y luego cierro los ojos para abrir la puerta con la mente. He descartado mi plan original de esperar hasta la noche, ya que tal y como están las cosas, para entonces el lugar podría estar vacío. Es mejor atacar ahora que aún podemos hacerlo.

—Cada vez te sientes más cómoda con esto del allanamiento —me susurra Damen al oído mientras me sigue al interior—. ¿Debería preocuparme?

Me echo a reír. Y la risotada resuena en la amplia estancia de techo alto. Le hago una señal a Damen para que cierre la puerta después de entrar y me dedico a contemplar el lugar con los brazos en jarras. Cierro los ojos y utilizo todos mis sentidos para intentar percibir algo en la sala, para encontrar un sitio donde pudiera estar escondida una camisa manchada. Damen se sitúa a mi lado y hace lo mismo.

No percibimos nada, así que decidimos empezar por el lugar donde estamos. Buscamos en el interior de los armarios antiguos, en las viejas cómodas. Lo registramos todo con rapidez, metódicamente, pero no encontramos lo que necesitamos. Damen se dirige hacia la parte trasera, el lugar que Roman solía utilizar como oficina, y una vez dentro, me llama para que vaya allí.

El lugar está hecho un desastre. Un absoluto desastre. Como arrasado por un huracán. Como una falla recién creada. Me recuerda el aspecto que tenía la tienda de Jude el día que Haven nos dio por muertos… y lo tomo como prueba de que ella es la causante de esto.

Nos abrimos paso entre los montones de papeles esparcidos por el suelo. Damen camina con cuidado, con delicadeza, pero yo no soy tan elegante y me resbalo unas cuantas veces, aunque él me atrapa y evita que me dé un trompazo.

Esquivo una silla tirada en el suelo, rodeo un grupo de horribles cojines verdes de cachemir pertenecientes al pequeño sofá del rincón y me detengo un instante para permitir que Damen quite de en medio un archivador vacío antes de continuar hasta el escritorio, que tiene un aspecto casi tan catastrófico como el suelo. Está cubierto de papeles, tazas, libros y escombros, tan saturado que apenas se ve la elegante madera que hay por debajo. Registramos hasta el último cajón, hasta el último recoveco, hasta que estamos seguros de que no está aquí. Hasta que tenemos la certeza de que no la han escondido en ningún sitio.

Damen permanece a mi lado, y su expresión es más de determinación que de desaliento, ya que en realidad nunca llegó a creer que fuera tan fácil encontrarla. Hace ademán de marcharse, pero yo todavía no estoy lista para hacerlo. No puedo dejar de mirar la pequeña nevera de vinos que hay en el rincón. El enchufe está desconectado y la puerta no sólo está abierta, sino que cuelga precariamente de una de las bisagras.

Una nevera pequeña e insignificante que no tiene nada de especial, salvo por el hecho de que estoy segura de que en su día estaba llena de elixir. No tengo ni la menor idea de quién puede haberla vaciado.

¿Fueron Misa y Marco, a quienes vi por última vez saltando una cerca con una bolsa de lona llena de líquido robado?

¿O fue Haven, quien, por lo que he visto, parece tener un serio problema de adicción al elixir?

Y lo más significativo: ¿tiene eso alguna importancia, teniendo en cuenta que mi único objetivo es recuperar la camisa?

Damen me da un suave codazo para indicarme que está listo para marcharse. Y puesto que en realidad no hay ninguna razón para quedarse, puesto que no podemos conseguir nada aquí, echo un último vistazo a mi alrededor para asegurarme de que no he pasado nada por alto y luego lo sigo hasta la puerta.

Salimos tan rápida y disimuladamente como entramos.

No estamos más cerca de conseguir lo que necesitamos, pero al menos tenemos la seguridad de que estamos en el buen camino, de que hemos hecho una especie de progreso.

El mundo de Haven no solo muestra evidencias de deterioro… también empieza a derrumbarse. Y ahora solo es cuestión de tiempo que busque ayuda o que acabe por autodestruirse.

Ocurra lo que ocurra, pienso estar presente.

Capítulo treinta y cuatro

Puesto que la tienda ha resultado ser un completo fiasco, dejo a Damen en su casa para que pueda ayudar a Miles con los ensayos y decido irme a la mía para poder pensar las cosas y, con un poco de suerte, elaborar un nucvo plan de ataque. Estoy más decidida que nunca a encontrar esa camisa, sobre todo ahora que Damen y yo hemos vuelto de nuevo a la carga.

Meto el coche en el garaje y suelto un suspiro de alivio al ver que está vacío. El sitio libre de Sabine indica que o bien sigue en el trabajo, o bien ha salido con Muñoz. Cualquiera de las dos cosas promete una casa vacía, lo que significa unas cuantas horas de calma, tranquilidad y silencio sin tensiones, que es justo lo que necesito antes de volvermc a ir.

Acabo de salir por la puerta lateral y estoy a punto de empezar a subir las escaleras hacia mi habitación cuando lo noto.

Un frío estallido de energía.

El efecto es tan gélido y doloroso que solo puede significar una cosa.

No estoy tan sola como pensaba. Ni de lejos.

Me doy la vuelta y descubro, sin el menor rastro de sorpresa, que Haven se encuentra detrás de mí. Su cuerpo se sacude con movimientos nerviosos, y su rostro, que antes era bonito, ha quedado reducido a una pálida mezcla de pómulos hundidos, una nariz angulosa, labios arrugados y finos, y unos ojos apagados ribeteados de rojo. Parece la fotografía de la víctima de un crimen.

Sus labios se retuercen en una mueca horripilante, que la transforma al instante en una criatura aún más espeluznante que hace un momento.

—¿Dónde está, Ever? —me pregunta con el ceño fruncido.

Y de repente sé con exactitud quién ha saqueado la nevera de la tienda.

Misa y Marco se colaron en su casa para robarle el elixir… Y ahora tiene sentido.

Roman no les pasó la receta, y sin ella el suministro de los renegados se agota. Solo es cuestión de tiempo que sus poderes empiecen a mermar, que su juventud y su belleza desaparezcan.

Soy la única esperanza que tiene Haven para mantener sus nuevos poderes.

Su nueva vida.

Aun así, no estoy dispuesta a ponérselo fácil. No cuando esto podría ser la solución que buscaba.

Ella quiere algo que yo tengo… y yo quiero algo que tiene ella. Las circunstancias son más que propicias para establecer un trato.

Solo tengo que planteárselo con delicadeza, con mucho cuidado. No puedo permitirme que conozca la verdadera importancia de la camisa, si es que no lo sabe ya.

Me encojo de hombros con indiferencia.

—No sé de qué hablas —le digo.

Sonrío y me quedo callada un momento con la esperanza de poder interpretar mejor su energía mientras ideo un plan.

Pero ella no está dispuesta a seguirme el juego. Tiene demasiada prisa. Se marchita con rapidez. Apenas se tiene en pie, y no quiere malgastar el tiempo con jueguecitos.

—Deja de fastidiar y ¡dámelo de una vez! —Pone los ojos en blanco y susurra algo entre dientes. Sacude la cabeza de tal modo que pierde el equilibrio y se ve obligada a agarrarse al pasamanos para no caerse.

La miro con los ojos entrecerrados y me tomo un momento para estudiarla. Parece nerviosa, agitada, tan rabiosa y desequilibrada que apenas puede sostenerse. No puede mantenerse en pie sin algún tipo de apoyo. Me concentro en su plexo solar y lo veo como una especie de diana situada en el centro de su torso. Estoy preparada para golpearla en caso de necesidad, aunque espero que no sea preciso llegar a eso.

Intento sintonizar con su energía, colarme en su cabeza e intentar averiguar cómo se encuentra, hasta dónde está dispuesta a llegar para conseguir lo que quiere. Pero es inútil.

No solo me ha cerrado las puertas a mí. Le ha cerrado las puertas a todo lo que la rodea.

Su sitio ya no está en ninguna parte ni con nadie.

Es como una especie de Shadowland ambulante.

A oscuras.

Sola.

Atrapada en un pasado que se empeña en vengar, aunque la realidad no tiene nada que ver con la versión que ella ha decidido creer.

—¡El elixir, Ever! ¡Dame el puñetero elixir de una vez! —Su voz suena temblorosa, estridente, más ronca que nunca. Y eso revela hasta qué punto llega su desesperación—. Ya he buscado en todas las neveras: en la de la cocina, en la de la barbacoa que hay fuera, en la de la sala de la colada. Estaba a punto de buscar en tu habitación cuando llegaste y me fastidiaste. Así que supongo que como estás aquí, podría pedírtelo de manera educada... ya que antes éramos amigas y todo ese rollo. Venga, Ever, por los viejos tiempos, por nuestra antigua amistad, ¡dame el puto elixir que me robaste!

—¿Te parece que eso es pedirlo de manera educada? —Alzo una ceja y veo que ella pone los ojos en blanco.

Mira el espacio que me separa del pasamanos como si planeara escabullirse por ahí, así que me aferro a él para bloquearle el paso.

Murmura algo por lo bajo y se aferra a la barandilla con tanta fuerza que se le ponen los nudillos blancos. Me mira con unos ojos tan rojos que casi parecen sangrar a causa del esfuerzo. Es evidente que está a punto de estallar.

—¡Dámelo de una vez! —grita una vez más.

Respiro hondo y me concentro para rodearla con un torrente de energía tranquilizadora. Espero que eso sirva para calmarla, para quitarle parte de la furia, para disipar su cólera. Lo último que necesito es que estalle, que sufra una especie de arrebato destructivo. Aunque ya no supone una amenaza para mí, todavía lo es para la gente que la rodea, y no puedo permitir que la cosa llegue a ese punto.

Sin embargo, cuando veo que mis burbujas de paz no consiguen penetrar su coraza, que rebotan en ella igual que la última vez que lo intenté, decido darle lo que necesita. Un par de tragos de elixir no le vendrán mal, y es posible que consigan calmar un poco a la bestia.

Me doy la vuelta con mucho cuidado, muy despacio, para no asustarla de ningún modo, y empiezo a subir las escaleras. Le hago un gesto para que me siga.

—No me importa compartirlo contigo, Haven —le digo mirándola por encima del hombro—. Tengo más que suficiente, así que no te preocupes por eso. Pero siento curiosidad… —Me detengo en el rellano y me doy la vuelta para mirarla a la cara—. ¿Por qué necesitas mi elixir? ¿Qué ha pasado con el tuyo?

—Se me ha acabado. —Encoge los hombros y me fulmina con la mirada antes de añadir—: Se me ha acabado porque tú me robaste un montón, y ahora pienso recuperarlo.

Sonríe. La promesa de un trago parece haberla tranquilizado un poquito, pero sus palabras me provocan un escalofrío. No tengo ni la menor idea de cuánto elixir guardaba Roman a mano, pero si se parecía en algo a Damen, debía de ser mucho; al menos, lo suficiente para un año. Puesto que necesita fermentar bajo las fases lunares adecuadas, no se puede fabricar de un día para otro. Y el hecho de que Misa y Marco solo consiguieran llevarse una bolsa significa que Haven ha dado cuenta del resto. Que se lo haya bebido todo en tan corto intervalo de tiempo no solo resulta alarmante, también explica el estado en el que se encuentra.

Me encamino a mi habitación, hacia la mininevera que hay justo detrás de la barra del bar.

—Yo no te robé tu elixir —le digo mientras cojo una botella—. Ni me interesa ni lo necesito.

Haven está de pie delante de mí, y le tiemblan las manos de furia.

—¡Menuda embustera! ¿Crees que soy estúpida? ¿Cómo si no has podido sobrevivir? Lo sé todo sobre los chakras. Roman me lo contó, ¡y fue Damen quien se lo contó a él! Se lo dijo cuando Roman lo controlaba, cuando lo convenció para que le contara toda clase de secretos. Te golpeé en tu punto débil, y tú lo sabes. Te golpeé antes y después de que cayeras. Incluso te di un último puñetazo para asegurarme antes de darte por muerta. ¡Debería haberte matado! ¡Creí que te había matado! Estaba segura de que la única razón por la que no te convertiste en un montón de polvo era que no eras tan vieja como el resto de ellos. Pero ahora conozco la verdadera razón por la que aún estás aquí...

Yo sí que sé cuál es esa razón: que presencié todas mis vidas con mis propios ojos. Que descubrí la verdad. Y gracias a eso, tomé la decisión adecuada, la única decisión posible, lo que me permitió eliminar la debilidad del chakra. Ni más ni menos. Aun así, me interesa mucho saber qué opina ella.

—Bebiste el elixir de Roman. —Sacude la cabeza, haciendo que las piedras azules de sus pendientes tintineen un poco—. Es mucho más poderoso que el tuyo, como bien sabes, y por eso lo bebiste. ¡Es lo único que puede haberte salvado!

Encojo los hombros mientras contemplo nuestro reflejo en el espejo de la pared del fondo. Somos muy diferentes. Su oscuridad frente a mi luz. El contraste es tan marcado que me deja sin aliento. Aparto la mirada con rapidez, decidida a no darle demasiada importancia a su patético aspecto. No puedo permitirme sentir compasión, no cuando puede que me vea obligada a matarla en algún momento.

—Si eso es cierto —digo, con la mirada clavada en su rostro—, ¿cómo es posible que no te haya salvado a ti? ¿Cómo es posible que no salvara a Roman?

Pero Haven ha dado la charla por terminada. Está decidida a conseguir lo que ha venido a buscar.

—Dame el elixir. —Da un paso lento y vacilante en mi dirección—. Dame el elixir y nadie saldrá herido.

—Creí que ya habíamos aclarado eso. —Oculto la botella a mi espalda, lejos de su alcance—. Ya no puedes hacerme daño, ¿recuerdas? Hagas lo que hagas y por mucho que te esfuerces, no podrás vencerme, Haven. Así que quizá, en lugar de amenazarme, deberías pensar en un nuevo enfoque e intentar apelar a mis buenas intenciones.

Pero ella se limita a sonreír, lo que hace que su rostro se ensanche y se estire de una forma tan cadavérica que solo consigue que sus ojos parezcan más hundidos.

—Tal vez no pueda hacerte daño, pero créeme, Ever, todavía puedo causar estragos entre la gente que te rodea y a la que quieres. Y por más rápida que seas, no puedes estar en todos los lugares a la vez. No puedes salvar a todo el mundo.

Y es entonces cuando lo intenta… Aprovecha la estupefacción momentánea que me han causado sus palabras para abalanzarse en busca del elixir que sujeto en la mano.

Y también es entonces cuando reacciono algo más rápido de lo que ella pensaba.

Lanzo la botella a un lado y veo cómo aterriza sin problemas al otro lado de la habitación, fuera de su alcance. Y luego la ataco. Avanzo con tanta seguridad y rapidez que Haven no lo ve venir hasta que ya es demasiado tarde para reaccionar.

La aplasto contra la alfombra y le rodeo el cuello con los dedos. Noto el lío de collares que rodean su garganta y me doy cuenta de que aún no lleva puesto el amuleto.

Sin embargo, a pesar de que su rostro empieza a ponerse azul, a pesar de que le estoy cortando poco a poco el suministro de aire, Haven se echa a reír. Los espasmos de la risa aprietan su garganta contra la palma de mi mano y provocan un sonido tan grotesco, tan horrible, que siento la tentación de matarla por el simple hecho de ponerle fin.

Pero no puedo apresurarme. No puedo permitirme hacer algo así. No hasta que consiga lo que quiero, y si el precio son unas cuantas botellas de elixir, que así sea.

—¡Dame el puto elixir! —grita en cuanto aflojo la mano.

Se retuerce debajo de mí. Se mueve con frenesí, con violencia, y empuja de un lado a otro mientras intenta arañarme con sus afiladas y puntiagudas uñas azules.

Se debate como un animal rabioso.

Como una yonqui que ha pasado demasiado tiempo sin su chute.

Cuando me levanto, se arrastra por el suelo, agarra la botella, le quita el tapón y pega los labios al cristal con tanta fuerza y rapidez que se le rompen los dientes delanteros.

Pero le da igual. No le da la menor importancia. Sigue engullendo el líquido. Lo termina en cuestión de segundos y arroja la botella a un lado. Sus mejillas recuperan un poco de color, pero sus dientes todavía no se han regenerado, aunque parece que eso la trae al fresco.

Se lame los labios mientras me mira fijamente.

—Más —dice—. Y esta vez dame el bueno. El que me robaste. Tu elixir sabe a mierda.

—Pues eso no parece haberte detenido. —Encojo los hombros. No tengo ninguna intención de darle más hasta que consiga lo que quiero—. Puedes beberte todas las botellas que tengo, me da igual. Yo no soy una adicta como tú. —La recorro de arriba abajo con la mirada sin ocultarle lo mucho que me preocupa lo que veo—. Pero, para que lo sepas, yo no robé tu elixir. Fueron Misa y Marco.

Estudio su rostro y veo cómo cambia, cómo se transforma. Piensa en mis palabras y calcula las posibilidades de que haya algo de verdad en ellas.

—Y tú lo sabes porque… —Arruga la frente y apoya las manos en las caderas al tiempo que inclina la cabeza hacia un lado.

Mantengo su mirada, consciente de que debo decir algo de inmediato, aunque no sé qué. Si le digo que estuve allí y que lo vi, sabrá que buscaba otra cosa, algo a lo que quizá no le haya dado la debida importancia. Así que, en vez de eso, vuelvo a encoger los hombros y me obligo a permanecer tranquila.

—Porque yo no lo robé —aseguro con voz firme y relajada—. Y porque Damen tampoco lo hizo. Y porque esa no es ni de lejos la razón por la que sobreviví a tu ataque. Y porque es lo único que tiene sentido, si te paras a pensarlo.

Haven me mira con el ceño fruncido. Y eso es lo único que me hace falta para saber que no se lo ha tragado. Sigue convencida de que he sido yo.

—O… o quizá fuera Rafe —señalo. Me había olvidado de él—. ¿Cuándo fue la última vez que lo viste?

Sin embargo, cuando vuelvo a mirarla me queda claro que no está funcionando. Aunque todo lo que acabo de decirle tiene sentido, no me está llevando a donde quiero llegar, a donde necesito llegar, y ahora que ha bebido el elixir está lo bastante despierta como para darse cuenta.

Se alisa la parte delantera del vestido con la mano llena de anillos y se quita algunos hilillos de la moqueta que se le han quedado pegados a la manga.

—No hay problema —dice—. Hablaré con ellos. Pero entretanto, ya que estamos aquí y todo eso, ¿qué te parece si me das todo el elixir que te queda?

Capítulo treinta y cinco

Justo cuando Haven está a punto de marcharse, con una sola botella de elixir apretada contra el pecho, Sabine entra por la puerta lateral.

Lleva el maletín en una mano y una bolsa con verduras en la otra. Mira a Haven de hito en hito.

—¿Haven? Hacía siglos que no te veía. Tienes un aspecto… —Hace una pausa y alza las cejas mientras la mira de arriba abajo.

Haven está mucho mejor que cuando llegó, pero todavía está lejos de tener un aspecto decente. Y para aquellos que no estén acostumbrados a su nuevo look… bueno, debe de parecer espeluznante.

Sin embargo, Haven se echa a reír y le dedica a Sabine una sonrisa amable de dientes rotos.

—No te preocupes. Créeme, a mi madre tampoco le gusta. Y esa es una de las muchas razones por las que voy a dejar de relacionarme con ella.

Sabine nos mira a ambas, a todas luces confundida por semejante comentario.

Pero Haven se apresura a explicarse.

—En realidad, voy a dejar de relacionarme con todos, tanto con mis padres como con mi hermano pequeño. Dejaría hasta al ama de llaves, si pudiera. —Se ríe, pero el sonido suena tan forzado, tan perturbador, que Sabine se pone en alerta de inmediato—. La historia es muy larga, así que te la resumiré: me he mudado y estoy a punto de conseguir la emancipación para no tener que aguantar más sus mierdas.

Sabine frunce el entrecejo y la mira con una expresión que he llegado a conocer muy bien. Una expresión que muestra su indignación y su desagrado.

Sin embargo, Haven es inmune. En todo caso, esa mirada parece animarla más. Su sonrisa se hace más amplia.

—Se niegan a aceptarme tal y como soy, así que he recogido mis cosas y les he dicho «Arrivederci!».

Sabine vuelve a mirarnos a ambas. Lo más seguro es que se pregunte si yo soy responsable de esto, si le he dicho a Haven lo que debe decir y cuándo. Está claro que esas palabras podrían aplicarse a su actitud conmigo, pero yo no he tenido nada que ver. Haven interpreta su propio monólogo.

—Bueno, estoy segura de que te echarán mucho de menos —comenta Sabine, recurriendo a su voz de abogada judicial.

Sin embargo, Haven no va a seguirle el juego; ese juego en el que todo el mundo actúa de manera educada y políticamente correcta, en el que todo el mundo finge que lo que acaba de decir no era en realidad lo que parecía. Ese juego en el que al final sale todo bien a pesar de las muchas posibilidades de lo contrario.

Tampoco piensa jugar al juego de padres y/o tutores en el que uno se esfuerza al máximo por mostrar sus mejores modales a fin de que los padres de sus amigos tengan buena opinión de él y lo inviten a volver.

Porque Haven y yo ya no somos amigas.

Y no podría importarle menos lo que Sabine piense de ella, ni si vuelve a invitarla a casa.

Así pues, se encoge de hombros y pone los ojos en blanco.

—¡Lo dudo mucho! —canturrea.

La expresión de Sabine se endurece al instante, y me fulmina con la mirada, como si yo fuese la responsable de esto. Como si mi silencio, el hecho de que no haya abierto la boca ni haya hecho nada para evitarlo, fuera algo así como una señal de aprobación.

Sin embargo, lo único que hago es esperar a que esto acabe. Esperar a que Haven cierre la boca, a que Sabine se rinda por fin y se vaya a la cocina a dejar las verduras, y yo pueda terminar de cerrar el trato que he hecho con Haven.

Pero, por desgracia, Haven está lejos de haber terminado. Está disfrutando con la tensión que ha creado y tiene ganas de añadir más.

—Aunque, claro, yo tampoco los echaré de menos, así que supongo que eso nos deja en tablas.

Sabine vuelve a mirarme, dispuesta a hablar, pero Haven agita la mano en el aire y pierde el control del elixir. Observa cómo cae, cómo el brillo del líquido rebota contra las paredes de la botella… hasta que al final extiende el brazo con indiferencia, y lo atrapa sin problemas antes de que se estrelle contra el suelo. Sus ojos resplandecen al ver la sorpresa de Sabine, que niega con la cabeza, convencida de que lo que acaba de ver no es posible, porque nadie puede moverse tan rápido.

—¡Huy! —Haven se echa a reír—. Bueno, no quería entretenerte. Solo vine a pillar un poco del elixir de Ever. —Sostiene la botella en alto y la inclina hacia los lados para hacer que el líquido brille antes de señalar la caja que llevo entre los brazos, la que contiene el resto de las botellas que guardo en casa.

—¿Que has venido a pillar su… qué? —Sabine entorna los párpados mientras se esfuerza por entenderlo.

Observa la botella con suspicacia y después me mira. Se pone de puntillas para ver el interior de la caja, preguntándose si ha pasado algo por alto. Deja el bolso en la mesa de la entrada y acepta la botella que Haven le ofrece alegremente.

Pero la cosa ya ha llegado demasiado lejos, y no pienso permitir que continúe.

No puedo permitir que Sabine coja el elixir.

No puedo permitir que Haven juegue conmigo de esta manera.

—No es nada —le digo mientras presiono la caja con fuerza contra el costado de Haven y le doy un empujón—. No es más que la bebida energética que me gusta.

Pero Sabine no se lo traga. Basta con echar un vistazo a su cara para saber que ha entrado en modo de alerta máxima. De pronto relaciona mi extraño comportamiento, mi renuencia a comer y todos los demás hábitos extraños e inexplicables, y da por hecho, con bastante acierto, que todo se debe a una única cosa.

Haven se echa a reír y empuja el elixir hacia ella. La provoca y se burla, animando a Sabine a que dé un sorbo para comprobar por sí misma lo bueno y refrescante que es… Le dice que da tanta «energía» que tu vida «cambia» con un solo trago.

Mi tía, hechizada por la intensidad de la mirada de Haven y por el brillo chispeante del elixir, está a punto de morder el anzuelo, pero al final Haven estalla en carcajadas y lo coloca fuera de su alcance.

Sabine hace un gesto negativo con la cabeza, endereza los hombros y recupera la compostura en un santiamén.

—Creo que deberías marcharte —dice con los dientes apretados—. Creo que deberías marcharte ahora mismo. Y, aunque siento mucho tener que decirlo, Haven, ya que es obvio que tienes muchos problemas y que necesitas ayuda con urgencia, no quiero volver a verte por aquí. —Extiende el brazo hacia la bolsa de verduras, la levanta de la mesa y se la apoya sobre la cadera mientras observa a Haven con detenimiento.

—Vale, no te preocupes. —Haven sonríe y se da la vuelta para irse—. No volverás a verme en mucho tiempo. No tengo ninguna necesidad de volver ahora que ya he conseguido lo que necesitaba.

Me sitúo tras ella en cuanto se acerca a la puerta. Tengo la intención de acabar con esto tan rápida y discretamente como pueda, antes de que los efectos calmantes del elixir desaparezcan y Haven empiece a descontrolarse de nuevo.

Pero cuando estoy a punto de cruzar el umbral, Sabine me agarra del brazo para detenerme. No piensa dejar que me marche, ahora no, y mucho menos con una amiga a la que acaba de desterrar.

Me mira con los ojos entornados mientras desliza los dedos hasta mi muñeca, donde los cierra con fuerza.

—¿Y dónde te crees que vas?

La miro a los ojos, y sé que no tengo más remedio que decirlo con la mayor calma y brevedad posible. Dejar claro que, tanto si le gusta como si no, no podrá evitar que lleve a cabo mi plan.

—Sabine… tengo que acompañar a Haven a un sitio. No tardaré mucho, y cuando vuelva podremos hablar todo lo que quieras. Pero ahora tengo que irme, de verdad.

—¡No irás a ninguna parte! —grita con voz estridente. Me aprieta tanto la muñeca que mi piel adquiere un furioso tono rojo. Pero se cura al instante, antes de que el cardenal tenga oportunidad de formarse—. ¿Es que no me has oído? No quiero que vuelvas a salir con esa chica. Creía que lo había dejado bien clarito.

Estoy a punto de liberarme de un tirón, de decirle que sí, que lo ha dejado bien clarito, pero no tengo oportunidad de hacerlo, porque Haven sonríe y me quita la caja de los brazos.

—No te preocupes, Ever. Quédate en casa con tu querida tía. Es obvio que está muy enfadada. Yo puedo llevar esto sin problemas.

La observo mientras se dirige al coche (el coche de Roman). Deja la caja en el asiento del acompañante antes de subirse y poner el motor en marcha. Se ríe como una histérica mientras se despide con un gesto de la mano y retrocede por el camino de entrada.

Los dedos de Sabine todavía me aferran con fuerza, todavía me impiden hacer lo que más necesito..., lo único que acabará con esta horrible maldición y me permitirá llevar una vida plena y feliz.

—¡Vete a tu habitación! —me grita. Tiene las mejillas rojas y los ojos en llamas. Su rostro está tan lleno de furia que me siento fatal por haber hecho que se ponga así.

Pero eso no es nada en comparación con lo que siento cuando doy un tirón para liberarme. Tiro tan fuerte y tan rápido que se le escapa la bolsa de comida. Las latas, las frutas y verduras, los cartones de huevos y los envases de queso fresco se esparcen por el suelo, dejando un rastro de grumos blancos, trozos de pulpa y yemas de huevo sobre la piedra pulida.

No es nada en comparación con el arrepentimiento que siento cuando la miro después de ver el desastre, deseando poder arreglarlo con la mente, borrarlo por completo, fingir que nunca ha ocurrido. Pero sé que eso solo conseguiría empeorar las cosas, así que le doy la espalda y salgo por la puerta.

Estoy desesperada por alcanzar a Haven, que ha aprovechado la oportunidad para renegar de nuestro trato. No tengo ni idea de por dónde empezar a buscarla, pero sé que debo empezar por algún sitio y que debo hacerlo ya.

—Lo siento, Sabine. De verdad —le digo a mi tía por encima del hombro—. Pero hay cosas que no comprendes... que no quieres comprender. Y resulta que esta es una de ellas.

Capítulo treinta y seis

Echo a correr en cuanto pongo los pies en el porche. No quiero desperdiciar el tiempo que me llevaría ir al garaje, entrar en el coche, ponerlo en marcha, recorrer marcha atrás el camino de entrada, y todos los demás pasos de la rutina «normal» que con tanto esfuerzo he mantenido hasta ahora para tranquilizar a Sabine (aunque lo cierto es que mis actos han hecho cualquier cosa menos tranquilizarla); sin embargo, tampoco quiero manifestar un vehículo mientras ella siga vigilándome desde la ventana. Sé que eso solo me acarrearía un nuevo interrogatorio… un montón de preguntas que no tengo intención de responder.

Me sigue con la mirada. Siento el peso de sus ojos a mi alrededor, una horrible mezcla de furia, preocupación y miedo.

Los pensamientos son cosas. Cosas hechas a base de una forma de energía palpable. Y los suyos se me clavan directamente en el corazón.

Me siento fatal por todo lo que acaba de ocurrir, pero no puedo preocuparme por ese problema ahora. Ya habrá tiempo de sobra para eso más tarde. Sé con certeza que tendré que esforzarme un montón para idear una manera de arreglar las cosas con ella, pero en estos momentos mi única preocupación es encontrar a Haven.

Salgo del camino de entrada hacia la calle, convencida de que por fin soy libre, pero me encuentro de repente al señor Muñoz, que aminora la velocidad de su Prius y se dirige directamente hacia mí.

Genial, murmuro por lo bajo mientras él baja la ventanilla y me llama.

—¿Va todo bien? —pregunta con expresión preocupada.

Me detengo un segundo para responder.

—En realidad, no. Lo cierto es que casi nada va bien. Ni por asomo.

Arruga la frente y echa un vistazo a la casa.

—¿Puedo ayudar?

Niego con la cabeza y me dispongo a marcharme, pero lo pienso mejor y vuelvo a girarme hacia él.

—Sí, dígale a Sabine que lo siento, por favor. Que siento muchísimo todo lo que ha pasado… todos los problemas que le he causado. Siento muchísimo haberla herido. Seguramente no se lo creerá. Es más que probable que no acepte las disculpas, y no puedo culparla por ello. Pero de todas formas… —Encojo los hombros. Me siento estúpida por haberle contado todo esto, pero eso no impide que continúe—: Ah, y si eso falla, siempre puede darle esto…

Cierro los ojos y manifiesto un enorme ramo de narcisos amarillos. Sé que no debería haberlo hecho. Sé que con esto solo he conseguido engendrar un montón de preguntas que no tengo tiempo de responder, pero se lo entrego y añado:

—Son sus favoritas. Pero no le diga de dónde las ha sacado, ¿vale?

Me largo antes de que pueda reaccionar, antes de ver la estupefacción de su rostro.

Aunque ya he perdido más tiempo del que podía permitirme, me tomo un instante más para hacer aparecer un BMW negro igual que el que conduce Damen. Soy consciente del desconcierto y el estupor de Muñoz, que me observa por el espejo retrovisor. Veo su boca abierta y sus ojos a punto de salirse de las cuencas. Justo en el momento en que salgo a toda velocidad, su expresión parece decir «¿De verdad he visto lo que creo que he visto?».

Me dirijo hacia la autopista de la Costa pensando que ya me encargaré de él más tarde. Acelero en las curvas e intento averiguar dónde podría haber ido Haven.

Se me encoge el estómago en el instante en que la respuesta aparece en mi mente.

La camisa.

Ahora que tiene lo que quería (gracias a la intervención de Sabine), no piensa cumplir su parte del trato. Me odia tanto que prefiere destruir lo que quiero, lo único que le pedí a cambio del elixir, a pesar de que tiene un gran valor sentimental para ella.

Estoy casi segura de que no tiene ni idea de por qué es importante para mí, pero eso da igual. En lo que a Haven respecta, el mero hecho de que lo quiera, el mero hecho de que estuviera dispuesta a hacer un trato para conseguirla, es razón más que suficiente para destruirla.

Lo sé por la forma en que me miró. Puede que estuviera débil y desequilibrada todavía, pero había tomado el elixir necesario para pensar y actuar con lógica.

Así que cuando me ofrecí a darle un buen número de botellas de elixir si ella a su vez me daba algo a cambio, se limitó a encogerse de hombros.

—Está bien. Lo que sea. Venga, suéltalo ya. ¿Qué es eso que necesitas con tanta desesperación? —me dijo.

—Quiero la camisa —respondí antes de situarme justo delante de ella. Vi que entornaba los párpados, así que me apresuré a añadir—: La que Roman llevaba puesta la última noche. La que me arrebataste de las manos antes de amenazarme y pedirme que me marchara.

Me miró llena de suspicacia, y supe por su expresión que todavía la conservaba. Pero también me quedó claro que no tenía ni idea de para qué la quería, qué significado podía tener.

Mi única esperanza es que eso siga igual, al menos hasta que la camisa esté a salvo entre mis manos.

—¿Te refieres a la camisa que llevaba puesta la noche en la que lo mataste? —me preguntó con expresión atónita.

—No. —Hice un gesto negativo con la cabeza y me esforcé por mantener la voz firme—. Me refiero a la camisa que llevaba puesta la noche en la que, por desgracia, Jude lo mató por accidente. —La miré fijamente para asegurarme de que contaba con toda su atención y añado—: Quiero que me des esa camisa de lino blanco, y será esa misma camisa, porque te aseguro que si me entregas una falsificación me daré cuenta, Haven. Te daré todo el elixir que necesites a cambio de la camisa.

Se quedó mirando la caja que yo acababa de llenar con todo el elixir que tenía en casa, la caja que le había prometido como muestra de mi disposición a cumplir mi parte del trato. Deseaba negarse con toda su alma, pero estaba tan asfixiada por su dependencia, por el ansia, que al final aceptó a regañadientes.

Asintió con la cabeza para dar su consentimiento.

—Está bien. Trato hecho. Lo que quieras. Pero acabemos de una vez con esto, ¿vale?

Y fue entonces cuando bajamos las escaleras. Haven había cogido una botella para beber durante el camino y yo acarreaba la caja para protegerla, decidida a mantenerla lejos de su alcance hasta que el intercambio fuese cosa hecha.

Pero Sabine llegó a casa y lo estropeó todo.

Dejo escapar un suspiro mientras me concentro de nuevo en el presente. Me planteo pasarme por su antigua casa, la casa en la que todavía viven sus padres y su hermano pequeño, pensando que podría haberla guardado allí porque es el último lugar en el que alguien la buscaría. Pero de repente siento la abrumadora urgencia de dirigirme a otro lugar.

No sé si se trata de alguna especie de mensaje, de algún tipo de señal, o si no es más que una poderosa intuición, pero decido seguir adelante de todas formas. Cada vez que paso por alto un impulso me arrepiento de ello, así que esta vez realizo un giro de ciento ochenta grados y hago caso a mis instintos.

Me decepciona bastante terminar en un lugar que ya he examinado. Que he registrado con Miles. Pero no pienso dejar que eso me detenga, así que me encamino hacia la puerta. A pesar de que Haven ha reclamado esta casa como suya y lleva meses viviendo aquí, yo sigo considerándola la casa de Roman, y en cuanto me acerco afloran a la superficie un montón de recuerdos.

Recuerdo todas las veces que he venido aquí antes. Las veces que derribé la puerta, las veces que luché con él, las veces que estuve a punto de sucumbir a sus hechizos, la noche que Jude lo mató… Pero intento olvidarme de esos recuerdos mientras me abro camino entre el laberinto de muebles. Las cosas de la tienda están aquí, de modo que apenas queda hueco para pasar por el pasillo que conduce al salón.

El salón también está abarrotado, así que tardo un rato en examinarlo todo. Recorro con la mirada los armarios antiguos, los sofás de seda y terciopelo, y la brillante mesita de metacrilato, que parece un despojo de los ochenta. Veo un montón de óleos con marcos dorados apilados contra la pared del fondo. Hay prendas de ropa, procedentes de diferentes períodos y con varios siglos de antigüedad, desperdigadas por casi todas las superficies disponibles, entre ellas la barra donde Roman guardaba las copas de cristal en las que servía el elixir. También está el sofá en el que intenté seducirlo tomando el aspecto de Drina, cuando estaba bajo el influjo de la llama oscura que moraba en mi interior. El mismo sofá en el que le di de beber a Haven el brebaje especial de Roman aquella noche que lo cambió todo.

Cuando dirijo la mirada hacia la chimenea encendida, veo a Jude agazapado. Parece asustado, confundido, derrotado y aturdido. Haven está delante de él, con la camisa manchada en una mano y el brazo de Jude en la otra. Ha recuperado cierta similitud con su aspecto anterior (por lo menos sus dientes se han regenerado), aunque todavía está muy lejos de ser la antigua Haven. Y sigue consumida por la furia y por la dependencia del elixir.

—Vaya, vaya... —dice al tiempo que se vuelve hacia mí y me mira con los ojos enrojecidos—. ¿De verdad creías que podrías engañarme?

Sacudo la cabeza. Estoy tan confundida como ella. No sé qué está pasando.

Jude se encoge, todavía en sus garras. Está claro que le horroriza que lo hayan pillado haciendo... bueno, lo que estuviera haciendo. No logro entender por qué está aquí.

¿Acaso ha averiguado la verdad sobre la camisa, la promesa que encierra? ¿Intentaba conseguirla para hacernos a Damen y a mí una especie de oferta de paz?

O peor, y más probable: ¿está aquí para robarla y destruirla? ¿Solo fingió ser amigo de Damen y perdonar el pasado? ¿En realidad no había renunciado a su venganza final y tenía todo esto planeado desde el principio?

Antes de que pueda impedirlo, Haven se abalanza sobre él. Con la energía del elixir que hay en su interior, el elixir que yo le he proporcionado, le suelta el brazo para agarrarlo del cuello y lo levanta del suelo hasta que los pies de Jude se agitan en el aire. Sacude la camisa con la otra mano para mostrármela.

—¿Qué coño está pasando aquí? —pregunta.

—No lo sé —respondo con un tono de voz grave y firme. Me acerco a ella poco a poco con las manos en alto, donde pueda verlas—. De verdad. No tengo ni la menor idea de lo que quiere Jude. Tal vez deberías preguntárselo.

Echa un vistazo a Jude, que tiene los ojos desorbitados y el rostro amoratado, y lo deja caer de golpe, sujetándolo deprisa por el brazo para evitar que huya mientras él escupe, tose y lucha por recuperar el aliento.

—¿Vosotros dos planeasteis esto? —Haven me fulmina con la mirada.

—No. —Miro a Jude y me pregunto por qué siempre tiene que aparecer en el peor momento posible.

Por qué siempre lo estropea todo.

De una cosa estoy segura: no es casualidad. Las casualidades no existen. El universo es demasiado armonioso para tanta aleatoriedad.

Entonces, ¿por qué? ¿Por qué cada vez que estoy a punto de conseguir lo que quiero aparece Jude y me arruina los planes?

Tiene que haber algo más. Alguna razón que explique esto. Pero la verdad es que no tengo ni idea de cuál puede ser.

Haven levanta la camisa y la examina en un intento de descubrir para qué la quiero, por qué Jude se ha arriesgado tanto para conseguirla, qué significado puede tener para alguien que no sea ella.

Pero cuando nos mira (y descubre que Jude observa la mancha y que yo lo observo a él), lo entiende todo.

La bombilla se enciende en su cabeza y todas las piezas encajan de golpe.

Y le entra un ataque de risa.

Se ríe con tantas ganas que apenas puede tenerse en pie. Se inclina hacia delante, apoya una mano en la rodilla y se sacude entre carcajadas mientras se palmea los muslos. Al final, se serena un poco y logra incorporarse.

—Ahora lo entiendo todo. —Sujeta la camisa con la punta de los dedos y esboza una sonrisa diabólica—. Todo. Pero, por desgracia para ti —dice, señalándome con el dedo—, o, quizá, incluso para ti… —Señala a Jude con la cabeza—. Parece que tienes una importante decisión que tomar, Ever.

Capítulo treinta y siete

Se da la vuelta y nos mira a ambos.

—¿Sabes?, al principio llevaba la camisa conmigo a todas partes. Allí donde iba. Al instituto, a la tienda… incluso dormía con ella para no alejarme nunca de su esencia. —Encoge los hombros—. La consideraba mi última conexión con Roman… El último recuerdo que me quedaba de él. Pero ahora ya no pienso lo mismo. Todo lo que ves aquí es mío. Roman nunca pensó que moriría, así que no se molestó en hacer testamento. Esta es mi conexión con Roman.

Sacude la camisa en el aire, y el tejido ondea con delicadeza mientras ella señala la colección de antigüedades. Utiliza la otra mano para sujetar a Jude con más fuerza y añade:

—Esta casa, estas cosas, todo esto… me pertenece. Mire donde mire, tengo recuerdos de él, así que ya no necesito ninguna estúpida camisa. No. Ahora eres tú quien la necesita, Ever. Es por esta mancha, ¿verdad? La mancha que dejó el asqueroso antídoto que habrías conseguido de no haber sido por este tío.

Aprieta aún más el brazo de Jude. Él se encoge, pero se niega a gritar, se niega a dar a Haven la satisfacción de saber que le está haciendo daño.

—Y parece que ahora lo ha vuelto a hacer —continúa. Se vuelve hacia Jude y chasquea la lengua mientras niega con la cabeza—. Si este tío no se hubiera entrometido, ahora estarías viviendo tus «felices para siempre», ¿no es así? O, al menos, eso es lo que tú te piensas. Voy a preguntarte una cosa: ¿todavía estás dispuesta a mantener tu versión? ¿Todavía estás dispuesta a culparlo a él de todo?

La miro fijamente. Mi cuerpo está tenso, preparado para lo que sea, pero me niego a responderle. Me niego a caer en la trampa que pueda haber preparado.

Sin embargo, ella se limita a poner los ojos en blanco. Está claro que mi silencio no le ha hecho cambiar de opinión.

—Bueno, de todas formas da lo mismo, porque lo hecho, hecho está. No te hace falta saber lo que ocurre realmente. Creíste de verdad que la respuesta estaba aquí. —Sacude de nuevo la camisa—. En la enorme mancha verde de una camisa de lino blanco. Creíste de verdad que podrías examinarla en algún laboratorio o, mejor aún, llevarla al laboratorio de ciencias del instituto y conseguir algún crédito extra por identificar todos los componentes y dar por fin con la receta que os permitiría a Damen y a ti… «copular como conejos», como diría Roman.

Suelta una carcajada y niega con la cabeza, dejando a la vista el tatuaje del uróboros. Me mira con lástima, como si no pudiera asimilar tanta estupidez.

—Dime, Ever, ¿cómo lo he hecho hasta ahora? ¿Voy bien encaminada? —pregunta con sorna.

Me observa con detenimiento, pero, aunque se ha acercado bastante a la verdad, no pienso responder, y me esfuerzo mucho para que mi expresión tampoco revele nada. Permanezco de pie en silencio, sin dejar de vigilar a Haven con el rabillo del ojo, y le advierto a Jude con la mirada que no cometa una estupidez como la última vez. Es evidente que ella todavía no está al máximo de sus capacidades, pero a juzgar por lo que he visto, aún es capaz de causar estragos.

Poniendo mucho cuidado para que Haven no se dé cuenta, le pido ayuda a Damen. Le envío un mensaje telepático con la imagen que se desarrolla ante mí.

Sé que aparecerá en un momento.

Lo único que tengo que hacer es aguantar hasta entonces.

—Escucha, Haven… —empiezo a decir, pero no me deja llegar muy lejos.

Lo ha visto.

Ha visto el cambio que se ha producido en mí.

Y no piensa darme más tiempo.

Antes de que pueda evitarlo, vuelve a coger a Jude por el cuello, aparta la pantalla de la chimenea de una patada y sujeta la camisa de Roman junto al fuego.

Le tiemblan los dedos, y la camisa se balancea precariamente.

—No tiene sentido desperdiciar más tiempo, ¿verdad? —dice sin apartar la vista de mí mientras las llamas chisporrotean junto al tejido blanco—. Ha llegado el momento de decidir, Ever. La elección es tuya, y solo tuya. ¿Qué va a ser? ¿Una vida de revolcones felices y eternos, o la posibilidad de que Jude disfrute de una larga existencia?

Jude ahoga una exclamación y forcejea para intentar liberarse, pero cuando me mira, en lugar de una súplica de ayuda, sus ojos solo piden perdón. Haven lo aprieta más fuerte, con lo que el suministro de oxígeno se reduce todavía más, pero aun así me permite ver el interior de su cabeza.

Ha venido aquí por mí.

Quería cumplir su palabra, demostrar que lo único que quiere es verme feliz. Quería enmendar todos los errores que cometió meses atrás, aquí, en esta misma casa. Y ahora está dispuesto a morir si es necesario. Está dispuesto a sacrificarse para que yo consiga lo que quiero, para acabar de una vez.

—*¡Hazlo!* —me dice. Sus sensaciones son tan cariñosas, tan cálidas, que me dejan sin aliento—. *Por favor, solo quiero que seas feliz. Además, gracias a todo lo que me has mostrado, a todo lo que he descubierto en Summerland, ya no tengo miedo. Considera esto mi regalo final. Me estrujé el cerebro buscando una forma de compensarte y al final recordé la camisa de Roman; recordé cómo reaccionaste el día que derramé el café y se me manchó la manga. Y, después de sumar dos y dos, me di cuenta de que esta sería la solución perfecta.*

Aunque cierra los ojos, sus pensamientos no se detienen.

—*Pero lo único que he conseguido es empeorar las cosas, y lo siento mucho. De verdad que lo siento. Solo quiero que sepas que mi amor siempre ha sido verdadero, que mis intenciones siempre han sido buenas. Nunca quise hacerte daño.*

Contengo un sollozo y trago saliva para aplacar el nudo que me cierra la garganta. Parpadeo para suavizar el escozor de las lágrimas y paseo la mirada entre Jude y la camisa que Haven sujeta a escasos centímetros de las llamas.

Y de repente sé que lo único que tengo que hacer para conseguir lo que he buscado durante tanto tiempo es tomar la decisión que ambos me suplican que tome.

Jude ya me ha dado su consentimiento. Prácticamente me ha suplicado que lo haga.

Y Haven… Bueno, Haven apenas puede contener su entusiasmo. Esta es justo la clase de situaciones que le encantan.

Lo que más le gusta en el mundo.

Así pues, respiro hondo y permito que la palabra «perdóname» salga de mi mente hacia la de Jude. Luego me vuelvo hacia Haven.

—¿Sabes?, este es uno de los jueguecitos de mierda que le gustaban a Roman. Y te digo lo mismo que le dije a él: no pienso volver a jugar nunca más.

Capítulo treinta y ocho

Por la forma en que me mira, está claro que Haven no puede creer lo que acaba de oír.

Así que se lo repito, para que no le quede ni la menor duda.

—En serio. No pienso elegir. No pienso jugar a este juego. Tendrás que pensar en otra cosa... Y espero que sea algo más original, menos trillado. Tómate el tiempo que necesites. —Me encojo de hombros con un movimiento deliberadamente sereno—. No tengo prisa. Aunque quizá quieras darle un respiro al pobre Jude; a menos, por supuesto, que hayas decidido matarlo de todas formas, en cuyo caso puedes apretarle el cuello aún más y acabar con el asunto. Hagas lo que hagas, seguiré aquí. No voy a irme a ninguna parte hasta que consiga lo que he venido a buscar.

Las manos dc Haven empiezan a temblar por el esfuerzo y por la rabia, que la consume de nuevo. Su mirada abrasadora y llena de odio me recorre de arriba abajo.

—Lo creas o no, Ever, voy a quemar esta camisa y a matar a Jude, y no podrás hacer nada para impedirlo.

—No, no lo harás. —Mi voz no vacila. Noto que ha aflojado la mano un poco, pero hago lo posible para que ella no se dé cuenta. No quiero que vuelva a apretarla y le cause más dolor a Jude—. Hay al menos dos buenas razones por las que sé que ni siquiera lo intentarás.

Haven se estremece, todo su cuerpo tiembla a medida que pierde las fuerzas que ha conseguido conservar hasta ahora.

—La primera es que ya hace bastante que tomaste el último trago y empiezas a sufrir el síndrome de abstinencia. —Niego con la cabeza y chasqueo la lengua con una expresión de lástima y desaprobación—. Mírate, Haven. Tienes los ojos hundidos, la cara chupada y no dejas de temblar. Roman tardó años, probablemente siglos, en alcanzar la clase de tolerancia al elixir que tú has adquirido en unos cuantos meses. No lo controlas, estás desquiciada. Mírate bien, ¿quieres?

—¿Y cuál es la segunda? —pregunta con una voz ronca y maliciosa que deja entrever lo mucho que me desprecia.

—La segunda. —Sonrío sin apartar los ojos de los suyos—. La segunda es que estás a punto de estar en minoría. Damen está aquí.

Puedo sentir su presencia. Lo noto en el camino de entrada, atravesando la puerta principal, abriéndose camino entre el laberinto del pasillo. Le advierte a Miles que se quede atrás y que no se involucre más, justo antes de entrar en el salón a la velocidad del rayo. Y es entonces cuando Haven los ve. Ve a Damen, de pie a mi lado, y a Miles, que se asoma por la puerta, desoyendo el consejo de quedarse al margen.

—Vaya, mira qué bien… —dice con los ojos entrecerrados—, Damen ha traído su propio equipo de apoyo. ¡Qué encanto!

Me doy la vuelta y echo un vistazo a Miles. Su aura se encoge y sus hombros se encorvan. Se arrepiente de haber entrado en la estancia en cuanto ve el horripilante aspecto de su antigua mejor amiga.

Haven echa chispas por los ojos a causa de la furia.

—Has elegido el bando equivocado, Miles. —Entorna los párpados aún más, hasta que sus ojos se convierten en dos rendijas rojas—. No puedo creer que me hayas traicionado.

Miles afronta su mirada. Si está asustado, no se le nota. Endereza la espalda, cuadra los hombros y se peina el pelo con los dedos. Su aura resplandece y se hace más fuerte.

—No he elegido nada. Puede que no apruebe tus últimas decisiones, puede que me haya distanciado un poco, pero en lo que a mí respecta nunca hemos dejado de ser amigos. Lo digo en serio, Haven. Hasta el momento he pasado por tu fase de bailarina, por tu fase de pija, por tu etapa gótica, por tu etapa emo y por tu fase superhorripilante de bruja inmortal. —Encoge los hombros con indiferencia mientras se toma un instante para examinar el salón—. Y el hecho es que no voy a irme a ninguna parte. Para empezar, aún no te he dado por perdida, y para seguir... bueno, siento curiosidad por saber qué papel vas a elegir ahora.

Haven pone los ojos en blanco.

—Bueno, detesto tener que decírtelo, pero no va a haber otro, Miles —dice con una voz más ronca que nunca—. Tanto si te gusta como si no, esto es lo que hay. Esta es mi nueva y mejorada versión de mí misma. Estoy completamente «actualizada». Soy todo lo que estaba destinada a ser.

Miles niega con la cabeza.

—Me encantaría que lo pensaras mejor, o que te miraras en un espejo, al menos.

Pero si Haven lo oye, lo obvia por completo para centrar su atención en Damen.

—Bueno… Damen Auguste Esposito. —Sonríe de forma chabacana, con un brillo diabólico en sus ojos rojos.

Ha utilizado el nombre que le pusieron hace muchísimo tiempo, cuando sus padres fueron asesinados y lo encerraron en el orfanato en el que vivió hasta que la peste negra arrasó la zona y él pudo librarse gracias al elixir. Es un nombre que no ha usado desde hace varios siglos, y tardo un instante en reconocerlo.

—Lo sé todo sobre ti —asegura Haven—. No sé si Ever te lo ha mencionado o no, pero Roman guardaba muy buenos registros. Unos registros de lo más detallados. Y tú… bueno, digamos que has sido un chico muy, muy malo, ¿no es así?

Damen hace un gesto de indiferencia con los hombros y pone mucho cuidado en mantener una expresión serena que oculte bien sus emociones.

—Te he traído más elixir. He dejado una caja grande junto a la puerta y, créeme, hay mucho más en el lugar en el que lo cogí. Así que ¿por qué no vienes conmigo y le echas un vistazo? Puedes probarlo también, si quieres.

—En vez de eso, ¿por qué no me ahorras el trabajo y me lo traes aquí? —Bate las pestañas e intenta esbozar una de sus antiguas sonrisas: mona, encantadora, coqueta, con una pizca de adorable picardía. Pero se ha alejado tanto de la antigua Haven que solo consigue una mueca espeluznante—. Como puedes ver, estoy un poco ocupada. Ever y yo estábamos ultimando los detalles de un pequeño trato que hemos hecho y, si no me equivoco, que te haya llamado significa que ya no confía en mí. Algo bastante irónico si consideramos que fue ella quien me hizo así y que, por lo que he leído en los diarios de Roman, tampoco tiene ninguna razón para confiar en ti, ¿no crees?

—Olvídate de los diarios —le digo, impaciente por acabar de una vez—. Lo sé todo, Haven. No tienes nada con lo que chantajearnos, así que ¿por qué no…?

—¿Estás segura de eso? —Nos mira a los dos, como si supiera algo y estuviera ansiosa por soltarlo—. ¿Conoces su pasado con Drina? ¿Sabes que fingió su propia muerte en un incendio? ¿Conoces a la pequeña esclava a la que robó y apartó de su familia? ¿Sabes todo eso? —Esta vez también mira a Jude, pero él afronta su mirada sin revelar nada.

—Lo sabe. —Damen clava los ojos en ella—. Y, para que conste, yo no robé a la esclava, la compré para liberarla. Por desgracia, así se hacían las cosas en aquella época. Fue un momento muy oscuro de nuestra historia. Pero no creo que en realidad te interese revivir aquello, así que, por favor, no malgastes nuestro tiempo con estupideces. Suelta a Jude y entréganos la camisa. ¡Ahora!

—¡¿Ahora?! —replica con un chillido al tiempo que enarca las cejas—. Ay, no, creo que no lo haré. Ni ahora ni en ningún otro momento, la verdad. Así no se juega este juego. De hecho, eso iría contra las reglas. En resumen, hay que tomar una decisión. Podéis hacer dos cosas: A, salvar a Jude, o B, salvar la camisa. Así que dime, Damen, ¿qué va a ser? ¿La vida de una persona o tu interés personal? Esto es lo que Roman le hizo a Ever cuando ella me dio el elixir, aquí, en esta misma estancia; al menos, eso es lo que afirma ella. No lo sé con seguridad, ya que yo estaba inconsciente. No obstante, sí que recuerdo que todo ocurrió en ese sofá. —Sacude la cabeza para señalarlo—. Y supongo que esa es la razón por la que ella se niega a jugar otra vez. Debe de ser un recuerdo doloroso, porque está claro que se arrepiente de la decisión que tomó. Es evidente que desearía haberme dejado morir. Pero que ella no quiera jugar no significa que tú no puedas hacerlo. De modo que dime, Damen, ¿qué elegirás? Si me lo dices, será tuyo para siempre.

Damen la mira y se prepara para atacar, para acabar con ella y poner fin a todo esto. Puedo sentir cómo cambia su energía. Puedo ver el plan que toma forma en su cabeza. Pero me apresuro a advertirle de que no lo haga; le suplico que se calme y que no haga nada. Haven le está tendiendo una trampa. Tiene que ser una emboscada, porque hay demasiado en juego para arriesgarse así.

—Haven, nadie va a elegir nada —le digo—. Porque nadie va a jugar a tu estúpido jueguecito. ¿Por qué no sueltas a Jude, nos entregas la camisa e intentas controlarte un poco? Tienes que arreglar tu vida. Lo creas o no, todavía estoy dispuesta a ayudarte. Todavía estoy dispuesta a dejar lo pasado atrás para que puedas recuperarte. En serio. Solo… entrégame la camisa y suelta a Jude…

—¡Elige! —grita. Su cuerpo tiembla de manera descontrolada, y se me cierra la garganta al ver lo cerca que está la camisa del fuego—. ¡Elige de una puñetera vez!

Y aunque habla en serio, aunque sus ojos arden de furia, yo no hago más que mirarla a los ojos y negar con la cabeza.

—Está bien. —Su expresión está cargada de odio—. Si vosotros dos no queréis elegir, yo elegiré por vosotros. Pero recordad que tuvisteis vuestra oportunidad.

Se vuelve hacia Jude y separa los labios como si fuese a decir algo. Algo como «Adiós» o «Buena suerte» o «Buen viaje» o… o cualquier cosa por el estilo.

Pero no es real.

Está montando un numerito.

Quiere que pensemos que a Jude no le queda mucho en este mundo, aunque a ella la vida de Jude le importa un comino.

Es a mí a quien quiere hacer daño.

Es a mí a quien quiere destruir.

Y está decidida a arrebatarme todos mis sueños y esperanzas.

Así que ataco.

Justo cuando Damen salta para salvar a Jude y Jude ataca para matar a Haven.

Cierra los dedos en un puño y apunta a la parte central de su torso, hacia el tercer chakra, su punto más débil. Tal y como le enseñé.

Lo malo es que no acierta.

Porque Damen lo intercepta sin querer y lo derriba justo en el último segundo.

Entretanto, Miles, en un impulso noble y estúpido, corre a ayudarme, pero solo consigue caer en las garras de Haven, que ahora sujeta la camisa con una mano y a su mejor amigo de la infancia con la otra.

Aprieta los dedos con fuerza en torno a su cuello mientras Miles patalea, jadea y lucha por liberarse.

Y me basta mirarla a los ojos para saber que va en serio.

Para ver lo siniestra y malvada que se ha vuelto.

Todo lo quc comparticron ya no significa nada para clla.

Piensa matarlo solo para herirme.

Para obligarme a elegir, lo quiera o no.

Me dedica una última sonrisa horrible mientras aprieta el cuello de Miles con tanta fuerza que los ojos están a punto de salírsele de las órbitas. Un instante después suelta un alarido eufórico y arroja la camisa al fuego, donde las llamas la reciben con avaricia.

Todo ocurre muy rápido, en menos de una fracción de segundo, aunque a mí me da la sensación de que la escena transcurre a cámara lenta.

Su rostro resplandece, odioso y obsceno, en un gesto de victoria. Está absolutamente encantada de haberme vencido.

Así que, mientras Damen y Jude se separan, echo el puño hacia atrás y recuerdo la versión de esta escena que he ensayado durante meses.

No se parece en nada a la versión real que se desarrolla ante mis ojos.

Sobre todo porque no siento ningún tipo de arrepentimiento.

Porque no tengo motivos para disculparme.

Porque no me queda más remedio que matarla antes de que ella mate a Miles.

Estampo los nudillos contra su pecho y siento que he acertado en el punto adecuado.

Veo el gesto de sorpresa en los ojos de Haven y luego salto hacia las llamas mientras Damen aparta a Miles de sus garras.

Mi carne se quema, arde, burbujea y se pela. El dolor es horrible y agonizante.

Pero no le presto atención.

Sigo adelante, buscando, cogiendo, registrando.

Estoy concentrada en una única cosa: intentar salvar la camisa. Pero es evidente que ya es demasiado tarde.

Las llamas la han consumido por completo. No queda rastro que atestigüe que existió alguna vez.

Soy vagamente consciente de los gritos frenéticos de Miles y Jude en algún lugar a mi espalda.

Soy vagamente consciente de los brazos de Damen, que me agarran, me sujetan, me calman y me apartan del abrasador infierno que ha empezado a consumir mis ropas, mi pelo y mi carne.

Me estrecha con fuerza contra su pecho y me susurra al oído una y otra vez que no pasa nada. Que encontrará una solución. Que la camisa no importa. Que lo que importa es que Miles y Jude están a salvo, y que todavía nos tenemos el uno al otro.

Me suplica que cierre los ojos, que mire hacia otra parte, que no contemple la horrible imagen de mi antigua mejor amiga estremeciéndose, jadeante, a punto de morir.

Pero no le hago caso.

Dejo que mis ojos se encuentren con los suyos.

Me fijo en su pelo enmarañado, en sus ojos rojos, en sus mejillas hundidas, en su cuerpo demacrado, en su expresión demente y en su voz, llena del odio más absoluto y desgarrador.

—¡Esto es culpa tuya, Ever! ¡Fuiste tú quien me hizo así! Y ahora vas a pagar por esto… Te juro que vas a…

No puedo apartar la mirada, ni siquiera cuando se desmorona, se rompe y queda reducida a polvo.

Capítulo treinta y nueve

—Tuviste que hacerlo. —Damen me mira con un rictus serio en los labios y la frente llena de arrugas—. Hiciste lo correcto. No tenías elección.

—Bueno, siempre hay elección. —Suspiro y lo miro a los ojos—. Pero lo único por lo que me siento mal es por saber en qué se convirtió, por la forma en que utilizó su poder, su inmortalidad. No me siento mal por la decisión que tomé. Sé que hice lo que debía.

Apoyo la cabeza en el hombro de Damen y dejo que me rodee con el brazo. Sé que hice la elección correcta dadas las circunstancias, pero eso no me pone las cosas más fáciles. Sin embargo, no lo digo en voz alta, porque no quiero preocupar más a Damen.

—¿Sabes?, uno de mis profesores de interpretación solía decir que se puede saber mucho acerca de una persona por la forma como se comporta en las situaciones más comprometidas.

Miles todavía tiene el cuello enrojecido y la voz ronca y áspera, pero por suerte empieza a recuperarse.

—Decía que el verdadero carácter —continúa—, se revela por la forma en la que la gente reacciona ante los grandes desafíos de la vida. Y aunque sin duda estoy de acuerdo con eso, también creo que se puede decir lo mismo de la forma en la que la gente utiliza su poder. Detesto tener que decirlo, pero no me sorprende en absoluto cómo reaccionó Haven. Creo que todos sabíamos lo que había en su interior. Estuvimos juntos desde primaria, y hasta donde puedo recordar, siempre tuvo ese lado oscuro. Siempre se dejaba llevar por los celos y las inseguridades y... Bueno, supongo que lo que intento decir es que no fuiste tú quien la hizo así, Ever.

Los ojos rojos y la palidez de su rostro muestran el dolor que le ha provocado haber perdido a su vieja amiga, y que esta quisiera matarlo, pero también el deseo de que yo crea sus palabras.

—Era quien era —asegura—. Y cuando se dio cuenta del poder que tenía, en cuanto comenzó a creer que era invencible... Bueno, fue más ella misma que nunca.

Miro a Miles y asiento en silencio a modo de agradecimiento.

Luego miro disimuladamente a Jude, que está en un rincón revisando el montón de óleos apoyados contra la pared. Está decidido a permanecer en silencio, a no decir nada. Se siente responsable de lo que acaba de ocurrir y se reprende por haber arruinado mis planes una vez más.

Es cierto que desearía que no hubiera hecho lo que hizo, es cierto que todo ha resultado un desastre de proporciones colosales, pero también es cierto que sé que no lo hizo a propósito. A pesar de su tendencia a interferir en mi vida, a interponerse siempre entre lo que más quiero en el mundo y yo, no lo hace a propósito. No es algo intencionado. De hecho, casi parece que hay algo que lo impulsa a hacerlo. Algo que lo dirige.

Es como si Jude estuviera guiado por una fuerza mayor... Aunque no estoy muy segura de lo que eso significa.

—Bueno, ¿qué vamos a hacer con el resto de las cosas? —pregunta Miles, que ya nos ha ayudado a Damen y a mí a recoger los diarios de Roman, o al menos los que hemos podido encontrar.

Lo único que nos faltaba es que alguien encontrara los extravagantes relatos de una persona extravagante sobre su extravagante vida (¡extravagantemente larga!), aunque lo más seguro es que cualquiera que los leyera los tomara por un relato de ficción.

—Las meteremos en cajas y las donaremos —responde Damen, que desliza la mano por mi espalda mientras contempla las antigüedades de distintos períodos que abarrotan la casa. Casi todo lo que estaba en la tienda se encuentra ahora aquí, aunque no tengo ni idea de qué quería hacer Haven con estas cosas—. O podemos organizar una subasta y donar el dinero a la beneficencia. —Se encoge de hombros, aunque parece algo abrumado ante esa posibilidad.

A diferencia de Roman, Damen nunca ha sido dado a acumular cosas. Ha vivido durante siglos utilizando tan solo lo que necesitaba en cada momento, y ha guardado únicamente las cosas que significaban algo para él. Pero, claro, Damen conoce el arte de la manifestación y sabe lo espléndido que puede llegar a ser el universo. Roman en cambio jamás llegó a tener ese don, así que se volvió avaricioso. Nada era suficiente para él. Su filosofía era: apodérate de algo el primero, si no, vendrá otro y te lo arrebatará. Solo estaba dispuesto a deshacerse de algo si eso le acarreaba algún tipo de beneficio.

—Pero claro, si veis algo que queráis, sois libres de quedároslo —añade—. No veo razón para guardar lo demás. A mí no me interesa nada de esto.

—¿Estás seguro de eso? —pregunta Jude, que habla por primera vez desde que ocurrió todo. Desde que maté a mi antigua mejor amiga y la envié a Shadowland—. ¿No te interesa nada? ¿Ni siquiera esto?

Me doy la vuelta (todos lo hacemos) y descubrimos a Jude de pie ante nosotros, con la ceja partida enarcada y los hoyuelos bien marcados. Sujeta un lienzo que muestra el extraordinario retrato al óleo de una hermosa chica pelirroja en medio de un prado interminable cubierto de tulipanes rojos.

Ahogo una exclamación, ya que reconozco de inmediato a esa chica... Soy yo. En mi vida en Amsterdam. Lo que no tengo claro es quién puede ser el artista que lo pintó.

—Es bonito, ¿verdad? —Jude nos mira a todos, aunque sus ojos acaban en mí—. Por si acaso os lo preguntáis, está firmado por Damen. —Señala la firma garabateada en el rincón inferior derecho. Hace un gesto negativo con la cabeza y añade—: Yo era bueno en mi vida anterior, de eso no hay duda. Por lo que he visto en Summerland, Bastiaan de Kool tenía mucho talento... y también tuvo una buena vida. —Esboza una sonrisa—. Pero por más que me hubiese esforzado, nunca podría haberte plasmado como lo hizo Damen. —Encoge los hombros—. Jamás podría haber llegado a dominar esta... técnica.

Me entrega el cuadro del que no he apartado la vista. Me fijo en todo lo que aparece en él: en mí, en los tulipanes... Damen no aparece en la pintura, pero puedo sentir su presencia.

Puedo ver el amor que sentía por mí en todas y cada una de las pinceladas.

—Yo no empaquetaría las cosas tan rápido; habría que echarle un buen vistazo a todo esto —dice Jude—. ¿Quién sabe qué otros tesoros podemos encontrar aquí?

—¿Te refieres a algo como esto? —Miles se pone el batín de seda negra que Roman llevaba la noche de mi décimo séptimo cumpleaños. La noche que estuve a punto de cometer un error colosal... hasta que encontré el coraje y la fuerza necesaria para apartarlo de mí—. ¿Puedo quedármelo? —pregunta mientras se ata el cinturón y empieza a posar como un modelo—. Si alguna vez tengo que hacer una prueba para interpretar a Hugh Hefner, ¡me vendría de perlas!

Siento el impulso de decirle que no.

Siento el impulso de pedirle que se quite eso y lo aparte de mi vista.

Siento el impulso de confesarle que me trae muy malos recuerdos.

Pero entonces recuerdo lo que Damen me dijo una vez sobre los malos recuerdos: que nunca dejan de atormentarte.

Y puesto que me niego a dejar que los míos me atormenten, me limito a respirar hondo y a sonreír.

—¿Sabes?, creo que te queda muy bien. Está claro que deberías quedártelo.

Capítulo cuarenta

—¿Crees que alguien había hecho esto aquí antes?

Mis rodillas se hunden en la tierra del hoyo que acabo de hacer mientras echo un vistazo a Damen, que está a mi lado. La tierra rica y húmeda resulta un buen amortiguador cuando me inclino hacia delante para colocar en el agujero la caja ribeteada en terciopelo que contiene los restos de Haven (sus joyas y su ropa).

—Summerland es un lugar muy antiguo —dice con una voz tensa llena de preocupación antes de soltar un suspiro—. Estoy seguro de que la mayoría de las cosas se han hecho al menos una vez.

Percibo su inquietud en cuanto me pone la mano en el hombro. Le preocupa que me agobie la decisión que tuve que tomar. Está convencido de que, por dentro, no estoy tan bien como aseguro.

Pero aunque me entristece muchísimo lo que tuve que hacer, no dudo ni me cuestiono nada, ni por un segundo.

Ya no soy esa chica.

Por fin he aprendido a confiar en mí misma, a hacer caso de mi intuición, a seguir mis instintos. Y, por eso, estoy en paz. Era necesario hacer lo que hice, aunque el resultado fuera una nueva alma en Shadowland. Haven era demasiado peligrosa.

Pero eso no quita que quiera rendirle honores.

Eso no significa que no albergue aún alguna esperanza con respecto a ella.

Puesto que yo misma he estado allí hace poco (gracias a ella), sé con exactitud por lo que está pasando. Cae... Flota... Se ve obligada a contemplar los errores de su pasado una y otra vez. Y si yo pude aprender de ello y mejorar, bueno, puede que ella también lo consiga.

Quizá Shadowland solo «parezca» una eternidad en el abismo.

Quizá haya una segunda oportunidad en cierto momento. Una oportunidad para las almas rehabilitadas.

Levanto la tapa de la caja, ya que quiero echar un último vistazo a las botas altas, al ceñidísimo vestido corto, a los collares de joyas (todas ellas azules), a los pendientes largos y al montón de anillos, incluido el de la calavera plateada que llevaba el día que nos conocimos.

En una época en la que ninguna de las dos habría imaginado que nuestra amistad terminaría así.

Luego, justo antes de cerrarla, hago aparecer una magdalena de color rojo terciopelo con virutas rosa. Recuerdo que era su favorita, una de las antiguas adicciones inofensivas que tan alegremente se permitía.

Damen se arrodilla a mi lado y contempla la magdalena con los ojos entrecerrados.

—¿Para qué es eso?

Respiro hondo, lo miro todo por última vez y cierro la tapa. Cojo unos puñados de tierra suelta y dejo que se deslice entre mis dedos antes de caer sobre la caja.

—Un recuerdo de la antigua Haven, la chica que conocí.

Damen titubea y me observa con detenimiento.

—¿Y para quién es ese recordatorio? ¿Para ella o para ti?

Me vuelvo y contemplo su mandíbula, sus pómulos, su nariz y sus labios. Reservo los ojos para el final.

—Para el universo —respondo—. Es una tontería, lo sé, pero espero que este dulce recuerdo haga que el universo se muestre un poco más amable con ella.

Capítulo cuarenta y uno

—¿Qué quieres hacer ahora? —pregunta Damen mientras se sacude la tierra de los vaqueros.

Encojo los hombros y miro a nuestro alrededor. Sé que el pabellón está descartado. No sería muy apropiado ir allí después de lo que acaba de suceder. Y la verdad es que no tengo ningunas ganas de volver a casa de Sabine.

Damen ha escuchado lo que pensaba y me mira con expresión interrogante, así que decido confesar.

—Sé que al final tendré que regresar a casa, pero, créeme, cuando lo haga será un infierno.

Sacudo la cabeza mientras dejo que la horrible escena con Sabine pase de mi mente a la suya, incluida la parte en la que manifesté un ramo de narcisos y un BMW delante de las narices de Muñoz. Damen se estremece al verlo.

De pronto se me ocurre una idea, aunque no sé muy bien cómo abordarla. Echo un vistazo a los alrededores.

—Pero quizá… —Hago una pausa. Sé que a él no va a gustarle, pero estoy decidida a proponerlo de todos modos—. Bueno, es solo una idea, pero ¿qué te parecería ir a visitar de nuevo el lado oscuro?

Damen me responde con una expresión que dice a las claras «¿Estás loca?». Y, sí, puede que lo esté. Pero también tengo una teoría, y estoy impaciente por comprobar si me equivoco.

—Yo solo… Hay algo que quiero ver —le digo, consciente de que aún no lo he convencido, ni de lejos.

—A ver si lo he entendido bien. —Se pasa los dedos por el pelo—. Quieres que hagamos una visita a esa parte espeluznante de Summerland donde no existen la magia ni el poder de manifestación. Donde no hay nada más que una llovizna incesante, un puñado de vegetación raquítica y kilómetros y kilómetros de ciénagas que actúan como arenas movedizas. Ah, y también una vieja escalofriante que sin duda se ha vuelto loca y que, mira por dónde, está obsesionada contigo. ¿Es eso lo que me has propuesto?

Asiento con la cabeza. Es un buen resumen.

—¿Prefieres hacer eso que enfrentarte a Sabine?

Asiento de nuevo, aunque esta vez también encojo los hombros.

—¿Puedo preguntar por qué?

—Claro. —Esbozo una sonrisa—. Aunque lo más probable es que no te responda hasta que lleguemos allí, así que confía en mí, ¿vale? Hay algo que necesito averiguar primero.

Damen me mira con perplejidad. Es obvio que no le hace gracia pasar por eso, pero tampoco quiere negarme nada, así que se apresura a hacer aparecer un caballo. Una vez montados, cierro los ojos y animo al animal a avanzar hacia la parte más siniestra y lúgubre de este lugar.

Un momento después, aquí estamos. Nuestra montura se detiene en seco, y Damen y yo tenemos que esforzamos por mantenernos sobre el lomo. El caballo retrocede, corcovea y clava los cascos en el suelo mientras Damen intenta tranquilizarlo con susurros y le asegura que no es necesario que siga adelante. Al final logra calmarlo lo suficiente para que podamos apearnos y echar un vistazo a los alrededores.

—Bueno, está tal y como lo recordaba —dice Damen, impaciente por ir a algún lugar más cálido, más vivo. A un lugar mejor.

—¿En serio?

Me acerco a la zona donde empieza el barro y le doy unos golpecillos con la punta del pie. Compruebo la consistencia y la profundidad en un intento por determinar si algo ha cambiado.

—No sé qué pretendes —dice sin quitarme los ojos de encima—. Pero en mi opinión este sitio sigue igual de húmedo, desolado, fangoso y deprimente que la última vez que estuvimos aquí.

Hago un gesto afirmativo con la cabeza.

—Todo eso es cierto, pero ¿no te da la sensación de que es más... grande? No sé, es como si creciera o se expandiera...

Damen entorna los párpados. No ve adónde quiero llegar con esto, y aunque sé que voy a parecer una chiflada (o lo que es peor, una paranoica), decido explicárselo. Necesito una segunda opinión.

—Tengo una teoría...

Él se limita a mirarme con atención.

—Bueno... —Respiro hondo y miro a mi alrededor—. Creo que yo podría ser la responsable de todo esto.

—¿Tú? —Damen frunce el ceño con preocupación.

Sin embargo, dejo su inquietud a un lado y continúo. Tengo ganas de soltarlo, de pronunciar las palabras en voz alta antes de pensármelo mejor, antes de perder el coraje.

—Oye —le digo con voz tensa, apremiante—, ya sé que parece una estupidez, pero escúchame primero, por favor.

Damen asiente y me muestra las palmas de las manos para darme a entender que no piensa detenerme.

—Creo que quizá… bueno, que este lugar empezó a extenderse cuando comenzaron a ocurrir las cosas malas.

—¿Las cosas malas?

—Sí. Ya sabes, cuando maté a Drina, por ejemplo.

—Ever… —empieza a decir con la intención de negarlo, de disipar toda mi sensación de culpabilidad.

Pero lo interrumpo antes de que pueda continuar.

—Tú llevas viniendo aquí desde hace mucho tiempo, ¿no?

—Desde los sesenta. —Encoge los hombros.

—Vale, bien. Estoy segura que en todo este tiempo has explorado un poco este lugar, sobre todo al principio.

Asiente con la cabeza.

—Y dijiste que nunca habías visto nada parecido a esto, ¿no es así?

Asiente de nuevo y deja escapar un suspiro.

—Pero lo cierto es que Summerland es un lugar muy, muy grande —asegura—. Por lo que sabemos, podría ser infinito. Jamás he encontrado murallas ni límites, así que es muy posible que esto siempre haya estado aquí y yo nunca lo haya visto.

Aparto la mirada e intento comportarme como si estuviera dispuesta a dejar el tema si eso es lo que quiere, aunque lo cierto es que no estoy nada convencida.

Me da la sensación de que aquí hay algo que he causado yo. O algo que necesito ver. O ambas cosas. Eso fue lo que me trajo a este lugar la primera vez. Le pedí a Summerland que me mostrara lo que debía saber y aparecí aquí. Pero aún no sé por qué.

¿Podría estar relacionado de algún modo con las almas que han acabado en Shadowland por mi culpa?

¿Son esas almas las que hacen que se extienda, como el fertilizante con las malas hierbas?

Y, si es así, ¿significa eso que seguirá expandiéndose? ¿Que podría acabar por apoderarse de todo Summerland?

—Ever —dice Damen—. Podemos explorar un poco si quieres, pero lo cierto es que no hay mucho que ver, ¿no crees? Da la impresión de que solo hay más de lo mismo.

Miro a mi alrededor, reacia a rendirme tan pronto. La verdad es que no sé lo que busco; no sé cómo demostrar mi teoría. Así que empiezo por darme la vuelta. Y ya he echado a andar hacia Damen cuando la oigo.

Oigo la cancioncilla.

Flota desde algún lugar a mi espalda, como transportada por un lejano soplo de brisa, pero resulta inconfundible.

No hay manera de confundir esa voz. Las palabras. El espeluznante tonillo hechizante.

Y sé, sin necesidad de mirar, que ella está ahí.

Me vuelvo y descubro que me apunta con el dedo de esa mano retorcida y nudosa mientras canturrea:

Se alzará desde el barro
y se elevará hacia los vastos cielos de ensueño.
Y tú-tú-tú te alzarás también…

Pero esta vez continúa. Añade más líneas que no cantó la última vez que estuvimos aquí.

Desde el abismo y las oscuras profundidades
lucha por avanzar hacia la luz.
Solo desea una cosa.
¡La verdad!
La verdad de su ser.
Pero ¿se lo permitirás?
¿Permitirás que se alce, florezca y crezca?
¿O lo condenarás a las profundidades?
¿Desterrarás su alma agusanada y exhausta?

Y justo cuando pienso que se ha acabado, la vieja hace algo de lo más extraño.

Levanta las manos hacia delante con las palmas hacia arriba, como si esperara algún tipo de ofrenda. Y, de repente, Misa y Marco aparecen por detrás de su espalda y se colocan a ambos lados de la mujer. La flanquean a la vez que me miran fijamente, y la anciana cierra los ojos en un gesto de concentración, como si intentara manifestar algo espectacular.

Sin embargo, lo único que consigue con sus esfuerzos es una rociada de ceniza gris que sale del centro de sus palmas y cae con suavidad a sus pies.

Cuando alza la vista para mirarme a los ojos, su rostro parece angustiado. Me observa con expresión acusadora.

Damen me agarra del brazo y empieza a tirar de mí. Quiere alejarme de aquí. De ella. De ellos. Está impaciente por dejar atrás esta horrible escena.

Ninguno de los dos sabemos quién es, de dónde viene o qué puede significar esa canción.

Ninguno de los dos sabemos cuál es la conexión que tiene con Misa y Marco.

Solo hay una cosa clara: la canción es una advertencia.

Son palabras a las que debo prestar atención.

Palabras que debo escuchar.

La vieja sigue cantando con voz melódica, y sus estrofas nos persiguen mientras corremos hacia el caballo.

De vuelta al lugar donde existen la magia, el poder de la manifestación y todas las cosas buenas.

De vuelta a la seguridad relativa del plano terrestre, donde aterrizamos juntos en una playa vacía.

Nuestras manos permanecen entrelazadas mientras intentamos recuperar el aliento tumbados de espaldas sobre la arena. Mientras intentamos encontrarle sentido a las palabras, a la perturbadora escena que hemos presenciado.

Alzo la vista hacia el cielo negro sin luna y descubro que no se ve ni una sola estrella.

Mi estrella nocturna ha desaparecido.

Y, por un momento, me siento abrumada por la horrible certeza de que nunca volverá.

Pero, entonces, Damen pronuncia mi nombre, su voz atraviesa el silencio e interrumpe mis pensamientos.

Y cuando me pongo de lado para poder mirarlo y veo su rostro frente al mío, su mirada está tan llena de amor y adoración que mi mente se llena de alivio.

Los dos brillamos en este lugar.

—Esa canción era para mí —le digo, pronunciando en voz alta unas palabras que sé que son ciertas—. La muerte de Haven, el hecho de haber perdido la camisa… —Me quedo callada un instante y respiro hondo cuando siento la calidez de su dedo sobre mi garganta—. Todo forma parte de mi karma. Y ahora, al parecer, hay algo más que se supone que debo hacer.

Damen empieza a hablar, impaciente por consolarme, por negarlo, por borrar la preocupación de mi rostro.

Pero lo detengo de inmediato poniéndole el dedo sobre los labios.

No necesito esas palabras.

No sé de qué habla la canción de la anciana, pero estoy preparada para afrontarlo.

Más tarde. Ahora no.

—Nos las apañaremos —le digo, y mis palabras rozan su mejilla cuando me estrecha con fuerza—. Juntos podemos enfrentarnos a cualquier cosa. Pero por el momento… —Lo beso y disfruto del suave y dulce «casi» contacto de sus labios—. Por el momento, demos gracias por esto.

Agradecimientos

Una vez más, quiero dedicar mi más enorme y chispeante agradecimiento al equipo de St. Martin: Matthew Shear, Rose Hilliard, Anne Marie Tallberg, Brittany Kleinfelter, Katy Hershberger, Angela Goddard y todos los demás, que tanto han contribuido.

También quiero expresarle mi gratitud al equipo de Brandt & Hochman: Gail Hochman, Bill Contardi y Marianne Merola. ¡Gracias por todo lo que hacéis!

Y a mis editores extranjeros: ¡Os agradezco lo mucho que habéis luchado por los Inmortales!

Me siento increíblemente afortunada por el amor y el apoyo que he recibido de mis familiares y amigos (¡vosotros ya sabéis quiénes sois!), aunque debo dedicarles un abrazo especial a Jim y a Stacia: ¡esas cenas mensuales me proporcionaron la distracción perfecta!

Y, como siempre, gran parte de mi gratitud va para Sandy, porque lo cierto es que no podría haberlo hecho sin él.

Pero, sobre todo, quiero darles las gracias a mis lectores. Chicos, ¡sois sin duda LOS MEJORES!

TAMBIÉN DE ALYSON NOËL

ETERNIDAD

Ever guarda un secreto: puede oír los pensamientos de todos los que están a su alrededor, ver sus auras y conocer sus pasados con sólo tocarles la piel. Abrumada por la fuerza de este extraño don, vive encerrada en sí misma y sólo tiene dos amigos, los excéntricos Haven y Miles. Todo cambia, sin embargo, cuando Damen se incorpora a su clase; atractivo y enigmático, despierta rápidamente el interés de todas las chicas del instituto.

Ficción/Juvenil

LUNA AZUL

Una enfermedad misteriosa amenaza a la memoria, identidad y vida de Damen. Desesperada por salvar a su novio, Ever viaja hasta la dimensión mística de Summerland, donde descubrirá los secretos del pasado de Damen: una historia atormentada que él había tratado de ocultar.

Ficción/Juvenil

TINIEBLAS

Ever y Damen han viajado a través de incontables vidas pasadas y luchado contra los más temibles enemigos para poder al fin estar juntos. Pero el amor eterno tiene un alto precio: Roman les ha lanzado una poderosa maldición para que no puedan tocarse.

Ficción/Juvenil

LLAMA OSCURA

Ever intenta tomar control sobre su enemigo Roman con el fin de obtener el antídoto que la permitirá estar con Damen para siempre. Pero cuando su hechizo fracasa y la une a Roman en vez de Damen, Ever solicita la ayuda de Jude y de las artes oscuras, tratando desesperadamente de romper la maldición y arriesgándolo todo en el proceso.

Ficción/Juvenil